读客®

读客科幻文库

跟着读客读科幻，经典科幻全看遍。

沙丘❷
沙丘救世主

[美] 弗兰克·赫伯特 著

苏益群 译

江苏凤凰文艺出版社
JIANGSU PHOENIX LITERATURE AND ART PUBLISHING

图书在版编目（CIP）数据

沙丘. 2, 沙丘救世主 /（美）弗兰克·赫伯特
(Frank Herbert) 著 ; 苏益群译. -- 南京 : 江苏凤凰
文艺出版社, 2024.2（2025.11 重印）
（读客科幻文库）
书名原文 : Dune Messiah
ISBN 978-7-5594-7819-1

Ⅰ. ①沙… Ⅱ. ①弗… ②苏… Ⅲ. ①幻想小说 - 美
国 - 现代 Ⅳ. ① I712.45

中国国家版本馆 CIP 数据核字 (2023) 第 137492 号

沙丘. 2，沙丘救世主

［美］弗兰克·赫伯特 著　　苏益群 译

责任编辑　丁小卉
特约编辑　武姗姗　　蔡佳迪
封面设计　李子琪
责任印制　杨　丹
出版发行　江苏凤凰文艺出版社
　　　　　南京市中央路 165 号，邮编：210009
网　　址　http://www.jswenyi.com
印　　刷　三河市龙大印装有限公司
开　　本　880 毫米 ×1230 毫米 1/32
印　　张　10.75
字　　数　270 千字
版　　次　2024 年 2 月第 1 版
印　　次　2025 年 11 月第 10 次印刷
标准书号　ISBN 978-7-5594-7819-1
定　　价　49.90 元

DUNE
MESSIAH

FRANK HERBERT

引　言

《沙丘救世主》是弗兰克·赫伯特受到误解最多的一本小说。其中的原因和这位著名作家本人一样迷人而复杂。

在一九六九年作为《沙丘》的第一本续作出版之前，《沙丘救世主》一直在科幻杂志《银河》上分期刊载。连载的《沙丘救世主》被讽刺杂志《国家讽刺》评为“年度失望之作”。这个故事早就被《模拟》杂志[1]的编辑约翰·坎贝尔拒绝了，他和那些讽刺文章作者一样，喜欢《沙丘》庄重宏伟、英雄传奇的方面，而不喜欢续作中与之相反的成分。他说他的读者想要看到英雄成就伟业的故事，而不想看到故事的主人公有着不为人知的严重缺陷。

1　全称为《模拟科幻小说与事实》（*Analog Science Fiction and Fact*），美国科幻杂志，最初名为《超级科学的惊奇故事》，即《惊奇》杂志，自1930年以来以各种名称出版。约翰·坎贝尔是该杂志著名的编辑，发掘了许多通俗科幻领域的经典之作，引领了科幻黄金时代。——编者注（若无特别说明，本书脚注均为编者注）

批评者们不明白《沙丘救世主》是一部桥梁式的作品，联结了《沙丘》与三部曲中当时尚未完成的第三本。为了起到承前启后的作用，《沙丘救世主》颠覆了此前精心写就的保罗·穆阿迪布的英雄神话，并揭示了在《沙丘》中被渲染得十分荣耀辉煌的“救世主传说”现象的黑暗面。许多读者不想要那样黑暗的现实成分，尤其是在作者已经“杀死”了《沙丘》中读者们最喜欢的两个角色——厄崔迪家族忠诚的剑术大师邓肯·艾达荷[1]和理想主义的行星生态学家列特–凯恩斯——之后，不忍再看到他们心爱的、所拥护的“神赐之子”陨落。

但读者们忽视了弗兰克·赫伯特在行文中留下的重要线索。在《沙丘》中，当列特–凯恩斯躺在沙漠中奄奄一息时，他的记忆尽头出现了父亲帕多特多年前说过的话：“不要让你的人民落进某个英雄的手里，再没有比这更可怕的灾难了。”在接近小说尾声的地方，一处预示性的铭文中，伊勒琅公主从多个角度，甚至用时而相互矛盾的词语将获胜的穆阿迪布描述为“既是光明磊落的武士，又是神秘莫测的先知；既是阴险冷酷的魔王，又是悲天悯人的圣徒；既是老谋深算的狐狸，又是天真单纯的少年；既有骑士风范，又残忍无情；他还不是神，却又不仅仅是人”。在《沙丘》的附录中，弗兰克·赫伯特写道，沙丘星“被一位英雄搅动了”。

1 弗兰克·赫伯特并非对读者的想法充耳不闻。在《沙丘救世主》中，他用另一种形式将艾达荷复活——一个叫海特的“死灵”，他由死者的细胞克隆而来，成了一个没有原生记忆的生物。——原注

《沙丘》中的这些点点滴滴标志着弗兰克·赫伯特所设想的方向：将一个乌托邦文明转变为一个充满暴虐的恶托邦。事实上，这一系列的第二本书最初暂定的书名是《傻子圣徒》。在确定书名是《沙丘救世主》之前，又经过了两轮的修改。但在已出版的《沙丘》中，他这样描写穆阿迪布：

> 他是傻子圣徒，
> 幸运的陌生人，
> 永远活在理智的边缘。
> 敞开你的心扉，他就在那里！

作者认为英雄领袖经常犯错……因大量追随者被他们的个人魅力蒙蔽了双眼而导致其错误被放大。作为一名20世纪50年代的政治演讲稿撰写人，我父亲在华盛顿特区工作过，见证了领导层的狂妄自大和追随魅力四射而又迷人的政客的陷阱。他在《沙丘》中还埋了一颗有趣的种子，借凯恩斯之口写道："据说，在沙漠里拥有大量的水会使人产生错觉，最后会因疏忽大意而丧命。"这是对希腊式狂妄自大的重要指涉。很少有读者意识到，保罗·厄崔迪的故事不仅仅是一个个人和家庭层面的希腊悲剧式故事，还有另一个更宏大的层面——弗兰克·赫伯特警示道："英雄将带着整个社会走向毁灭。"在《沙丘》和《沙丘救世主》中，他警告不要傲慢和过分自信，否则就会形成希腊悲剧所描述的自恋情结，这样的心理总会引人通往极为严重的堕落。

在人类历史上的危险领导者中，我的父亲有时会提到乔治·巴顿将军，因为他那如同天赐的魅力；但他更常举约翰·肯尼迪总统的例子。围绕着肯尼迪，一个关于亚瑟王王权和卡梅洛特[1]的神话形成了。这位英俊又年轻的总统的追随者们并不会质疑他，只要在他的引领下，他们会去往几乎任何地方。在阿道夫·希特勒这样的人身上，我们当然能明显地看到这种危险——他的强大吸引力带着他的国家走向毁灭。但在那些本身并没有精神错乱或并不邪恶的人身上——比如肯尼迪，或虚构的保罗·穆阿迪布——我们就很难明显察觉出这种危险。保罗的危险隐含在围绕他建立的宗教神话结构和人们以他之名所做的事中。

我父亲传达的最重要信息之一是政府为了保全自身而撒谎并做出了愚蠢得让人难以置信的决定。在《沙丘》出版数年后，理查德·尼克松的事是对此最充分的证明。父亲说尼克松企图掩盖水门事件，其实帮了美国人民很大的忙。通过这个错误被放大的例子，尽管是无意的，但美国第三十七任总统还是教导了他的人民去质疑他们的领导者。弗兰克·赫伯特在全国各地的大学校园内接受采访并作激情洋溢的演讲时，告诫年轻人不要相信美国政府，告诉他们美国的开国元勋们早已认识到这一点，因而他们试图在《宪法》中确立一些防范保障条例。

1 亚瑟王传说中的政治权力中心，亚瑟王朝处于黄金时代的标志。

从《沙丘》过渡到《沙丘救世主》，父亲运用了巧妙灵活的写作技巧。他在写作《沙丘救世主》时，在和《沙丘》一样凸显保罗・穆阿迪布英雄行动的同时，也精心安排了背景的剧变，以及由保罗身边人的阴谋诡计引发的巨大危机。一些人会争夺高位以便无限接近保罗。在这一过程中，他们会为自己攫取尽可能多的权力，但部分人滥用权力招致了可怕的后果。

在“沙丘”系列走红后，许多书迷以一种弗兰克・赫伯特本人并不想要也不欣赏的目光看待他。其中一种描述是将他称为“科幻小说的宗师”。其他人则用描述英雄般的夸张语言描述他。为了反驳这样的现象，弗兰克・赫伯特会用符合保罗・厄崔迪这一人物特性的话语告诉采访者，他不想被视作英雄；他有时也会用毫无敌意的谦逊语气说：“我只是个无名之辈。”

我的父亲当然不是无名之辈。在我为他写的传记《沙丘梦想家》中，我将他描述成一位传奇作家。但他在有生之年都试图避免被戴这样的高帽子。弗兰克・赫伯特仿佛会在自己的耳边低语，不断地告诫自己他无非是凡人而已。如果他成了一个政治家，无疑会成为一个可敬的人，甚至可能成为美国最伟大的总统之一。如果他决定从政，那也许会获得高位，或者达成任何其他的崇高目标。但我作为一个科幻小说迷，很高兴他走上了创作“沙丘”系列的道路。因为他是一位伟大的作家，他箴言式的话语将永世流传，并有望影响那些身居要职的人，促使他们采取一些措施来防止领导者和他的追随者们滥用权力。

当你阅读《沙丘救世主》时，请尽情享受其中的冒险故事、悬念、不可思议的角色刻画和异世界设定。然后请你回头再读一遍，你将在每一页中发现一些新的东西，你也会更好地了解弗兰克·赫伯特其人。

布莱恩·赫伯特

华盛顿州西雅图市

2007年10月16日

死囚牢房与伊克斯人布朗索的谈话节选

问：是什么促使你用这种方法研究穆阿迪布的历史？

答：我干吗非得回答你的问题？

问：因为我会把你的话保存下来。

答：啊哈！对一个历史学家来说，这绝对有吸引力！

问：这么说，你愿意合作了？

答：为什么不呢？可你永远不会明白我的历史分析法的灵感来自什么地方。永远不会。你们这些祭司顾忌太多，唯恐……

问：给我一个机会吧。

答：你？这个，话又说回来……为什么不呢？我是被这颗行星那种毫不起眼、一览无余的外观给迷住啦，大家都叫它“沙丘”。请注意，不是厄拉科斯，是沙丘。沙丘的历史令人着迷，因为它的沙漠，还因为它是弗雷曼人的发源地。从前的历史研究主要集中在当地习俗上。这些习俗源自水的匮乏，以及弗雷曼人半流浪的生活方式。

那些人穿着一种蒸馏服，能回收身体排放的绝大部分水分。

问：这些难道不是事实吗？

答：是表面的事实，但忽略了表面之下的东西。这就等于……试图理解我出生的行星，伊克斯，仅仅知道这个名字，却不知道名字的来源——它是我所在的太阳系的第九颗行星。不……不，不能简单地把沙丘星看成风暴肆虐之地，问题也不仅仅在于巨大的沙虫所造成的威胁。

问：但对住在厄拉奇恩的人来说，这些东西是最关键的！

答：关键？当然。但这些东西使星球景色单一，一成不变，而沙丘星本身也成了一颗只有一种作物的星球，那就是香料。它是香料——美琅脂唯一的出产地。

问：是这样。我们就来听听你对神圣的香料的阐述。

答：神圣！香料和所有神圣的东西一样，一只手给出，另一只手又收回。它能延长寿命，老手们还能靠它预测未来。可它也会使你成为瘾君子，其标志就是那双像你一样的眼睛——全部变成蓝色，没有一点眼白。你的眼睛、你的视觉器官，成了没有对比的一体，看上去只有一片蓝。

问：把你带进这间牢房的正是这些异端邪说！

答：把我带进这间牢房的是你们这些祭司。你也和其他所有祭司一样，很早就学会了把真理称为“异端邪说”。

问：你之所以被带到这里，是因为你竟敢说保罗·厄崔迪丧失了人性中某些至关重要的东西，才得以成为穆阿迪布。

答：是啊，更何况我还说了他在哈克南战争中失去父亲、邓肯·艾达荷牺牲自己的性命让保罗和杰西卡夫人得以逃脱。

问：你愤世嫉俗的态度将被记录在案。

答：愤世嫉俗！这个罪名当然比异端邪说更厉害。可你要知道，我不是真正的愤世嫉俗者，只不过是一个观察者、评论者。我在保罗身上看到了真正的高贵，在他带着怀孕的母亲逃亡沙漠的时候就看到了。自然，她既是一笔巨大的财富，也是一个负担。

问：你们这些历史学家的讨厌之处就在于不肯放过一点瑕疵。你在圣穆阿迪布身上看到了高贵，却非要附上一个讥讽的注脚。难怪贝尼·杰瑟里特姐妹会同样公开谴责你。

答：你们这些祭司做得很好，把贝尼·杰瑟里特姐妹会拉来做借口。可她们之所以能够留存至今，同样是因为掩饰了自己的所作所为。但有一个事实是她们掩盖不住的：杰西卡夫人是一个受过贝尼·杰瑟里特训练的能手，还用贝尼·杰瑟里特的方法训练了自己的儿子。我的罪过就在于把这件事当成一个现象来加以研究，并且详细论述了穆阿迪布得自她们的心灵异术和遗传基因。你们不希望让大家注意到的是，穆阿迪布首先是姐妹会寻觅已久、并且希望将其控制在自己手中的救世主，是她们的魁萨茨·哈德拉克，之后才是你们的先知。

问：如果之前我们对你的死刑判决还有最后一丝犹豫的话，现在你已经把它完全消除了。

答：可惜我只能死一次。

问：死亡并非只有一种方式。

答：你们可得当心了，别让我一不小心成了烈士。我不认为穆阿迪布会……告诉我，穆阿迪布知道你们在地牢里干的这些勾当吗？

问：我们不会拿这些琐事去打扰神圣家族。

答：（大笑）保罗·厄崔迪奋斗不息，成了弗雷曼人神龛上的人物，到头来竟然落得如此下场！学会控制和驾驭沙虫，为的难道就是这个？我真不该回答你的问题。

问：可我还是会信守诺言，把你的话保存下来。

答：真的吗？那你仔细听好了，你这个退化变种的弗雷曼人，这个眼中除了自己没有其他神明的祭司！你不懂的事太多了。正是弗雷曼人的宗教仪式使保罗首次服用了大剂量的美琅脂，由此开启了他的预知性幻象；同样是弗雷曼人的宗教仪式，而且同样因为香料，唤醒了杰西卡夫人子宫中尚未出世的厄莉娅。婴儿厄莉娅，一降生到世间便拥有全部成熟的意识能力，拥有母亲的所有记忆和知识。你知道对她来说，这意味着什么吗？比强奸的蹂躏更加可怕。

问：如果没有神圣的香料，穆阿迪布就不可能成为弗雷曼人的领袖。没有神圣的经历，厄莉娅也不可能成为厄莉娅。

答：如果没有弗雷曼人的盲目暴虐，你也不可能成为教士。哈哈，我懂你们弗雷曼人了。你们把穆阿迪布看成自己人，因为他和契妮同床共枕，并且接受了弗雷曼习俗。可他首先是厄崔迪家族的人，还受过贝尼·杰瑟里特能手的训练。他的那些修为你们根本弄不懂。你们自以为他带来了新组织、负有新使命。他也向你们许诺，要把这个蛮荒干涸的星球变成碧波荡漾的乐园。他用这样的幻境迷惑你们，他夺去了你们的纯真！

问：你的歪理邪说改变不了沙丘上正在飞速发生生态变革这个事实。

答：我的歪理邪说是要挖出变革的根源，研究它带来的后果。在厄拉奇恩平原上发生的那场战争或许可以昭告世人，弗雷曼人能够击败萨多卡军团。可除此之外，它还能说明什么？柯瑞诺的星际帝国变成了穆阿迪布统治下的弗雷曼帝国，除此之外又有什么变化？你们的圣战只花了十二年的时间，但它带给了我们多么深刻的教训啊。现在帝国的臣民终于理解了穆阿迪布和伊勒琅公主这场虚伪婚姻的本质。

问：你胆敢指责穆阿迪布虚伪！

答：你可以杀了我，可我不是信口胡说。公主只是他的配偶，不是伴侣。契妮，他那小巧的弗雷曼爱人，才是他真正的伴侣。这是众所周知的事。伊勒琅只不过是他登上皇位的一把钥匙，仅此而已。

问：难怪所有阴谋反叛穆阿迪布的人都把你的历史分析作为理由！

答：我说服不了你，这一点我清楚。但在我的历史分析之前，阴谋反叛照样有理由。穆阿迪布发动的十二年圣战就是理由。正是它促成了古老的权力阶层的联合，激起了对穆阿迪布的反叛。

如此丰富多彩的传说把保罗·穆阿迪布，这个门泰特，及其妹妹厄莉娅层层包裹起来，透过这些面纱认清他们的真面目是非常困难的。但毕竟，世界上确实存在过一个叫保罗·厄崔迪的男人和一个叫厄莉娅的女人。他们的肉体受制于空间和时间。虽然预知的力量使他们可以超越通常的时空限制，可他们仍然属于人类这一种属。他们经历过真实的事件，在真实的宇宙中留下了真实的痕迹。要真正理解他们，就必须明白，他们的灾难也是所有人类的灾难。这本书不是写给穆阿迪布或者他的妹妹的，而是写给他们的后代——我们所有人的。

——《穆阿迪布语录索引》题词

摘自穆阿迪布神灵教《塔布拉回忆录》

穆阿迪布帝国统治时期出现的历史学家，比人类历史上其他任何时期都多得多。多数人特别提到了这个人的妒忌和狭隘，同时也谈到了他的特殊影响：在许多个世界唤起了人们的某种激情。

自然，这个人物的形成既有历史因素，也有外人想象的因素。此外，他已经被理想化了。这个叫保罗·厄崔迪的人出生于古老的皇族世家，从贝尼·杰瑟里特母亲杰西卡夫人那里接受过正宗的普拉纳–宾度训练，对肌肉和神经具有超凡的控制力。不仅如此，他还是一个门泰特，一个才智非凡的人，其威力远远超过了为古人所用、现在已被虔诚的教徒所禁止的计算机。

最重要的是，穆阿迪布是贝尼·杰瑟里特姐妹会育种计划寻找了几千代的魁萨茨·哈德拉克。

魁萨茨·哈德拉克，这个可以“同时处于不同时空”的人，这个先知，这个贝尼·杰瑟里特姐妹会期望通过他控制人类命运的人——成了穆阿迪布皇帝，并且和他的手下败将帕迪沙皇帝的女儿结为连理。

想想这些相互矛盾的事实，想想其中孕育的失败因子。你一定读过别的历史著作，知道那些众所周知的事实：穆阿迪布领导的弗雷曼野蛮人确实推翻了帕迪沙皇帝沙达姆四世；他们摧毁了萨多卡军团、大家族联盟军、哈克南部队，以及兰兹拉德联合会用金钱买来的雇佣军；他迫使宇航公会屈服，并且把自己的亲生妹妹厄莉娅送上了贝尼·杰瑟里特姐妹会原以为属于自己的宗教最高宝座。

这些他全做到了，还不止于此。

穆阿迪布的齐扎拉教团传教士使宗教战争遍及宇宙，这次圣战的主要战事只延续了十二个标准年，可这段时间已经足以使他的宗教殖民主义统治大部分人类世界。

他之所以能做到这一切，是因为得到了厄拉科斯星，这颗通常被人们称作沙丘的行星。这颗行星使他垄断了人类世界的硬通货：古老的香料美琅脂，能赋予人们新生的毒药。

这就是那种被理想化的历史的另一个重要组成部分：一种可以突破时间限制的超自然化学物质。没有香料，贝尼·杰瑟里特姐妹会的圣母们不可能实施对人类的观察和控制；没有香料，宇航公会的宇航员们也不可能穿越太空；没有香料，数以十亿计对它成瘾的帝国公民就会死去；没有香料，保罗·穆阿迪布也不可能预知未来。

我们知道，掌握无上权力的一刻便孕育了失败。原因很简单：精确而全面的预知是致命的。

除了被理想化的历史，另一类史书认为，穆阿迪布败于那些显而易见的阴谋分子之手：宇航公会，贝尼·杰瑟里特姐妹会，要弄变脸魔术的、漠视道德的特莱拉科学家。还有一些史学家指出，击败穆阿迪布的是其家族中的内奸。他们用沙丘塔罗牌干扰了穆阿迪布的预知能力。其中一些人还信誓旦旦地指出穆阿迪布是怎样被迫接受了死灵的服务。这种死灵是复活的死者，接受了专门消灭他的训练。但他们最终会发现，这个死灵就是邓肯·艾达荷，那个厄崔迪家族的助手，他为拯救年轻的保罗献出了生命。

他们勾勒出了一个颂词作者柯巴所领导的齐扎拉僧侣阴谋集团，他们引导我们一步一步地分析柯巴的计划，从而将穆阿迪布塑造成一个献身者，并将一切罪名安在他的弗雷曼嫔妾契妮头上。

可是，所有这些，怎么能解释真实发生的历史事实？不能。唯有了解预知能力的危险本质，才能真正弄清楚穆阿迪布那威力无比、远见卓识的魔力是如何失败的。

我们希望，其他历史学家将从我们的阐释中获益。

——《历史分析：穆阿迪布》伊克斯人布朗索评

众神和人没有分别，其中一种往往会不知不觉融入另一种。

——《穆阿迪布语录》

从本质上说，他所致力的阴谋是一场谋杀。特莱拉变脸者斯凯特尔心中后悔不迭。

让穆阿迪布悲惨地送命，我会后悔的。他对自己说。他小心翼翼地在同谋们面前隐藏起自己的善意，但内心这种感受告诉他，他更容易认同受害者，而非谋杀者。这是特莱拉人的典型心态。

斯凯特尔站在那里凝神沉思，和别的人保持着一段距离。关于精神毒药的讨论已经进行了一段时间。讨论进行得如火如荼，凶蛮中不失文雅。这是出身于各派高级训练学校的高手们惯常的处事态度。

“如果你只是觉得已经把他刺了个对穿，最后准会发现他竟毫发无损！”

说这话的是贝尼·杰瑟里特的老圣母盖乌斯·海伦·莫希阿姆，瓦拉赫九号星上接待他们的女主人。她披着黑色长袍，骨瘦如柴。一个干瘪的丑老太婆，一个女巫。她坐在斯凯特尔左边的悬浮椅上，长袍的兜帽甩在背后，露出银色的头发和苍老粗糙的脸。骷髅似的脸上，一双眼睛从深陷的眼窝向外逼视。

他们说的是米拉哈萨语，其辅音听起来像打响指，元音则相互勾连，混淆不清。可它却是表达细微感情的绝妙工具。宇航公会宇航员艾德雷克的回答是一声礼貌的冷笑，文雅地表示出自己的轻蔑。

斯凯特尔看了看这个宇航公会的代表。艾德雷克正飘浮在几步外装满橘红色气体的箱子里。他的箱子放在圆顶屋的中央，而圆顶屋则是贝尼·杰瑟里特姐妹会特地为这次会谈建造的。宇航公会的这个家伙身材细长，有鱼鳍样的脚和长着蹼的大手——活脱脱一条海洋中的怪鱼。箱子的排气口散发出一片淡淡的橘红色雾霭，充满了香料的沉暮之气。

“如果沿着这条路走下去，我们都要因愚蠢而亡！”

说话的是在场的第四个人、这场阴谋的潜在成员，伊勒琅公主，他们的敌人的妻子（不是真正的伴侣，斯凯特尔提醒自己）。她站在艾德雷克箱子的旁边，是一位高个子金发美人，身穿庄重华贵的蓝鲸皮袍，头戴与之相配的帽子，耳朵上的金耳坠闪闪发光。她的一举一动无不透露出贵族的倨傲，内敛圆熟的面部表情显示出贝尼·杰瑟里特训练的背景。

斯凯特尔不再琢磨这些人语言和面部表情中的细微暗示，转而琢磨起这所圆顶屋所处的位置来。圆顶屋四周都是山丘，上面的白雪已经融化，疥癣一般斑驳不一。小小的蓝白色太阳高高挂在天顶，洒下一片湿漉漉的蓝色碎影。

为什么选在这个地方？斯凯特尔很迷惑。贝尼·杰瑟里特姐妹做任何事都自有目的。就拿开阔的圆顶屋来说吧：传统的狭窄空间也许会使易患幽闭恐惧症的宇航公会宇航员感到紧张。从降生之初，这些人的心理就只适应浩瀚的太空和远离星球地表的生活。

可是，专门为艾德雷克建造这么一个地方？真是一根锐利的手指，毫不留情地点出他内心深处的虚弱。

斯凯特尔想，这里会不会有什么专门为我而建的东西？

“难道你就不想说点什么吗，斯凯特尔？”圣母询问道。

“你希望把我搅进这场愚蠢的争斗？”斯凯特尔问，“没错，我们对抗的确实是一位潜在的救世主。对这样一个人，千万不能正面攻击。否则必然会涌现出一大批死士，而这些人终将击败我们。”

他们全都盯着他。

“你只想到了这种危险？”年迈的圣母喘息着，用嘶哑的声音问道。

变脸者斯凯特尔耸耸肩。他专门为这次会议挑选了一张平淡无奇的圆脸，厚厚的嘴唇，和善的五官，胖胖的身体，像一只可爱的水果布丁。对同谋者的表情做过一番研究之后，他发现自己的选择非常明智——也许是出于直觉吧。在这个小团体中，只有他能在身体形状和容貌的“宽阔光谱”中任意穿行，操纵自己的肉体外表。他是人类变色龙，一个变脸者。现在这个样子容易让别人很轻松地接受自己。

“是吗？”圣母催问道。

“我喜欢沉默。”斯凯特尔说，“我们最好不要公开表现出敌意。”

圣母缩了回去。斯凯特尔发现她在重新审视自己。双方都受过高深的普拉纳–宾度控制训练，控制力已经达到常人无法逾越的高度。但斯凯特尔还是个变脸者，拥有其他人根本不具备的肌肉和神经腱。除此之外，他还有一种特殊的交感能力。这是一种极其深入的模仿力，凭借这种能力，他能像模仿另一个人的外貌一样，模仿对方的心理。

斯凯特尔给了她足够长的时间完成对自己的重新审视，这才开口。“这是毒药！”说出这个单词的时候，他的音调平板到极点，表明唯有他自己才明白其中的神秘含义。

宇航公会宇航员身体一动，闪闪发光的扬声球里传出他的声音。扬声球飘浮在箱子的侧上方，位于伊勒琅头顶上方。“我们说的是精神毒药，不是物理上的毒药。”

斯凯特尔朗声大笑起来。米拉哈萨语的笑声能使对手备受折磨，而此时的斯凯特尔已经不再顾忌暴露自己的力量。

伊勒琅也赞赏地微笑着。但圣母的眼角却流露出一丝不易察觉的恼怒。

“不要笑了！”莫希阿姆用粗哑的嗓门儿厉声道。

斯凯特尔的笑声止住了，他已经吸引了大家的注意力：艾德雷克气愤地一言不发；圣母的不满中带着警觉；伊勒琅被逗乐了，却还不明白这是怎么回事。

“我们的朋友艾德雷克这是在暗示说，”斯凯特尔说，“你们两位贝尼·杰瑟里特女巫虽然精通本门种种异术，但还没有见识过他所显露的真正的欺骗诱导之术。”

莫希阿姆转过头去，凝视着贝尼·杰瑟里特本部星球寒冷的山丘。她开始意识到问题的关键了，斯凯特尔心想，这很好。不过，伊勒琅却仍然没发现问题所在。

“你到底是不是站在我们一边，斯凯特尔？”艾德雷克问，那双啮齿动物般的小眼睛直勾勾地盯着他。

“问题不在于我的忠诚。”斯凯特尔一边说，一边继续看着伊勒琅，“您还在举棋不定，公主。您还没决定，冒了巨大风险、跨过这么多秒差距[1]的距离，到底是为了什么。我说得对吗？”

她点点头。

“您是来和一条类人鱼讲一番陈词滥调，或者和一个肥胖的特莱拉变脸者斗嘴的吗？”斯凯特尔问。

她离艾德雷克的箱子远了点，厌恶地摇摇头。她不喜欢那股浓重的香料味。

艾德雷克趁机朝嘴里扔了一粒香料丸。斯凯特尔看着他咀嚼着香料，吮吸着它，无疑最后还会吞下它。这是可以理解的，因为香料能提升宇航员的预知能力，使他们得以驾驶宇航公会的远航机以超光速在宇宙翱翔。在香料的作用下，他能看到飞船的未来航线，避免可能

1　秒差距，天文单位，1秒差距≈3.26光年。

的危险。现在，艾德雷克嗅到了另一种危险，可他的预知能力却不能告诉他危险来自何处。

“我到这儿来或许是个错误。”伊勒琅说。

圣母转过身，睁大了眼睛，然后闭上。这个姿势很像一头好奇的爬行动物。

斯凯特尔的目光从伊勒琅转向那只箱子，以此让公主明白自己的观感，与自己取得共识。她会看出来的，斯凯特尔想，会看出艾德雷克是一个多么令人恶心的家伙：眼神冒失无礼，手脚畸形怪异，在气体中缓慢游动，周身还缭绕着橘红色的烟雾。她会对他的性习惯产生好奇，会想和这样一个怪物交配该是多么诡异。到了这个时候，就连为艾德雷克再造的太空失重状态力场发生器也会让她厌恶不已。

“公主殿下，”斯凯特尔说，“正是因为这位艾德雷克，您丈夫才无法看到某些事，就包括正在发生的这件……据说是这样的。”

“据说。”伊勒琅说。

圣母闭着眼睛点点头。“即使是拥有预知能力的人，也并不怎么了解这种能力。”她说。

“身为宇航公会的资深领航员，我有预知能力。”艾德雷克说。

圣母再次睁开眼睛。这一次，她的目光射向了变脸者，带着贝尼·杰瑟里特特有的、具有强烈穿透力的眼神。她在仔细权衡。

“不，圣母，”斯凯特尔喃喃自语，“我不像我的外表那样简单。”

“我们不了解这种第二视觉。”伊勒琅说，“但是有一点，艾德雷克说我丈夫不能看见、知道或者预测领航员的影响范围内所发生的事件。可这个范围到底有多大呢？”

“我们这个宇宙中有些人、有些事，我只有通过结果才能知道。”艾德雷克说，他的鱼嘴抿成了一条细线，“我知道它们一直在这儿、那儿，或者某个地方。就像水下生物在行进中泛起层层涟漪，预知者也会搅动时间的波涛。你丈夫看见的，我也能看见；但我永远看不见他本人，也看不见那些他忠心相待的同道者。高手总能把自己人隐藏得很好。”

“但伊勒琅不是你的人。”斯凯特尔说着，看了看站在旁边的公主。

“我们都知道，这场小阴谋只有在我在场的情况下才能安排。”艾德雷克说。

伊勒琅的口气像在描述一台功能卓越的机器：“你当然有你的用处，这是显而易见的。”

她现在终于明白他是什么东西了，斯凯特尔想，很好！

“未来正在塑造之中，并未定型。”斯凯特尔说，“记住这一点，公主殿下。”

伊勒琅瞥了一眼变脸者。

“保罗忠心相待的同道者，”她说，“当然是那些披着他的战袍的弗雷曼军团战士。我见过他为他们昭告预言的情景，听过他们向穆阿迪布欢呼的声音，他们的穆阿迪布。”

她终于明白了，斯凯特尔想，她是在这儿受审，判决有待做出。

它可能保全她，也可能消灭她。她看出了我们为她设下的圈套。

斯凯特尔和圣母对视了一瞬。他突然产生了一种奇怪的感觉：她和他一样，也看出了伊勒琅此刻的心思。自然，贝尼·杰瑟里特姐妹会已经把情况向公主做了简要介绍，给她灌足了迷魂汤。可到了最关键的时刻，贝尼·杰瑟里特姐妹会的人总是相信自己的训练和直觉。

“公主殿下，我知道您最想从皇帝那儿得到什么。”艾德雷克说。

“谁会不知道？”

“您想做奠定世代皇朝的国母。”艾德雷克说，仿佛没听见她的话，“除非您加入我们，否则休想做到。相信我的预言吧。皇帝因为政治的原因娶了您，可您永远不能和他享受床笫之欢。”

“这么说来，预言者也是偷窥者。”伊勒琅讥讽道。

“皇帝更宠爱他的弗雷曼小妾，而不是您！”艾德雷克有些气急败坏。

“可她并没有给他生出皇位继承人。”伊勒琅说。

“理智总是感情冲动的第一个牺牲品。”斯凯特尔喃喃自语。他察觉到了伊勒琅的怒火，看出自己的诱导起到了作用。

“她没有给他生出皇位继承人。”伊勒琅说，竭力保持镇静，“是因为我在给她秘密使用避孕药品。这下你该满意了吧？”

“这种事儿让皇帝发现可不太好。”艾德雷克微笑着说。

“我早就把搪塞的话准备好了。”伊勒琅说，“他或许会察觉到真相，可有些谎言比真相更易于让人信服。”

“您必须做出选择，公主殿下。”斯凯特尔说，“但要明白怎么才能保护您自己。”

“保罗对我是公平的。”她说，“我在他的议会里有一席之地。”

“您当了他十二年的皇后。”艾德雷克问，“他是否向您表示过一丝一毫的温存？”

伊勒琅摇摇头。

“他利用那伙弗雷曼暴徒罢黜了您的父亲，为登上皇帝宝座而娶了您，可他永远不会让您成为真正的皇后。”艾德雷克说。

“艾德雷克想在您身上打感情牌，公主殿下。”斯凯特尔说，“真有意思。”

她向变脸者扫了一眼，看见了他脸上大胆的笑容，于是抬了抬眉毛表示回应。斯凯特尔知道，现在她完全明白是怎么回事了。如果她让这次会议置于艾德雷克的支配之下，那么他们的密谋，以及此时此刻发生的所有事情，或许都能逃过保罗的灵眼。可如果她暂且不做出承诺……

“公主殿下，”斯凯特尔说，“艾德雷克似乎对密谋的事管得太多了，您觉得呢？”

“我早已表示，”艾德雷克说，“我将尊重会议做出的最佳决断。”

“哪种决断最佳，谁来裁决？”斯凯特尔问。

“难道你希望让公主在做出加入我们的承诺之前离开这里吗？”艾德雷克问。

“他只是希望她的承诺确实发自内心。”圣母喝道，“我们之间不应该相互欺诈。”

斯凯特尔看出伊勒琅已经放松下来，双手插进袍袖，认真思考着。她现在一定在想艾德雷克抛出的诱饵：成为奠定世代皇朝的国母！她还会想，密谋者会提出什么计划，以保护他们自己免遭来自她本人的打击？她需要掂量权衡的方面很多。

“斯凯特尔，”片刻之后，伊勒琅说，“据说你们特莱拉人有一种奇特的荣誉体系——必须给你们的猎物留一条逃生之路。”

“只要他们能找到。”斯凯特尔表示同意。

“我是你们的猎物吗？”伊勒琅问。

斯凯特尔爆发出一阵大笑。

圣母哼了一声。

“公主殿下，”艾德雷克说，声音很轻，充满诱惑，“不用怕，您已经是我们的人了。难道您不是在替您的贝尼·杰瑟里特上级监视皇室的一举一动吗？”

“保罗知道我会把信息泄露给我的老师。”她说。

“难道您不曾提供一些皇室的把柄，使反对派有更加有力的宣传口实以反对您的皇帝吗？”艾德雷克问。

他没有用“我们的”皇帝，斯凯特尔注意到，用的是“您的”皇帝。以伊勒琅接受的贝尼·杰瑟里特训练，她绝不会忽略这个细节。

“关键是力量，以及如何运用力量。”斯凯特尔说着，慢慢靠近宇航公会宇航员的箱子，“我们特莱拉人相信，宇宙的万事万物中，只有追求物欲的冲动是唯一恒定不变的力量。这种力量通过学习种种经验教训，不断壮大自己。听好了，公主殿下，这种力量始终在学习。而这种不断学习的动能，我们才称之为力量。”

“你们还是没有说服我，证明我们能够击败皇帝。”伊勒琅说。

“我们甚至没有说服自己。”斯凯特尔说。

“无论我们转向何方，”伊勒琅说，“总会面对他的魔力。他是魁萨茨·哈德拉克，一个可以同时处于不同时空的人；他是穆阿迪布，对齐扎拉教团的传教士来说，他的每一个心血来潮的念头都是不可抗拒的命令；他是一名门泰特，其大脑远远超过最优秀的古代计算机；他还是弗雷曼军团的穆阿迪布，可以命令他们杀光星球上所有的人类；他拥有能看破未来的灵眼，还有我们贝尼·杰瑟里特孜孜以求的基因模式……”

“这些我们都知道。”圣母插话说，“而且我们还知道更不妙的事：他的妹妹，厄莉娅，也有这种基因模式。可他们也是人，两个人都是。因此，他们也有弱点。”

“可这些人类的弱点在哪儿？”变脸者问，“我们能在他的宗教圣战军团中找到吗？皇帝的齐扎拉僧侣会反叛他吗？抑或是大家族的那些当权者？兰兹拉德联合会除了要耍嘴皮子还能做什么？”

“我认为是宇宙联合贸易促进诚信公会。”艾德雷克说，在箱子里转了个身，“宇联商会是做生意的，永远逐利而行。”

“也可能是皇帝的母亲，”斯凯特尔说，“杰西卡夫人。她留在卡拉丹星球，但和儿子的联系十分频繁。”

“那条背信弃义的母狗。”莫希阿姆说，声调平淡，“我真想剁掉我这双训练过她的手。”

“我们的阴谋需要一个人手处，一个可以操纵对方之处。”斯凯特尔说。

“可我们并不仅仅是阴谋家。”圣母反驳道。

“啊，是的。”斯凯特尔表示同意，“我们精力过人又聪明好学，是希望的曙光，人类必将因我们而获得拯救。”他用演说的方式说出这番话，说得铿锵有力。对特莱拉人来说，这或许是最极端的讽刺了。

只有圣母理解了话中的奥妙。“为什么？”她问，问题直指斯凯特尔。变脸者还没来得及回答，只听艾德雷克清了清喉咙，说道：“我们别玩弄这些愚蠢的玄学游戏了。所有哲学问题只有一个——万物为什么存在？而所有的宗教、商业和政治的问题也只有一个——谁拥有权力？所谓联盟、联合、协作等诸如此类的东西，都是假的，除非是为了追求权力。权力之外的一切全是胡扯，最有思考能力的人都知道这一点。”

斯凯特尔朝圣母耸耸肩。艾德雷克已经代他回答了这个问题。这个自以为是的傻瓜，是他们最大的弱点。为了确信圣母能理解自己的意思，斯凯特尔说道：“好好听听导师的教诲吧。人都需要受教育。”

圣母缓缓点头。

“公主殿下，”艾德雷克说，“选择吧。你已经被选择出来，成为命运的工具，你是最优……”

“把你的赞誉留给那些喜欢听奉承话的人吧。”伊勒琅说，“早些时候，你提到了一个鬼魂、一个亡灵，说我们可以把它当成毒药，用它毒害皇帝。说说这到底是怎么回事吧。”

“让厄崔迪家族的人自己打败自己。”艾德雷克得意扬扬地说。

“不要卖关子了！”伊勒琅厉声说，“这个鬼魂是谁？”

“一个不同寻常的鬼魂。”艾德雷克说，“它有肉体，还有名字。肉体……是赫赫有名的剑客邓肯·艾达荷。至于名字嘛……”

“可艾达荷已经死了。”伊勒琅说，“保罗经常当着我的面哀悼他。他亲眼看见艾达荷被我父亲的萨多卡杀死。”

“虽说他们吃了败仗，”艾德雷克说，“但您父亲的萨多卡并不是笨蛋。让我们设想一下，一个聪明的萨多卡指挥官在战场上认出了这位剑术大师的尸体。然后会怎样？这具肉体是可以利用、可以训练的……如果时间来得及的话。”

“一个特莱拉死灵。”伊勒琅悄声说，看了一眼身旁的斯凯特尔。

斯凯特尔察觉到了伊勒琅的眼光。他开始用起自己的变脸魔力来：外形不断变化，肌肉也在移动调整。一会儿工夫，伊勒琅面前出现了一个瘦削的男人。脸庞依旧有些圆，可肤色更深，五官微微有些扁平。高耸的颧骨，眼睛深陷，还带着明显的内眦赘皮。乌黑的头发桀骜不驯地顶在头上。

“就是这个模样的死灵。”艾德雷克指着斯凯特尔说。“也许并不是什么死灵，只不过是另一个变脸者？”伊勒琅问。

“不可能。”艾德雷克说，“长时间审察之下，变脸者很可能暴露。不，不是变脸者。我们假设那位聪明的萨多卡指挥官把艾达荷的尸体保存在再生箱里。为什么不呢？这具尸体的肉身和神经属于一个历史上最优秀的剑客、一个厄崔迪家族的高级顾问、一个军事天才。它完全可能被重新激活，成为萨多卡军团的教官，扔掉这具训练有素、才能卓著的尸体无疑是一个巨大的浪费。”

“这件事我怎么连一点风声都没听到？我父亲从前还一直非常信任我呢。”伊勒琅说。

“哦，那是因为您父亲打了败仗，而且几个小时之内您就被卖给了新皇帝。”艾德雷克说。

“这件事办成了吗？”她询问道。

带着令人厌恶的沾沾自喜，艾德雷克说：“我们设想这个聪明的萨多卡明白速度的重要性。他迅速把这具受到严密保护的艾达荷肉身送到了特莱拉人手里。我们再进一步设想，指挥官和他的战士们不久便死掉了，没有来得及把这个消息告诉您父亲，反正他已经没机会拿它派上用场了。事实就是，一具肉身被送到了特莱拉人那里。不用说，运送它的办法只有一个，就是远航机。我们宇航公会的人自然熟知运送的每一件货物。得知这个消息后，岂有不把这具宜于对付皇帝的死灵买下来之理？”

“这么说，这件事办成了。”伊勒琅说。斯凯特尔又恢复了先前胖乎乎的脸。他说：“正如这位唠唠叨叨的朋友所指出的那样，我们确实办成了。”

“你们是怎样训练艾达荷的？”伊勒琅问。

“艾达荷？”艾德雷克问，一边看着那个特莱拉人，“你认识艾达荷吗，斯凯特尔？”

“我卖给你们的是一个叫海特的生物。”斯凯特尔说。

“噢，对了……是叫海特。”艾德雷克说，“为什么把他卖给我们？”

“因为我们曾经繁殖过一个我们自己的魁萨茨·哈德拉克。”斯凯特尔说。

圣母苍老的头颅猛地一晃，眼睛死死盯住他，“你没把这事告诉我们！”她指责道。

“您也没有问。”斯凯特尔说。

“你们是怎么制服自己的魁萨茨·哈德拉克的？”伊勒琅问。

“一个以毕生精力塑造自我的生物，宁可死去，也不愿演化成那个自我的对立物。”斯凯特尔说。

“我不懂你的意思。”艾德雷克冒冒失失地说。

“他杀了自己。”圣母喝道。

“你很明白我的意思，圣母。”斯凯特尔警告地说。这句话所用的米拉哈萨语态同时传达出另一层意思：你是一个没有性别的东西，从来没有，也不可能有。特莱拉人等着对方弄懂自己这个表达方式过于花哨的暗示。她肯定不会误解他的意思。开始一定很愤怒，随后就会意识到，特莱拉人不可能用这种方式辱骂她，因为他本身的繁殖离不开贝尼·杰瑟里特姐妹会。但话又说回来，他的话着实粗俗难听，颇有侮慢之意，完全不像一个特莱拉人。艾德雷克立即插嘴，用的是米拉哈萨语的安抚语态，想缓和此刻的尴尬："斯凯特尔，你曾说过，之所以出售海特，是因为你们知道我们打算怎么使用他，而你们也有同样的愿望。"

"艾德雷克，没有我的允许你最好别开口。"斯凯特尔说。宇航公会的家伙刚想争辩，圣母厉声说："闭嘴，艾德雷克！"

艾德雷克在箱子里向后一缩，恼怒异常。

"我们自己一时的感情与解决大家共同面对的问题无关，"斯凯特尔说，"只会蒙蔽我们的理智。只有一种感情是重要的，就是让我们聚在一起的那种最基本的恐惧。"

"我们理解。"伊勒琅说，瞥了圣母一眼。

"必须看到，我们的防护是非常有限的，"斯凯特尔说，"不会在没有清楚的预见之前贸然行动。"

"你很狡猾，斯凯特尔。"伊勒琅说。

狡猾到什么程度，她就不必猜了。斯凯特尔想，此事一了，我们将得到一个掌握在我们手中的魁萨茨·哈德拉克。其他人却什么也得不到。

"你们的那位魁萨茨·哈德拉克，其血脉从何而来？"圣母问。

"我们混合了各种最纯正的精华，"斯凯特尔说，"纯粹的善良和纯粹的邪恶。一个完全以制造痛苦和恐怖为乐的恶棍是非常有教育意义的，可以让我们学到许多东西。"

“老男爵哈克南，我们皇帝的外祖父，是特莱拉人的作品吗？”伊勒琅问。

“不是。”斯凯特尔说，“但大自然常常会创造出同样可怕的作品。而我们创造此类作品有一个先决条件：拥有可以进行研究的环境。”

“你们别想不理会我！”艾德雷克抗议道，“是谁让这次会议隐蔽起来，不让他……”

“那好吧。”斯凯特尔说，“请你向我们提供你的最佳决断吧。这个决断是什么？”

“我希望讨论如何把海特交给皇帝的问题。”艾德雷克坚持说，“我认为海特身上反映了厄崔迪人在其出生的星球养成的道德观。海特使皇帝更容易加强自己的道德本性，明白生活和宗教中的各种积极、消极因素。”

斯凯特尔笑了，向他的同伴投去宽厚的一瞥。他们的表现和自己希望的完全一致。老圣母像挥舞长柄大镰刀一般任意发泄着自己的情绪。伊勒琅原本负有使命，这项使命虽然早已失败，但她毕竟为此接受了充分的训练。这是一个有缺陷的贝尼·杰瑟里特作品。艾德雷克则和魔术师的手差不多，可以用于掩饰，也可以用于分散观众的注意力。此时此刻，艾德雷克因为别人的忽略而闷闷不乐，沉默不语。

“不知我是不是听懂了你们的意思，这个海特是用来毒害保罗意识的精神毒药？”伊勒琅问。

“多少是那么回事。”斯凯特尔说。

“那些齐扎拉僧侣怎么办？”伊勒琅问。

“只要稍稍使一点力，情感上一个滑步，他们的妒忌就会转化成仇恨。”

“宇联商会呢？”伊勒琅问。

“他们会跟着利润走，哪一方有利，他们就会支持哪一方。”斯凯特尔说。

“其他有势力的组织呢？”

“以政府的名义控制它们。”斯凯特尔说，“至于那些势力较弱的组织，我们可以用道德和进步的名义整合它们。我们的对手则会因为自己那些盘根错节的力量窒息而死。”

“厄莉娅也会？”

“海特是一个用途很多的死灵。”斯凯特尔说，“皇帝的妹妹已经到了被有魅力的男人诱惑的年纪了。她将痴迷于他的男性魅力和门泰特的卓越武功。”

莫希阿姆吃惊地睁大那双老眼：“这个死灵是门泰特？这一招实在太危险了。”

“准确地说，”伊勒琅说，“门泰特的数据必须精确无误。如果保罗向我们的礼物询问其意图，那该如何是好？”

“海特会如实相告。”斯凯特尔说，“和其他门泰特一样。”

“原来这就是你为保罗留下的逃生之门。”伊勒琅说。

“一个门泰特！”莫希阿姆喃喃地说。

斯凯特尔瞥了一眼老圣母，发现历史形成的仇恨影响了她的判断。巴特勒圣战以来，“有思维魔力的机器”已经从宇宙的大部分地方被清除净尽。计算机始终是人们怀疑的对象。这种古老的情绪同样表现在对待门泰特这种“人类计算机”的态度上。

“我不喜欢你笑的样子。”莫希阿姆突兀地说。她瞪着斯凯特尔，用的是米拉哈萨语的实话语态。

斯凯特尔也用实话语态说：“我不打算取悦你，但我们别无选择，只能携手合作。在这一点上没有什么分歧。”他看了一眼宇航公会的人：“是这样吗，艾德雷克？”

“你给我上了一课。很难受，但很有意义。”艾德雷克说，“我猜你希望明确一点——我不会反对我的同谋们共同做出的决定。”

“你们瞧，他还是很聪明的。”斯凯特尔说。

“但还有一些事。”艾德雷克叫道，“厄崔迪家族垄断了香料。如果没有香料，我就不能预知未来。贝尼·杰瑟里特姐妹会的人也看不到真相。我们虽然储备了一些，但非常有限。香料就是威力无比的硬通货。”

“我们的文明远远不止一枚硬通货。”斯凯特尔说，“对手用香料配额供应卡死我们的办法注定会失败的。”

“你想偷走它的秘密配方。”莫希阿姆喘着气说，“可他的整颗星球都有疯狂的弗雷曼人把守着！”

“弗雷曼人是文明的、受过教育的，同时又是无知的。”斯凯特尔说，“他们不是疯子。他们接受的教育是信仰，而不是知识。信仰可以操纵，只有知识才是危险的。”

“是不是还有点我可以做的事，比如创立一个新皇朝之类的？”伊勒琅问。

大家都听出了她话中的承诺，可只有艾德雷克朝她笑了笑。

“多少有点。”斯凯特尔说，“多少有点。”

“这意味着厄崔迪家族统治势力的终结。”艾德雷克说。

“即使没有预知力量的人也可以做出这种预言。”斯凯特尔说，“用一句弗雷曼人的话来说，这是mektub al mellah。”

“‘用盐写出来的话’，也就是常识。”伊勒琅翻译道。

她说话的时候，斯凯特尔终于发现贝尼·杰瑟里特为他安排的是什么手段了：一个美丽聪慧的女人，但永远不可能属于他。啊，对了，他想，或许我能复制一个和她一模一样的。

任何文明都必须和一种无意识的势力搏斗，这种势力能阻碍、背叛或者摧毁文明希望达到的任何目的。

——特莱拉信条（未经证实）

保罗坐在床边，脱下自己的沙地靴。润滑剂发出一阵难闻的酸臭。它的作用是润滑鞋跟的泵吸式动力装置，使之驱动蒸馏服正常运转。已经很晚了。他夜间散步的时间越来越长，这让爱他的人们非常担忧。他承认，这样散步很危险。可这类危险他能预先察觉，也能立即解决。夜晚，一个人悄悄漫步在厄拉奇恩的大街上，是一件多么惬意而诱人的事啊。

他把靴子扔到房间里唯一的球形灯下面，急切地扯开蒸馏服的密封条。上帝啊，他太累了！尽管他因疲劳而肌肉僵硬，可脑子仍然非常活跃。每一天，平民百姓的世俗生活总是让他妒忌。一个皇帝是不能享受宫墙外那无名而火热的生活的……可是……毫不引人注目地在大街上走走，真是一种特权！从吵吵嚷嚷的托钵香客身边擦过，听一个弗雷曼人咒骂店主："你那双散失水分的手！"

想到这里，保罗不禁笑了，从蒸馏服里钻了出来。

他赤身裸体，却觉得和自己的世界完全合拍。沙丘是一个充满矛盾的世界：一个被四面围攻的世界，却又是权力的中心。他想，权力不可避免地会受到四面围攻。他低头凝视着绿色的地毯，脚底和它接触，感受着它粗糙的质地。

街上的沙子深及脚踝，屏蔽场城墙阻挡住了铺天盖地的狂风。但成千上万双脚踏上去，仍然搅起了令人窒息的灰尘，塞满了蒸馏服的过滤器。直到现在，他依然能闻到灰尘的味道，尽管他的房间门口就有鼓风机，一刻不停地吹扫着。这种味道令人想起荒芜的沙漠。

那些日子……那些危险。

和那些日子相比，独自散步危险很小。可是，穿上蒸馏服，就好像把整个沙漠都穿到了身上。蒸馏服，还有它那些用于回收身体散出的水分的装置，引导着他的思维，使思维发生了微妙的变化；蒸馏服还固定了他的举止行动，使他举手投足无不表现出沙漠的模式。他变成了野蛮的弗雷曼人。蒸馏服带来的不光是表面的掩饰，它还使他成了一个他自己的城市中的陌生人。穿上蒸馏服，他便放弃了安全感，捡起了过去那一套暴力手段。香客和市民从他身边经过的时候都小心翼翼、低眉顺眼。他们不敢招惹这些野蛮人。如果在市民的脑海里，沙漠真的有一张脸的话，它就是一张隐藏在蒸馏服口鼻过滤器下面的弗雷曼人的脸。

事实上只有一些小风险：过去穴地时代的旧人可能通过他的步态、体味以及眼神认出他。即便如此，碰到敌人的机会还是很少。

门帘唰地一响，屋里射进一缕亮光，打断了他的沉思。契妮端着一个银色托盘走了进来，上面放着煮咖啡的用具。两盏跟在她后面的球形灯迅速移到指定位置：一个在他们床头，一个悬在她旁边照着她做事。

契妮灵巧地移动着，一点没有老态，沉着、轻盈，弯下身子准备咖啡的姿势使他想起了他们刚认识的时候。她还是那么活泼调皮，岁月几乎没有在她身上留下任何痕迹，除非仔细检查那没有眼白的眼角，才会注意到那儿出现了一丝细纹：沙漠中的弗雷曼人称之为“沙痕”。

她捏住夏甲翡翠柄，揭开咖啡壶盖，里面顿时飘出一缕热腾腾的蒸汽。他闻出咖啡还没有煮好。果然，她盖上了盖子。那只纯银咖啡壶的形状是一个怀孕的女人，正在吹笛。他想起来了，这是一件珈尼玛，一次决斗的战利品。詹米，壶的前主人的名字……詹米。詹米的死多么奇怪，多么令人难以忘却啊。如果早知道死亡不可避免，他还会随身带着这只特殊的咖啡壶吗？

契妮取出杯子：蓝色的陶瓷杯，像仆人一样蹲在巨大的咖啡壶下面。一共有三只，他俩一人一只，另一只给这套咖啡用具的所有前主人。

“一会儿就好。”她说。

她看着他。保罗不知道自己在她眼里是什么样子，还是那个奇怪、精瘦，和弗雷曼人相比水分充足的异域异星人吗？他还像过去部落里那个“友索”吗？在他们亡命沙漠的时候，正是那个友索，与她一同踏上了弗雷曼人的“道”。

保罗凝视着自己的身体：肌肉结实，身材修长……只是多了几条伤疤。虽然当了十二年皇帝，但身体仍基本保持着原样。他抬起头，从镜子里看了看自己的脸……尽是蓝色的弗雷曼人眼睛，是香料上瘾的明显标志；一只笔直的厄崔迪鼻子，看上去的确是那位死于斗牛场的混乱中的祖父的嫡传孙子。

保罗回忆起那位老人讲过的话：“统治者对他所统治的人民负有不可推卸的责任。你是领袖，所以你要用无私的关爱使你的人民感到幸福。”

人民仍然带着深厚的感情怀念着这位老人。

而我这个头顶厄崔迪姓氏的人又做了什么？保罗问自己，我把狼放进了羊群。

一时间，死亡和暴力的画面闪过他的脑海。

“该上床了！”契妮用严厉的口气命令道。保罗熟悉这种语气，在她眼里，他压根儿不是皇帝。

他顺从地上了床，双手放在脑后，身体向后躺着，等待契妮令人愉快的熟悉动作让自己放松下来。

他突然想到，这个房间里的摆设颇为滑稽。普通百姓肯定想象不出皇帝的寝宫是这个样子。契妮身后的架子上放着一排颜色各异的玻璃缸，球形灯的黄色亮光在上面投下跳动的影子。保罗默默想着玻璃缸里的东西：沙漠药典记载的干药、油膏、熏香以及各类纪念品……泰布穴地的一撮沙子、他们长子出生时的一绺头发……孩子早就死了……十二年了……在那场使保罗成为皇帝的战争中丧命的无辜者之一。

香料咖啡的浓郁味道弥漫了整个房间。保罗深深吸了口气，目光从正在煮咖啡的契妮身上移到托盘边一只黄色的碗上。碗里盛着坚果。不可避免地，毒物探测器从桌下爬上来，对着碗里的食物摇晃着它昆虫似的手臂。探测器让他气愤。在沙漠的时候，他们根本用不着探测器!

“咖啡准备好了。”契妮说，“你饿了吗？”

他的愤怒被一阵香料运输飞船的轰鸣声淹没了。这些船正从厄拉奇恩出发，朝太空驶去。

契妮察觉到他的愤怒。她斟上两杯咖啡，放了一杯在他手边，然后在床边坐下，拉出他的脚，开始为他揉搓。因为长期穿蒸馏服走路，脚上结满了老茧。她轻声说：“我们谈谈伊勒琅想要孩子的事吧。”她好像漫不经心地说出这句话，可一切都瞒不过他。保罗猛地睁大眼睛，盯着契妮。

“从瓦拉赫回来还不到两天，”他说，“伊勒琅就已经找过你了？”

“我们从来没讨论过她的挫败感。”她说。

保罗迫使自己警觉起来，在刺目的灯光下仔细研究契妮的一举一动。这是母亲不惜违反清规教给自己的贝尼·杰瑟里特方法。他实在不愿意把它用在契妮身上。他之所以离不开她，一个重要原因就是不必在她身上使用任何令人神经紧张的心法。契妮保留了弗雷曼人的好品德，几乎从不提出任何不得体的问题。她的问题通常都是事务性的。契妮最关心的是那些影响自己男人地位的东西：他在议会中的权力，军团对他的忠诚程度，同盟者的能力如何，等等。她能记住一长串名字，以及书上的详细索引。她还能毫不费力地说出每个敌人的主要弱点，敌方可能的军队部署，军事指挥官的战斗计划，使用何种兵器，其基本的工业生产能力如何，等等。

现在为什么问到了伊勒琅的事？保罗心生疑惑。

“我让你不安了。”契妮说，“那不是我的本意。”

“你的本意是什么？”

契妮不好意思地笑了，迎着他的目光：“如果你生气了，亲爱的，千万别憋着不说。”

保罗把身体靠回床头板。“我该不该打发她走？”他问，“她现在没什么用处，我也不喜欢她和姐妹会的人混在一起。”

“不要打发她走。”契妮说。她继续按摩他的双腿，声调平和实在：“你说过很多次，她是联系敌人的一座桥梁，可以通过她的活动知道他们的阴谋。”

“那你为什么提到她想要孩子的事？”

“它能挫败敌人的阴谋。如果你让她怀孕，伊勒琅在敌人中的地位就摇摇欲坠了。”

从那双在自己脚上揉搓的手上，他体会出了这些话给她带来的痛苦。他清了清喉咙，缓缓地说：“契妮，亲爱的，我发过誓，决不让她上我的床。一个孩子会给她带来太多的权力。你难道想让她代替你吗？”

“我没有名分。”

“不是这样的，亲爱的塞哈亚，我沙漠里的春天。你怎么突然关心起伊勒琅来了？”

“我关心的是你，不是她！如果她怀了一个厄崔迪血统的孩子，她的朋友们就会怀疑她的忠诚。我们的敌人对她信任越少，她对他们的用处就越小。”

“她的孩子可能意味着你的末日。”保罗说，“你知道他们在密谋些什么。”他用双臂紧紧搂住她。

“可你应该有一个继承人！”她哽咽着说。

“哦。”他说。

也就是说，契妮不能给他生孩子，必须让别人来生。那么，这个人为什么不能是伊勒琅呢？契妮此刻就是这样想的。而这件事必须通过做爱才能完成，因为帝国明令禁止人工繁殖后代。契妮的决定完全是弗雷曼式的。

保罗再次在灯光下研究着她的脸。这是一张比自己的脸更加熟悉的脸。他曾经温柔而深情地凝视过它，这张睡梦中带着甜美、害怕、恼怒和悲哀的脸。

他闭上眼睛，契妮年轻时的样子又一次浮现在眼前：蒙着春季面纱的脸、哼着歌儿的脸、懒洋洋地从睡梦中醒来的脸——如此完美，每个画面都令他痴迷沉醉。在他的记忆中，她微笑着……刚开始的时候有点羞涩，然后流露出紧张，仿佛想立即逃掉。保罗嘴巴发干。此时此刻，他闻到了荒芜的未来传来的苍凉的烟味。一个声音，来自另一类幻象的声音在命令他放手……放手……放手。长久以来，他那有预知能力的灵眼一刻不停地窥探未来，捕捉每一丝异常的声响，偷听每块石头的动静、每个人的异动。从他第一次有了这可怕魔力的那一天开始，他就一直在凝望自己的未来，希望找到平静安宁。

自然，办法是有的。他记住了它，却不知道它是什么意思——一个死记硬背下来的未来，它给他的严格教诲就是：放手、放手、放手。

保罗睁开眼睛，看着契妮坚定的脸。她已经停止了按摩，静静地坐在那里——最纯正的弗雷曼人姿态。她的一切仍旧那么熟悉，头上戴着在他俩的私人房间里常戴的蓝色产子头巾。可此时，她脸上蒙着一副决心已定的面具，他对做出这个决定的思维方式非常陌生，但这种思维方式已经延续了千百年。千百年来，弗雷曼女人一直共同享用男人，不只是为了和睦相处，更重要的是传宗接代。眼下在契妮身上起作用的显然就是弗雷曼人的这种神秘习俗。

“你会给我一个我想要的继承人的。”他说。

“你已经看到了？”她问，明显指的是他的预知能力。

已经很多次了，保罗不知道如何才能确切地解释预知的事。没有任何标志的时间线像织物一样在他面前不停地起伏波动。他叹了口气，想起从河里掬起一捧水的感觉：水晃荡着，慢慢流走。记忆的浪花濡湿了他的脸。可现在，未来的幻象越来越庞杂晦涩，他如何才能让自己全身沉浸在未来之水中？

“就是说，你没有看到。”契妮说。

他几乎再也看不到未来的幻境了，除非冒险竭尽全力。除了悲哀，未来还能给他们显示什么？保罗问自己。他感到自己置身一片荒芜，这里充满敌意，无比荒凉，只有他的情感漂浮着、晃荡着，无法阻止、永不停息地向外流淌，渐渐枯竭。

契妮盖好他的腿，说：“要给厄崔迪家族一个后代。这不是你把机会留给哪个女人的问题。”

这也是他母亲经常唠叨的话，保罗想。他怀疑杰西卡夫人是否暗中和契妮通信。他母亲考虑这些事只能以厄崔迪家族的利益为准。那是她从贝尼·杰瑟里特学校学到的思维模式，虽说她现在已经背叛了贝尼·杰瑟里特姐妹会，这种模式仍然毫无改变。

“今天伊勒琅来的时候，你听见我们谈话了。”他责备道。

“我听了。”她说，眼睛并不看他。

保罗想着和伊勒琅见面的情景。他进入了家庭休息室，发现契妮的织机上有一件没有织完的长袍。还有一股酸酸的沙虫味，一种难闻的臭味，几乎盖住了那一小口被人咬下来的黄褐色香料散发出的气味。有人碰落了香料萃取物，滴到一块地毯上。它烧化了地毯，地板上凝结了一团油污。他想叫人来清理一下，就在这时，哈拉赫——斯第尔格的妻子，也是契妮最亲密的女友——走进来说伊勒琅来了。

他不得不在这令人恶心的臭味中接见伊勒琅。正应了弗雷曼人的迷信说法：臭味前脚到，坏事后脚跟。

伊勒琅进来的时候，哈拉赫退了下去。

“欢迎你回来。”保罗说。

伊勒琅穿了件灰色鲸皮长袍。她拉紧皮衣，一只手抚着头发，对他温柔的语调感到迷惑不解。她已经做好了迎接一顿暴怒的申斥的准备，那些责备的话已经在她的脑海里翻腾过几遍了。

“你这是来报告我说，姐妹会已经抛弃了最后一丝道德上的顾虑。”他说。

“做那种荒唐的事，岂不是太危险了吗？”她问。

“荒唐和危险，这样的组合有问题。”他说。贝尼·杰瑟里特甄别叛徒的训练使他觉察出她按捺住了畏缩的冲动。这种努力让他瞥见了她深藏内心的恐惧，此外，他还发现她并不喜欢他们委派给她的任务。

“他们想从你这位有皇室血统的公主这儿得到的东西也未免太多了一点儿。”他说。

伊勒琅一动不动。保罗知道，她正用意志的力量，老虎钳一般紧紧控制住自己，不让自己失控。她背负着沉重的心理负担，他想。保罗不明白，为什么预知幻象没有让他及早看到未来的这个变数。

渐渐地，伊勒琅放松下来。她已经下定决心了：让恐惧压倒自己是没有意义的，现在退缩也为时已晚。

“您始终不管这儿的气候，由着它保持现在这种蛮荒样子。”她揉着长袍下的手臂，“太干燥了，还有沙暴。您就不打算让这儿下下雨吗？”

“你来这里不是打算谈气候的吧。”保罗说。他琢磨着她话里的含义。难道伊勒琅想告诉他什么难以启齿的事？她的训练不允许她宣之于口的事？好像是这样。他感到自己仿佛被突然抛到空中，必将重重坠落在某个坚硬的地方。

“我必须要一个孩子。”她说。

他缓缓摇头。

“我必须要！”她厉声说，“如果有必要的话，我要给孩子另外找个爸爸。我要让你戴绿帽子，看你敢不敢把事情抖搂出来。”

“戴绿帽子可以。”他说，“可你休想要孩子。”

“你怎么阻止我？”

他最和气不过地笑了笑：“真要那样的话，我让人绞死你。”

她被惊呆了。一片寂静中，保罗发现契妮正躲在厚厚的布幔后偷听，里面是他俩的私人卧室。

“我是你妻子。”伊勒琅低声说。

“我们不要玩这种愚蠢的游戏了。”他说，“你不过是扮演妻子的角色而已。我们都清楚谁是我的妻子。”

“我只是一个工具，仅此而已。”她说，声音充满痛苦。

“我并不想虐待你。”他说。

“可你把我放在了这样的位置上。”

“不是我。”他说，“是命运选择了你，你父亲选择了你，贝尼·杰瑟里特姐妹会选择了你，宇航公会选择了你。这一次，他们又选择了你。他们这次选你做什么，伊勒琅？”

“我为什么不能有你的孩子？”

“因为你不适合承担这样的角色。”

“我有权利养育皇室继承人！我父亲曾经是……”

“你父亲曾经是而且仍然是一头畜生。你我都知道，他几乎完全失去了他应该统治和保护的人性。”

“别人对他的憎恨不及对你的吧？”她怒视着他，“你说过，你并不想虐待我，可……”

“所以我同意你去找情人。但你听好了：找情人，却不允许你把该死的私生子带进我的皇族。我不会承认这样的孩子。我不反对你和任何男人苟合，只要你小心谨慎……而且没有孩子。我不是傻瓜，在这种情况下，我不会有什么想法。可你不要滥用我慷慨赐予你的权利。至于皇位，我要严格控制它的血统。贝尼·杰瑟里特姐妹会休想控制它，宇航公会也休想。这是我把你父亲的萨多卡军团从厄拉奇恩平原驱逐出去以后赢得的特权。”

“你说了算。”伊勒琅说。她猛地一转身，冲出房间。保罗把自己的思绪从回忆中拉出来，放到坐在床边的契妮身上。他很清楚自己对伊勒琅的矛盾感情，也理解契妮弗雷曼式的决定。换一种情形，契妮和伊勒琅甚至有可能成为朋友。

“您怎么决定的？”契妮问。

“不要孩子。”他说。

契妮用食指和右手拇指做了一个晶牙匕的手势。

“事情可能真会发展到那一步。”他同意道。

“您不认为一个孩子能解决伊勒琅的所有问题？”她问。

“傻瓜才那样想。”

“我可不是傻瓜，亲爱的。”

他恼怒起来：“我没说你是！可我们不是在讨论该死的浪漫小说。走廊那头的是一个真正的公主，在帝国宫廷里长大，见识过各种卑鄙肮脏的皇室仇杀。对她来说，阴谋就像写她那些愚蠢的历史书一样稀松平常！”

“那些书写得并不愚蠢，亲爱的。”

“可能吧。”他的恼怒渐渐消失了，握住她的手，“对不起。但那个女人有太多的阴谋，大阴谋中还有小阴谋。只要满足了她一个野心，她就会得寸进尺。”

契妮温柔地问：“我是不是一直很多嘴？”

“是的，当然是。”他看着她，“你真正想对我说的是什么？”

她在他身边躺下，用手抚摩着他的脖子。“他们已经决定要整垮你。”她说，“伊勒琅知晓这些秘密。”

保罗揉搓着她的头发。

契妮脱去了外套。

这时，可怕的使命感一掠而过，像一阵风似的搅动了他的心灵，尖啸着从他的躯体中穿过。他的身体能感受到，但他的意识却永远无法明白。

“契妮，亲爱的。”他悄声说道，“你知道我为了结束这场圣战……为了摆脱齐扎拉教团强加在我头上的天神光环——该死的光环——会付出什么代价吗？”

她颤抖着说：“但掌握领导权的人是你。”

“哦，不。即使我现在死了，我的名字仍然能领导他们。每当我想到自己的厄崔迪姓氏和这场残酷的屠杀联系在一起……”

“可你是皇帝，你已经……”

“我是一个傀儡。当人变成了神，他就再也不能控制局势了。”他痛苦地自嘲道。他察觉到，一个自己做梦也想象不到的未来王朝正在转头凝视着自己。他感到自己被驱逐出去，哭叫着，不再和命运的链条有任何联系……只有他的名字将继续流传下去。“我被选中了。”他说，“也许刚刚出生的时候……在我不可能有任何反抗的时候，就被选中了。”

“那就甩掉它。”她说。

他紧紧搂住她的肩膀：“迟早会的，亲爱的。再给我一点时间。”

他眼里噙满泪水。

“我们应该回到泰布穴地。”契妮说，“这个石头帐篷里的明争暗斗实在太多了。”他点点头。下巴在她那光滑的头巾上摩擦着。她身上散发着一股舒适的香料味，充塞了他的鼻孔。

穴地。这个古老的恰科博萨单词迷住了他：一个危急时刻的避难所。契妮的话使他不由得想起辽阔的沙漠，一望无际的沙丘，无论敌人从多远的地方袭来，都可以一览无余。

“部落的人盼望他们的穆阿迪布回去。”契妮说，她转过头看着他，“你是属于我们的。”

“我属于一个幻象。”他低声说。

他想到了圣战，想到了跨越秒差距的基因组合，以及它可能的结局。他应该为此付出代价吗？当战火平息之后，所有的仇恨都会烟消云散——一点点地。可……唉！多么可怕的代价！

我从没想过要当一个神，他想。我只想像清晨的一滴可爱露珠，无声无息地消失。我想逃离那些天使和魔鬼……一个人待着。

“我们回泰布穴地吧？”契妮又问了一句。

“好的。”他低声说。他想：我必须付出代价。

契妮深深叹了口气，重新依偎着他。

我已经虚掷了很多时光，他想。爱和圣战时刻包围着他。一个人的生命，无论它多么被大家热爱，怎么抵得上圣战中死去的千千万万生命？单个人的悲哀怎能和大众的痛苦相提并论？

“亲爱的？”契妮问。

他把一只手放到她的嘴唇上。

我要听从内心的声音，他想。趁我还有力量，我一定要逃出去，逃到连鸟儿也不可能发现我的地方。这种想法没什么用，他知道。圣战将仍然追随他的灵魂。

当人民指责他的残暴愚蠢时，他该如何解释？他想，如何回答？谁会理解他？

我只想朝后一看，说：“看那儿！那个存在物不是我。看啊，我消失了！再也没有任何人类的罗网能限制我、看管我。我放弃我的宗教！这荣耀的一刻是我的！我自由了！”

多么苍白空洞的言语！

“昨天在屏蔽场城墙下发现了一条巨大的沙虫。”契妮说，“据说有一百多米长。这样大的沙虫这个地区很少见。我想，是水阻住了它。有人说，它来这儿是为了召唤穆阿迪布回到他的沙漠故乡。”她捏了捏他的胸脯，“不要嘲笑我！”

“我没有笑。”

弗雷曼人对神话传奇的迷信总是让保罗惊奇不已。就在这时，他突然觉得胸口一紧，自己的生命线上，某种东西一震：阿达布——自发记忆，不请自来的强烈回忆。他回忆起自己在卡拉丹星球的童年时代……石头的小屋、漆黑的夜晚……幻象产生！那是他最早使用自己的预知能力。他感到自己的意识重又深入那个幻象，穿过仿佛蒙着一层薄纱的记忆（幻象中的幻象），看到了一排弗雷曼人。他们的长袍沾满灰尘，从高大的岩石间隙走过，抬着一个长长的、用衣物裹住的东西。

保罗听见自己在幻象里说：“太甜美了……你是其中最甜美的……”

自发记忆松开了控制着他的铁爪。

“你怎么不说话？”契妮悄声说，“怎么回事？”

保罗耸耸肩，坐了起来，把脸转到一边。“因为我到沙漠边缘去了，所以你生气了。”契妮说。

他摇摇头，不说话。

“我去那儿是想要一个孩子。”契妮说。

保罗不能说话。他仍然沉醉于刚才那个早期幻象所显示的原始力量之中。那个可怕的使命！那一刻，他的一生仿佛变成了一只翅膀，被飞翔的鸟儿翻来覆去地摇动着…… 鸟儿代表冒险，代表自由意志。

我无法摆脱预言的诱惑，他想。

他意识到，屈服于这种诱惑，就等于沿着生活中某条既定的轨道一直走下去。他心想，也许预言并不预示着未来？或许他让自己的生命陷在这个预言织成的千头万绪的罗网之中，最后成为预言这只蜘蛛的猎物。现在，这只蜘蛛正张开大嘴，朝他步步紧逼过来。

一句贝尼·杰瑟里特格言闪过他的脑海：“运用原始力量，只能使你永远受制于更高级的力量。”

“我知道会惹你生气。”契妮说着碰了碰他的手臂，“真的，部族的人已经恢复了古老的仪式，还有血祭，不过我没有参与。”

保罗深深地吸了口气，身体随之颤动。幻象的巨流被驱散了，成为一片深不见底却风平浪静的汪洋，下面涌动着他无法企及的巨力。

“求求你。”契妮恳求道，“我只是想要一个孩子，我们的孩子。这有什么不对？”他爱抚地拍了拍她的手臂，然后推开它，爬下床，熄灭了球形灯，走到靠阳台的窗户旁，拉开帘幔。除了它的气味，沙漠还没有侵蚀到这里，它像一面没有窗户的墙，远远横在他前面，伸向夜空。月光斜斜地照进封闭的花园，洒在高大的树木、宽阔的枝叶和潮湿的灌木丛中。点点繁星把明亮的影子投向鱼塘，像洒落在树阴里的片片白色花瓣，闪闪发光。刹那间，他明白了在弗雷曼人眼里这个花园意味着什么：怪异、可怕、危险、浪费水分。

他想到了那些水商。慷慨分发水使这些人利益受损。他们恨他，他摧毁了过去。另外还有一些人，甚至那些从前拼命辛劳才能买到珍贵的水的人，也仇恨他。因为旧有的生活方式被改变了。遵照穆阿迪布的命令，星球上的生态模式发生了巨大变化，人们的抵触情绪也随之增加。他怀疑自己的决定是不是过于武断，居然认为可以改造整颗星球——改变已经存在的所有东西，并且命令它以另外某种方式存在？即使他成功了，这颗星球以外的宇宙呢？它会害怕类似的改革吗？

他猛地拉上帘幔，关闭了通风口。他转身对着黑暗中的契妮，感到她正在那儿等着他，水环叮当作响，像香客的布施铃。他顺着声音摸索过去，碰到了她伸出的手臂。

“亲爱的，”她低声说，“我让你心烦了？”

她的手臂拥住他，同时拥住他的未来幻象。

“和你没有关系，”他说，“噢……绝不是你。”

屏蔽场和有巨大杀伤力的激光枪对进攻者和防守者都非常重要，它们对武器科技的发展具有决定性的作用。在这里，我们毋须讨论原子弹扮演的特殊角色。在我的帝国里，任何一个大家族所拥有的原子弹都足以摧毁五十个或者更多家族的本土行星。这一事实的确让有些人感到紧张。但与此同时，我们的各大家族都不得不预先做好准备，以对付极可能到来的核报复。在宇航公会和兰兹拉德联合会控制下，原子弹只能存而不用。不，我关心的是把人类作为特殊武器的问题。这是一个有无限发展前景的领域，目前，许多有势力的机构正致力开发这个领域。

——穆阿迪布在军事学院的演讲

摘自《斯第尔格回忆录》

老人站在门口，那双尽是蓝色的眼睛盯着外面。这双眼睛带着本地人的怀疑神情，所有沙漠居民都是这样看陌生人的。他的嘴边有一条痛苦的唇线，那儿留着一撮白色的胡子。他没有穿蒸馏服，但更说明问题的是另一个事实：房间中的湿气正通过敞开的房门涌向屋外。

斯凯特尔鞠了一躬，做了个同谋者之间互致问候的手势。

老人身后的某个地方传来一阵三弦琴如泣如诉的声音，是塞缪塔音乐不和谐的乐声。可老人的举动一点也看不出服用过塞缪塔迷药的迹象，说明沉溺于这种迷药的另有其人。尽管如此，在这种地方出现这类恶行，还是令斯凯特尔有些不自在。

“请接受来自远方的问候。”斯凯特尔微笑着说。他专门为这次见面选择了一张扁平脸，因为老人可能认识这张脸。沙丘星上的有些老弗雷曼人认识邓肯·艾达荷。

这种选择一直让他觉得很好玩。可现在他意识到，选择这张脸也许是个错误，但他不敢贸然在户外变脸。他紧张地看看大街上来来往往的人群。老人难道不愿邀请自己进门？

“你认识我儿子吗？”老人问。

这句话至少表示了对他的认可。斯凯特尔做了恰当的答复，同时警觉地注意着周围的可疑动静。他不喜欢站在这儿。这是一条死胡同，这间房恰好在尽头。该地区的房屋专门为圣战老兵修建，是越过泰玛格一直延伸到帝国盆地的厄拉奇恩郊区的一部分。胡同周围的墙面十分单调，打破这种单调的只有那些关得紧紧的房门，门上乱七八糟地涂抹着污言秽语。在这扇门旁边，有人用粉笔写了一个告示：“某个叫贝雷斯的人给厄拉奇恩人带来了一种可恶的疾病，患者会丧失男性功能。”

“你有同伴吗？”老人问。

“就我一人。”斯凯特尔说。

老人清了清喉咙，仍然犹豫不决。这种情形真叫人急得发疯。

斯凯特尔提醒自己要耐心点。用这种方式进行联络本身就是很危险的事。也许老人有自己的理由。尽管如此，现在这个时段却选得很合适。苍白的太阳几乎笔直地照在头顶。在这个一天中最炎热的时候，人们都关在屋子里睡觉。

难道是那些新邻居使老人感到不安？斯凯特尔心想。他知道和老人挨着的一间房被分给了奥塞姆，这人曾经是令人敬畏的弗雷曼敢死队队长。还有那个在化学药品作用下变成侏儒的比加斯，他住在奥塞姆隔壁。

斯凯特尔再次把目光转向老人，发现他左肩下的袖子空荡荡的。此人隐隐透着一股力压群雄的傲气。他在圣战中可不是一般的士兵。

“我可以知道来访者的姓名吗？”老人问。

斯凯特尔松了口气，他终于被接受了。“我叫扎尔。”他说出了这次任务用的名字。

“我叫法罗克。”老人说，“曾经在圣战中做过第九军团的霸撒统领，你明白这意味着什么吗？”

斯凯特尔听出了话里的威胁。他说：“意味着你出生在泰布穴地，效忠于斯第尔格。”

法罗克放松下来，朝屋里跨进一步：“欢迎你的到来。”

斯凯特尔从他身边走过，进了幽暗的正厅。地板镶着蓝色瓷砖，墙上的水晶装饰闪闪发光。正厅后面有一个封闭的庭院。乳白色的光透过半透明的天棚散射进来，像一号月亮夜晚发出的银白色光芒。只听嘎吱一声响，临街的房门在他身后关上了。

“我们属于一个高贵的民族，”法罗克一边说，一边领着斯凯特尔朝后院走，“不是来自外星的异乡人。我们才不愿住在什么谷地鬼村子里呢……像这儿这种地方！我们在哈巴亚山脊上的屏蔽场城墙里有个体面的穴地，只要一条沙虫就可以把我们带到沙漠中心的克登。”

“而不像现在这个样子。”斯凯特尔同意道。他现在知道是什么使法罗克加入他们的阴谋集团了。这个弗雷曼人渴望从前的日子，还有从前的生活方式。

他们到了后院。

斯凯特尔知道，法罗克在竭力掩饰对来访者的厌恶。弗雷曼人从来不信任那些眼睛里没有伊巴德蓝的人，认为他们是异星人，总是东张西望，打量他们不应该看到的东西。

他们进去的时候，塞缪塔音乐停止了，取而代之的是巴厘琴演奏的音乐，随后是一首在纳瑞吉星球非常流行的歌曲。

斯凯特尔的眼睛渐渐适应了室内的光线，发现他右侧的拱门边，一个年轻人正盘着双腿坐在一张低矮的长沙发上。年轻人的眼睛只剩下两个空洞的眼窝。他开始唱歌，带着一种盲人的怪异声调。斯凯特尔仔细观察着他。那歌声高亢而甜美。

风吹散了陆地，
吹散了天空，
吹散了人！
这风是谁？
树林笔直矗立，
在人们畅饮的地方畅饮地下的甘泉。
我知道太多的世界，
太多的人，
太多的树林，
太多的风。

斯凯特尔注意到这些歌词都是重新改编过的。法罗克领着他离开唱歌的年轻人，到了对面的拱门下，指了指扔在绘着海洋生物图案的瓷砖地面上的几只坐垫。

“其中一只坐垫是穆阿迪布在穴地用过的。”法罗克指指一只又圆又黑的垫子，“坐吧。”

“不胜荣幸。”斯凯特尔说着，一屁股坐在那只黑垫子上，面带微笑。法罗克有自己的智慧。这个聪明的哲人，嘴里说着效忠的话，同时却听着暗含反意的歌曲。那个暴君确实有着可怕的力量。

法罗克在歌声中说话，一点儿没有打乱曲调：“我儿子的音乐搅扰你了吗？”

斯凯特尔把垫子转过来对着他，靠在一根冰凉的石柱上：“我喜欢音乐。”

“我儿子在征服纳瑞吉的战斗中失去了双眼。”法罗克说，“他在那儿治伤，本来是应该就留在那儿的。没有女人愿意嫁给他这样的人。我在纳瑞吉星球上还有一个或许永远不能谋面的孙子，这实在令人惊讶。你知道纳瑞吉星球吗，扎尔？”

“年轻的时候曾和变脸者同伴一块儿去过。”

“那你是个变脸者了。”法罗克说，“难怪你的外貌有点与众不同。它让我想起了一个熟人。”

“邓肯·艾达荷？”

“是的，就是那个人。皇上手下的一个剑客。”

“他被杀死了，据说。”

“有这种说法。”法罗克同意道，“你真的是个男人吗？我听说过有关变脸者的某种传说……”他耸耸肩。

“我们是杰达卡阴阳人，”斯凯特尔说，“可以随意变换性别。就目前而言，我是一个男人。”

法罗克若有所思地噘起嘴：“来点饮料？水还是冰冻果汁？”

“好好谈谈话就够让我心满意足了。”斯凯特尔说。

“客人的要求就是命令。”法罗克说着在一个坐垫上坐下来，正对着斯凯特尔。

“祝福阿布·德尔，无限的时间之路之神祇。”斯凯特尔说。他想：好了！我已经直接告诉了他我来自宇航公会，并且以宇航员的身份作为掩护。

“祝福阿布·德尔。”法罗克说。他按照仪式要求把两手交握叠放在胸前。那是一双苍老而青筋暴绽的手。

“隔着一段距离看，某个物体可能和它的本来面目全不相符。”斯凯特尔说，暗示他希望能讨论皇宫的情况。

“黑暗而邪恶的东西从任何距离看都是邪恶的。”法罗克说，似乎想拖延这个问题。

为什么？斯凯特尔疑惑不解。可他仍然不动声色：“你儿子的眼睛是怎么瞎的？”

“纳瑞吉的抵抗者用了一种熔岩弹。”法罗克说，“我儿子靠得太近了。该死的原子武器！熔岩弹也应该被判定为违法。”

“它钻了法律的空子。”斯凯特尔赞同道。同时又想：纳瑞吉星球上的熔岩弹！我们从未听说过这种东西。为什么老人要在这个时候提到熔岩弹？

“我想过从你的老师那儿买一双特莱拉眼睛给他。”法罗克说，“可军团里有种传说，说特莱拉眼睛能控制它的使用者。我儿子告诉我，那种眼睛是金属的，而他却是血肉之躯，这样的结合是罪恶的。”

“某种东西的本原必须和它的原始意图相符合。”斯凯特尔说，试图把话题转到自己关心的事情上。

法罗克撇了撇嘴，可还是点点头。“你要什么就明明白白说出来吧。”他说，“我们应该相信你们这些宇航员的话。”

“你去过皇宫吗？”斯凯特尔问。

“莫里特尔胜利庆功宴的时候去过。石头房子很冷，尽管有最好的伊克斯太空加热器。头天晚上我们住在厄莉娅神庙的露台上。你知道，他在那儿有树林，有从许多星球上弄来的树。我们这些霸撒统领都穿上了最好的绿色长袍，桌子也是一人一张，吃啊喝啊。还看到了很让人伤心的事：一排伤兵走了过来，步履蹒跚，拄着拐杖。我们的穆阿迪布恐怕不知道他到底毁掉了多少人。”

“你很反感这样的宴会？”斯凯特尔问。他知道弗雷曼人痛饮香料啤酒后的狂欢会。

“它和穴地的心灵融合不一样。”法罗克说，“这儿没有‘道’，只是娱乐。战士可以享用奴隶女子，男人们高谈阔论自己的战斗经历，炫耀他们的伤口。”

“这么说，你进过那一大堆石头砌成的建筑。”斯凯特尔说。

“穆阿迪布到露台上接见了我们。”法罗克说，“‘祝大家幸运。’他说。沙漠里的问候语，却出现在那个地方！”

“你知道他的私人寝宫在哪里吗？”斯凯特尔问。

“皇宫最里面的某个地方。”法罗克说，“据说他和契妮仍然按游牧民族的生活方式过日子，不过都是在高墙之内。公开接见是在大厅，他有专门的会见厅和正式的接见场所，皇宫厢房住的全是他的卫兵。还有举行仪式的地方和一个通信中心。据说城堡下面很深的地方还有一间房子，里面养着一只发育不良的沙虫，周围是可以毒死沙虫的深水沟。他就在那儿预测未来。”

传说加事实，斯凯特尔想。

“他走到哪儿就把各个政府部门带到哪儿。”法罗克抱怨道，“政府职员和随从，还有随从的随从。他只信任像斯第尔格这类人，他从前的老部下。”

“不包括你。”斯凯特尔说。

“我想他已经忘了还有我这个人。”法罗克说。

“他是如何进出皇宫的？”斯凯特尔问。

“他有一个小型扑翼飞机停机坪，从一堵内墙凸出来。”法罗克说，“据说穆阿迪布不许别人驾机在那儿着陆。它需要一种特殊的操控方法，一个判断失误就会撞墙，摔在他那该死的花园里。”斯凯特尔点点头。这倒很有可能是真的。通过这样一个空中通道进入皇帝的住所确实在某种程度上保证了皇帝的安全。厄崔迪家族的人都是优秀的飞行员。

“他用人来携带他自己的密波信息。”法罗克说，“这些人的体内植入了密波翻译器。这样一来，他们发出的声音就变成了皇帝本人的声音。一个人应该有权控制自己的声音，而不应该成为载体，携带另外某个人的声音。”

斯凯特尔耸耸肩。在这个时代，所有大人物都使用密波传信器，因为谁都说不清信息的发送者和接收者之间存在什么障碍。密波信息不可能破解，因为它的本质是自然人声，只是波形稍有变化，再以此为基础进行最复杂的扰频编码。

“连他的税务官员也用这种办法。”法罗克抱怨说，“我们那时候，密波传信器只植入低等动物身上。”

但税收信息确实应该保密，斯凯特尔想，不止一个政府因为人民知道它所聚敛的巨额财富而垮台。

“弗雷曼士兵们对穆阿迪布的圣战有什么看法？”斯凯特尔问，“他们是否反对把皇帝变成神？”

“多数人甚至想都没想过这样的问题。”法罗克说，“大多数人对圣战的看法和我从前一样，认为它是一场奇异的经历，意味着冒险和财富。我住的这种破房子……”法罗克朝后院做了个手势，“就花掉了价值六十里达的香料。那可是整整九十驼啊！这么大一笔财富，那时候想都不敢想。”他连连摇头。

他们穿过后院，那个瞎眼睛的年轻人正用巴厘琴弹奏一曲爱情歌谣。

九十驼，斯凯特尔想，毫无疑问，这是一大笔财富。在许多星球上，买法罗克的陋室所花的钱能买下一座宫殿。但宇宙间的一切都是互相关联的，“驼”也不例外。比如说，法罗克知道香料的这一计量单位的出处吗？一峰骆驼最多只能载一驼半香料，这一点法罗克想过吗？不可能想过。法罗克说不定压根儿没听说过骆驼，也没有听说过地球上的黄金时代。

法罗克开始说话了，音调和他儿子巴厘琴的旋律奇怪地吻合：“我有一把晶牙匕，还有十升水环，以及我父亲传下来的一支长矛、一套咖啡用具、一只记不清年代的古旧的红色玻璃瓶。我们的香料中有我一份，但我没有钱；我很富有，但自己却感觉不到。我有两个老婆，一个长相平平却非常爱我；另一个愚蠢而固执，却有天使般的长相和身材。我曾经是一个弗雷曼耐布，一个沙虫骑士，一个沙漠和怪兽的征服者。”

庭院另一面，年轻人手下的旋律节奏加快了。

“许多事我一清二楚，想都不用想。”法罗克说，“我知道沙地深处有水，是被小小造物主封在那儿的；我还知道我们的祖先以处女为祭品来祭祀夏胡鲁，但被列特-凯恩斯禁止了；有一次我还在一条沙虫嘴里见过珠宝。我的灵魂有四道门，每道门我都非常熟悉。”

他沉默了，沉思着。

“然后，那个厄崔迪人和他的巫婆母亲来了。”斯凯特尔说。

“那个厄崔迪人来了，”法罗克同意道，“那个在我们的穴地被称作‘友索’的人，我们私下里都这样叫他。我们的穆阿迪布，穆阿迪布！他发动圣战的时候，我和一些人曾经有过疑问：‘我们为什么要去打仗？那儿和我们毫不相干。’可其他人去了——都是年轻人，我的朋友，我童年时代的伙伴。他们回来的时候谈到了魔法，还有这个厄崔迪救世主的超凡魔力。他和我们的敌人哈克南人作战，曾许诺给我们幸福乐园的列特-凯恩斯也赐福予他。据说这个厄崔迪人还打算改变我们的世界、我们的宇宙。他是一个能使金花在夜晚绽放的人。”

法罗克抬起双手，看着自己的手掌：“人们指着一号月亮说：‘他的灵魂就在那儿。’于是他就成了圣穆阿迪布。我真搞不懂。”

他放下手，目光穿过庭院，看着自己的儿子：“我脑子里没有任何想法，我的想法只在心里，在肚子里。”

音乐的节奏更快了。

“你知道我为什么参加圣战吗？”老人的眼睛死死盯着斯凯特尔，“我听说那儿有种名叫大海的东西。一直生活在我们的沙丘星上，大海这种东西真是难以想象。我们没有大海，沙丘上的人们也从不知道大海。我们有捕风器，我们收集水，因为列特–凯恩斯承诺会有大变化——穆阿迪布挥挥手就能带来的大变化。我可以想象有活水流动的露天引水渠，据此，我还能大致想象出河。可大海是怎么回事？怎么也想不出来。”

法罗克看着后院那半透明的遮棚，似乎想弄清楚外面的宇宙到底是怎么回事。“大海。”他说，声音很低，“我脑子里无法描绘出它的景象。我认识的人看见了这个奇观，可我认为他们在撒谎。我必须亲自去看看，所以我报了名。”

年轻人弹出最后一个高音，然后又换了一首新曲子。节奏怪异，起伏不定。

“你找到大海了？”斯凯特尔问。

法罗克没有作声，斯凯特尔还以为老人没听到他的话。音乐在他们身边盘绕，忽而升起，忽而落下，像涨涨落落的潮水，听得斯凯特尔喘息起来。

“是日落的时候。”法罗克停了一会儿说，“从前的画家也许可以画出那样的日落。画里有红色，和我这个瓶子的颜色一样。可实际上它是金色的……还有蓝色。是那个我们叫英菲尔的星球，我带着军团在那儿打了胜仗。我们从山里出来，穿过一片浓重的水雾。那么重的水雾，我简直无法呼吸。就在那儿，在我脚下，我看到了朋友们说过的东西：好多的水，看不到边，看不到头。队伍从高处冲下去。我涉进水里，喝了个饱。苦极了，让人不舒服。但我从来没忘记那种奇观。”

斯凯特尔发现自己也和老人一样，对自然的奇迹肃然起敬。

“我把自己浸入海水。”法罗克一边说，一边低头看着瓷砖地板上的水生物图案，“沉下去时是一个人，重新浮起来时……我变成了另外一个人。我觉得自己记起了并不存在的过去，我用这双可以接受一切——所有的一切——的新眼睛看着周围。我看见水中有一具尸体——一个被我们杀死的抵抗者。附近的水面上漂浮着一段木头，是一截烧断了的大树。现在我闭上眼睛也能看见那段木头，一端被火烧得黢黑。水里还漂浮着一片衣服，只能算一块黄色破布——撕烂了，污秽不堪。看着这些东西，我知道它们为什么来到我眼前——为了让我看见。”

法罗克慢慢转过身，看着斯凯特尔的眼睛。“你知道，宇宙是无穷无尽的。”他说。

这老家伙唠唠叨叨，可还不乏深刻，斯凯特尔想。他说：“我看出来了，那次经历深深影响了你。”

“你是特莱拉人，”法罗克说，“你看见过许多大海。我只看见过那一个大海，但关于海，我却知道一些你不知道的东西。”

斯凯特尔突然感到一阵奇怪的不安。

“混沌之母生于大海。”法罗克说，“当我湿淋淋地从水里出来的时候，发现齐扎拉·塔弗威德[1]站在旁边。他没有走进大海，他站在沙滩上——潮湿的沙滩。我的有些手下也和他一样，害怕大海。他看着我，那种眼神啊，他知道我明白了一些他永远不会明白的东西。我变成了一只海洋生物，这让他感到害怕。大海愈合了圣战带给我的伤痕，他看到了这一点。"

斯凯特尔发现在老人叙述的过程中，音乐停止了。可让他不安的是，自己竟然不知道巴厘琴的声音是什么时候停下来的。

法罗克强调了一句："每道门都有卫兵把守，根本没办法进入皇宫。"好像这句话跟他刚才说的那些事儿有关系似的。

"可这恰恰是皇宫的薄弱环节。"斯凯特尔说。

法罗克抬起头，望着他。

"有一种办法可以进入皇宫。"斯凯特尔解释说，"大多数人不相信这一点——但愿皇帝也同样不相信——都认为反叛者只能通过别的途径进去……这一点对我们有利。"他擦擦嘴唇，感受着自己挑选的这张脸的异于常人之处。那位乐师的沉默让他十分不安：这意味着法罗克的儿子所发送的信号已经传输完毕？那种音乐肯定是秘密信号，他斯凯特尔的神经系统接受了这种信号，只要到了某个恰当的时机，信息就会被植入他肾上皮质的密波传信器所激活。现在，信号传输已经结束，他成了一个容器，携带着他自己一无所知的内容，满满地盛着各式各样的数据：厄拉科斯密谋集团的每一个支部、每个参与

---

1 齐扎拉教团成员可称为齐扎拉，后面加上姓名以便区分。——译者注

者的名字、每次联络的暗语……一切重要信息尽在其中。

有了这些信息，他们就能将厄拉科斯煽动起来，捕获一只沙虫，在穆阿迪布势力之外的某个地方开创自己的香料文化。他们可以打破香料垄断，击败穆阿迪布。有了这些信息，他们可以做的事很多，很多。

“那个女人在我们这儿。”法罗克说，“你现在想见见她吗？”

“我已经见过她了，”斯凯特尔说，“而且仔细研究过她。她在哪儿？”

法罗克啪地打了个响指。

年轻人拿起琴，拨动琴弦，塞缪塔音乐顿时轻轻响起。仿佛被音乐牵动一般，一位裹着蓝色长袍的年轻女子从乐师身后的门洞中缓缓走出。在毒品的作用下，她那双伊巴德蓝的眼睛呆滞无神。这是一个弗雷曼人，染上了香料瘾，同时又沾染了来自异星的恶习。她完全沉醉于塞缪塔音乐之中，如痴如醉，不知自己身在何处。

“奥塞姆的女儿。”法罗克说，“我儿子给她用了毒品。他眼睛瞎了，只有用这种办法才能替自己弄到一个本族女子。可是你看，他的胜利毫无意义。塞缪塔音乐夺走了他希望得到的东西。”

“她父亲不知道吗？”斯凯特尔问。

“连她自己也不知道。”法罗克说，“她每次来访，我儿子都会给她提供一套虚假的记忆，让她以为自己爱上了他。她家里的人也是这样想的。他们非常不满，因为我儿子不是一个完整的男人。不过，他们倒也不会干涉。”

音乐袅袅，渐渐停了下来。

乐师做了个手势，年轻女人于是过来紧挨着他坐下，低头倾听着他的喃喃细语。

“你对她有什么打算？”法罗克问。

斯凯特尔又一次仔细查看着后院。“屋子里还有别的人吗？”他问。

“所有人都在这儿了。”法罗克说，“你还没有告诉我打算对这女人怎么样。我儿子很想知道。”

斯凯特尔右臂一摆，似乎准备回答他的问题。突然，一只闪闪发亮的尖利飞镖从他的袍袖里射出，悄无声息地射在法罗克的脖颈上。法罗克没有一声叫喊，连身体的姿势也没有改变。不出一分钟，他就将死去，但却被飞镖上的毒药定住了身形，丝毫动弹不得。

斯凯特尔慢慢站起来，朝瞎眼乐师走去。飞镖射进他的身体时，他还在和那个年轻女人呢喃细语。

斯凯特尔抓住年轻女人的手臂，轻轻扶起她，没等她发现，迅速变了一副面容。她站直身子，愣愣地望着他。

“怎么回事，法罗克？”她问。

“我儿子累了，需要休息。”斯凯特尔说，“来，我们到后面去。”

“我们谈得很开心。”她说，“我已经说服了他去买特莱拉人的眼睛，变成一个健全的男人。”

“难道我就没反复劝过他吗？”斯凯特尔说，一边催促她朝屋后走。

他骄傲地发现自己的声音和那张脸是如此和谐。毫无疑问，这正是那个老弗雷曼人的声音，这个人现在肯定已经彻底死了。

斯凯特尔叹了口气。至少这次杀戮进行得很仁慈，他对自己说，而且，那两个牺牲品也知道他们在冒什么风险。但这个女人嘛，倒是应该给她一个机会。

创建之初，所有帝国都不缺乏目标和意义。可当它们建成之后，早期的目标却丧失殆尽，取而代之的只是一些意义含混的仪式而已。

——摘自伊勒琅公主的《穆阿迪布谈话录》

厄莉娅明白了，这次会议又将不欢而散。她感觉到了，不满的情绪在酝酿、在积蓄力量：伊勒琅正眼也不瞧契妮，斯第尔格神经质地摆弄着文件，保罗则阴沉着脸，瞪着齐扎拉·柯巴。

她选了金质会议长桌末端的一个位置坐下，这样就可以透过露台的窗户，看到下午那一抹布满灰尘的阳光。她进来时柯巴正在发言，只听他对保罗说道："陛下，我的意思是，现在的神祇已经不像从前那么多了。"

厄莉娅头向后一仰，笑出了声。长袍上的黑色兜帽被震得掉了下来，露出下面的脸庞：蓝中透蓝的"香料眼"，和她母亲一样的象牙白肌肤，浓密的金黄色头发，小巧的鼻子，宽宽的嘴。

柯巴的面颊涨成了橘红色，近于他长袍的颜色。他怒视着厄莉娅。这是一个干瘪的老头，头上光秃秃的，怒气冲冲。

“你知道我在和你哥哥说什么吗？”他大声问道。

“我知道大伙儿是怎么说你们齐扎拉教团的。”厄莉娅反驳道，“你们并没有沾上神的光环，只不过是他的耳目而已。”

柯巴把目光投向保罗寻求支持：“我们的工作得到了穆阿迪布本人的授权，他有权深入了解他的人民，而他的人民也有权聆听他的纶音。”

“奸细。”厄莉娅说。

柯巴委屈地噘起嘴唇，沉默了。

保罗看着自己的妹妹，奇怪她为什么故意和柯巴过不去。他忽然发现厄莉娅已经成了一个女人，全身上下闪烁着青春的美貌和光彩。奇怪呀，自己竟然直到此刻才发现她长大了。她已经十五岁——就快到十六了。一个没有做过母亲的圣母，一个保持童贞的女祭司，一个迷信的群众既畏且敬的——尖刀圣厄莉娅。

“现在不是你妹妹发难的时间和场合。”伊勒琅说。

保罗不理她，只对柯巴点点头：“广场上挤满了香客。出去领着他们祈祷吧。”

“可他们希望您去，陛下。”柯巴说。

“你戴上头巾，”保罗说，“这么远他们看不出来。”

伊勒琅竭力压下被忽略的恼怒，看着柯巴奉命出去了。她突然不安起来：艾德雷克或许没能把她隐蔽好，让厄莉娅得知了她的活动。对穆阿迪布的这个妹妹，我们究竟了解多少？她非常担忧。

契妮双手握得紧紧的，搁在膝盖上。她朝坐在桌子对面的舅舅斯第尔格瞥了一眼，他现在是保罗的国务总理。她心想，这个弗雷曼老耐布是否一直向往沙漠穴地的简单生活？她发现斯第尔格的两鬓已经灰白，但浓眉下的双眼依然炯炯有神，那是野外生活养成的鹰隼般的锐利目光。他的胡子上还留着贮水管的印记，这是长期穿着蒸馏服的标志。

契妮的注视让斯第尔格有些不自在，他把目光转向周围的议会成员，最后落到露台的窗户上。柯巴正站在外面，张开双臂做赐福祈祷。一缕下午的阳光照到他身后的落地窗玻璃上，投下一圈红色的晕环。刹那间，他发现那位宫廷齐扎拉仿佛变成了一个绑在火轮上的受难者。柯巴放下手臂，幻觉也随之消失。可斯第尔格仍然被它深深震撼了。他的思绪随即转向那些等候在会见大厅里的奉承谄媚者，以及穆阿迪布皇冠周围可恨的浮华奢靡，愤怒沮丧之情油然而生。

斯第尔格想，被皇帝召来开会的这些人实际上都想从他身上找出某处纰漏和错误。虽然这或许是一种亵渎心理，可就连斯第尔格也免不了怀着这样的心思。

柯巴回来了，将远处人们的吵嚷声也带了进来。只听砰地一响，露台的门关上了，屋里重又安静下来。保罗的目光尾随着那位齐扎拉。柯巴在保罗左边找了个位置坐下，表情沉着安详，眼睛因信仰的迷狂而熠熠发光。那一刻的宗教神力使他感受到了无上的快乐。

“他们的心灵被唤醒了。”他说。

“感谢上帝。”厄莉娅说。

柯巴的嘴唇变得苍白。

保罗再一次审视着自己的妹妹，不明白她的动机是什么。他提醒自己，她那天真无邪的表情下往往掩藏着欺骗。她和自己一样，都是贝尼·杰瑟里特培养出来的产物。魁萨茨·哈德拉克的遗传因子在她身上产生了什么效果呢？她总是有些神秘诡异之处，还是子宫里的胎儿时就这样，那时母亲刚从香料毒素中死里逃生。母亲和她未出生的女儿同时成为圣母，尽管如此，这两个人却并不相同。

厄莉娅对那次经历的说法是，在一个可怕的瞬间，她的意识突然被唤醒了，她的记忆里吸入了无数别的生命，而这些生命当时正在被她的母亲所吸纳。

“我变成了我母亲，还有其他许许多多人。”她说过，“我那时还没有成形，也没有出生，却变成了一个地地道道的老女人。”

厄莉娅察觉到保罗正在注意她，于是冲他笑了笑。他的表情顿时柔和下来。他问自己，对付柯巴这种人，除了冷嘲热讽之外还能怎样？有什么比敢死队员突然变成祭司更具讽刺意义的呢？

斯第尔格拍了拍手上的文件。“如果陛下允许的话，”他说，“我希望讨论一下这些文件。这些事情都是非常紧迫的。”

“你指的是图拜星的合约？”保罗问。

“宇航公会坚持要我们在不知道图拜星协议各方具体情况的前提下先在合约上签字。”斯第尔格说，“他们获得了兰兹拉德联合会代表的支持。”

“你们施加了什么压力？”伊勒琅问。

“皇帝陛下对此已经有所安排。”斯第尔格说。他的话音冷漠而正式，流露出对这位皇后的不以为然。

“我亲爱的皇夫。”伊勒琅一边说，一边把头转向保罗，迫使他正视自己。

保罗想，故意当着契妮的面强调自己在名分上高人一等，这是伊勒琅的愚蠢之处。此时此刻，他和斯第尔格一样不喜欢伊勒琅，但怜悯之心使他缓和下来。说到底，伊勒琅只不过是贝尼·杰瑟里特姐妹会手中的卒子而已。

“什么事？”保罗说。

伊勒琅瞪着他：“如果您扣押他们的香料……”

契妮摇摇头表示反对。

“我们的行动必须非常谨慎。”保罗说，“直到现在，图拜星一直是被击败的大家族的庇护所。对我们的对手来说，它象征着最后的巢穴，最后的安身立命之处。这个地方相当敏感。”

“他们既然能把人藏在那儿，也就可以把别的什么东西藏在那儿。”斯第尔格声音低沉地说，“比如说一支军队，或者处于雏形的香料文化什么的，它……”

“但你不能把人逼得无处可走，”厄莉娅说，“如果你还想和他们和平共处的话。”她很后悔被扯入这场对她来说没有任何悬念的争论。

“也就是说，我们把十年时间浪费在谈判上，到头来却一无所获。”伊勒琅说。

“我哥哥的行动从来不会一无所获。”厄莉娅说。

伊勒琅拿起一份文件，紧紧抓住它，紧得指关节都变白了。保罗看出她正在用贝尼·杰瑟里特的方法控制自己的情绪：审视内心，深呼吸。他几乎能听见她在心中不停地念诵静心祷词。片刻以后，她说话了：“我们得到了什么结果？”

“我们使宇航公会措手不及。”契妮说。

“我们希望尽量避免和敌人摊牌。”厄莉娅说，“不一定要消灭他们。厄崔迪旗帜之下发生的大屠杀已经够多的了。”

她跟我一样，同样感受到了，保罗想。奇怪，他俩都强烈地觉得应该对这个乱哄哄的、盲目崇拜的宇宙负起责任，这个宇宙现在已经完全痴迷于宗教式的沉醉和疯狂之中。他想，我们是否应该保护人类免遭他们自己的荼毒？他们每时每刻都在做毫无意义的事：空虚的生活，空虚的言词。他们向我要求得太多。他感到喉头一阵紧缩。他将失去多少珍贵的瞬间？什么儿子？什么梦想？和他的预言幻象向他显示的那些宝贵瞬间相比，值得吗？真到了那个遥不可及的未来，又有谁会对未来的人们说“没有穆阿迪布就不会有你们”？

“不给他们美琅脂，这种做法行不通。”契妮说，“这样做的话，宇航公会的领航员将失去洞察时空的能力；你们贝尼·杰瑟里特的姐妹们也不能未卜先知；一些人还可能提前死去；信息交流也会中断。到那时，受谴责的会是谁？”

“他们不会走到那一步的。”伊勒琅说。

“不会？”契妮问，“为什么不？罪名难道还会落到宇航公会头上不成？不是他们的错，他们无能为力嘛，而且，他们一定会向大家证明这一点。”

“我们就照这样子，把这个合约签了。”保罗说。

“陛下，”斯第尔格说，看着手上的文件，“我还有一个问题。”

“嗯？”保罗注视着这个弗雷曼老人。

“您有某种……呃……魔力。”斯第尔格说，“尽管宇航公会拒绝透露协议另一方的方位，但您能不能查出来？”

魔力！保罗想，其实斯第尔格想说又不好说出口的话是：“你有预知力量。你难道不能在你看到的未来幻象中找到线索，从而发现图拜星？”

保罗看着纯金的桌面。这是个老问题了：如何让别人明白他望向那不可言说的未来时所遭遇的种种局限？他看到的是一个个片段，看到各种势力不可避免地走向灭亡，难道他就这样告诉其他人不成？普通人从未体验过香料的预知能力，怎么想象头脑清醒，却不知自己所处的时空、方位的状态？

他看了看厄莉娅，发现她在注意伊勒琅。厄莉娅觉察到了他的目光，瞥了他一眼，朝伊勒琅点点头。哦，对了，他们现在得出的任何结论都会记入伊勒琅的特别报告，并送交贝尼·杰瑟里特姐妹会。她们从不放过魁萨茨·哈德拉克所做的任何预言。

尽管如此，还是应该给斯第尔格一个答案。自然，伊勒琅也会得到这个答案。

“没有经验的人都把预知能力想象成遵循某种自然法则。”保罗说，他把双手的指尖顶在一起，“但这种说法实际上毫无意义，就跟说它是来自天堂的声音一样，没有任何意义。可以这么说，预知力量是一种协调，与人共存、与人的行为共存。换句话说，现在向未来涌动，预知则伴随着这一过程。你们明白吗？从表面上看，预知像是自然而然发生的。但这种力量不能用于预测目标、预知目的。被波涛卷裹的碎片能说出它将被带往何处吗？神谕没有因果关系，它只管传送过来、汇集起来，而你只能接受这一切。如此一来，你便知道了许多智力无法探测究竟的东西。你的理性意识会排斥它们，而在这个排斥的过程中，理性也变成了预知过程的一部分，最终被这个过程征服。”

“也就是说您无法做到？”斯第尔格问。

“如果我有意识地用预知能力搜寻图拜星，”保罗直接对伊勒琅说，“可能反而将它从我的预知范围内排斥出去。”

“这是混沌！”伊勒琅反驳道，“与自然规律不一致。”

“我说过它不遵循任何自然法则。”保罗说。

“这么说，你的魔力有其局限，看到的有限，能做的也有限？”伊勒琅问。保罗还没来得及回答，厄莉娅就说：“亲爱的伊勒琅，预知能力没有任何局限性。至于不一致，宇宙并不一定非得保持什么一致性。”

“可他说……”

“你非要我哥哥解释没有局限之物的局限性，这怎么可能呢？完全超出了理智的范围嘛。”

厄莉娅这么做真可恶，保罗想，这是在捉弄伊勒琅。伊勒琅的头脑很清晰，但这种清晰完全依赖一种观念，即世间万物无不有其局限，正是这种局限构成了事物的界限。他把目光转向柯巴，此人的坐姿像一个正在聆听天启的虔诚教徒，全神贯注，用自己的全部身心倾听着。齐扎拉教团会怎样利用这番对话？造成更多的宗教神秘感？唤起更大的敬畏？毫无疑问。

“那么，您打算就按这样签订这份合约？”斯第尔格问。

保罗笑了。幸好有斯第尔格这句话，神谕的问题总算可以告一段落了。斯第尔格的目标是取得胜利，而不是发现真理。和平、公正，加上稳定的货币流通——这就是斯第尔格的世界。他要的东西是实实在在、看得见摸得着的——比如合约上的签名。

“我会签的。”保罗说。

斯第尔格又拿出一个文件夹：“这是来自伊克斯战区司令官的最新消息，里面谈到了当地人的制宪热情。”这个弗雷曼老人瞥了一眼契妮，契妮耸耸肩。

伊勒琅刚才闭上了眼睛，双手放在额前，运用她的强力记忆术记下会议的一切内容。这时她睁开双眼，专注地望着保罗。

“伊克斯联邦已经表示归顺了。”斯第尔格说，“可他们的谈判者对帝国的税额提出了质疑，他们……”

“他们想合法地限制帝国的意志。”保罗说，“想限制我的是谁，兰兹拉德联合会还是宇联商会？”

斯第尔格从文件夹里取出一张便条。“这是我们的一个间谍搞到的，是宇联商会少数派秘密会议的备忘录。”他用平静的声音念着这封密件，“‘必须阻止皇帝追求独裁的努力。我们必须向世人揭示这个厄崔迪人的真面目，将他在兰兹拉德联合会法规、宗教活动和官僚政体这三者的掩饰下所玩弄的种种权术大白于天下。’”他把便条放进文件夹。

“一部宪法。”契妮喃喃地说。

保罗看了看她，又看看斯第尔格。*圣战的基础开始动摇了，保罗心想，可惜这种摇撼没有来得更早，那样我就不至于卷进去。*一念及此，他不由得百感交集。他想起了自己早在圣战爆发之前预见到的有关这场战争的种种幻象，想起了当时体验到的强烈的恐怖和厌恶。到了今天，他所看到的幻象更加可怕。更重要的是，他亲身经历了实实在在的暴力。他无数次亲眼看到他的弗雷曼人从他身边冲杀向前，在坚定的信仰的鼓舞下投入圣战。当然，圣战也是有限的，和永恒相比，它只是短暂的一瞬，可它带来的恐怖使过去所有的恐怖都相形见绌。

*而且全是以我的名义，*保罗想。

“也许应该给他们一部形式上的宪法。”契妮提议，“但不是真正的宪法。”

“欺骗也是一种治国工具。”伊勒琅赞同。

“任何权力都必须加以限制，那些把他们的希望寄托在一部宪法中的人无疑会发现这一点。”保罗说。

柯巴改变了自己虔敬的姿势，挺直身子：“陛下？”

“什么？”保罗想，是了！这是个对那部尚不存在的宪法抱同情态度的人。

“我们可以先试着颁布一部宗教宪法。”柯巴说，“让虔信者可以……”

“不！”保罗厉声说，“议会必须颁布一条命令。你在记录吗，伊勒琅？”

“是的，陛下。”伊勒琅说。她的声音冷漠呆板，显然非常不喜欢这份被迫承担的枯燥乏味的工作。

“宪法会变成极端的专制，”保罗说，“其权力至高无上。宪法是鼓动起来的社会权力，没有任何道德和良心。它可以摧毁社会的各个阶层，无情地抹杀所有尊严和个性。它没有稳定的标准，也不受任何限制。与此相比，我则是有限制的。为了给我的人民提供绝对的保护，我禁止颁布宪法。议会特发此令。年、月、日，等等。”

“伊克斯联邦提出的税的问题怎么处理？”斯第尔格问。

保罗的目光从柯巴恼怒得满脸通红的脸上移开，说：“你已经有想法了，斯第尔格？”

“我们必须控制税款。”

“宇航公会得到了我在图拜合约的签字，但它要付出代价。”保罗说，“这个代价就是伊克斯联邦给我们的税款。没有宇航公会提供运输，伊克斯联邦不可能进行贸易。这笔钱他们会付的。”

“好极了，陛下。”斯第尔格拿起另一个文件夹，清了清喉咙，

“这是齐扎拉教团有关萨鲁斯·塞康达斯星的报告。伊勒琅的父亲一直在指挥他的军团演习登陆战术。”

伊勒琅把玩着自己的左手掌，仿佛突然在上面发现了什么有趣的东西，她脖颈上的血管跳了一下。

“伊勒琅，”保罗问，“你还坚持认为你父亲手下那唯一的军团只不过是摆设而已吗？”

“他能用一个军团做什么？”她问，眼睛眯成一条缝瞪着他。

“能用这个军团让自己送命。”契妮说。

保罗点点头：“为此受到谴责的当然又是我。”

“我认识一些圣战指挥官。”厄莉娅说，“听到这个消息，他们肯定会立即采取行动。”

“可那不过是他的治安部队而已！”伊勒琅反驳道。

“那么他们就没有必要演习登陆战术。”保罗说，“我建议你在下一张给你父亲的便条里坦率而直接地谈谈我的意见，叫他安分守己。”

她低下头。“是，陛下。我希望这件事到此为止，如果我父亲真的出了什么事，你的反对者会把他塑造成一个烈士的。”

“嗯，”保罗说，“没有我的命令，我妹妹不会把消息透露给那些指挥官。”

“攻击我父亲有很大风险，不一定是军事上的风险。”伊勒琅说，“人们已经开始怀念他统治下的皇朝了。”

“你越扯越远了。”契妮说，话音里有一股弗雷曼人的杀气。

“够了！”保罗命令道。

他掂量着伊勒琅的话，想着人民中产生的怀旧情绪。是啊，她的话确实道出了某种真相。伊勒琅再一次证明了自己存在的价值。

“贝尼·杰瑟里特姐妹会送来了正式请求。”斯第尔格边说边递上另一个文件夹，“她们希望商讨一下您的血脉延续问题。”

契妮斜睨着那份文件，仿佛里面暗藏着致命的诡计。

“像往常一样搪塞过去。”保罗说。

“我们非得这样吗？”伊勒琅请求道。

“也许……应该讨论一下这个问题。”契妮说。

保罗坚决地摇摇头。她们不知道，他不打算做出这种妥协，至少现在没有这种打算。

可契妮继续说了下去。“我到我的出生地泰布穴地的祈祷墙祈祷过，”她说，“也去看过医生。我还跪在沙漠里，把我的想法说给沙地深处的夏胡鲁。可是，”她无奈地耸耸肩，“没有任何用处。”

*科学和迷信，两者都辜负了她，保罗想，我是不是也辜负了她？我毕竟没有告诉她为厄崔迪家族带来子嗣意味着什么。*他抬起头，发现厄莉娅眼里流露出怜悯。妹妹的这种表情使他烦乱不堪，她是否同样看到了那可怕的未来？

“陛下应该知道，没有继承人对帝国来说多么危险。”伊勒琅说，声音带着贝尼·杰瑟里特式的圆滑和说服力，“这些事讨论起来很困难，可必须把它公开。皇帝不仅仅是一个普通的男人。他是这个帝国的领导者。如果他没有继承人而死去，臣子为争夺皇位的残杀就会接踵而至。您热爱您的人民，难道忍心发生这样的祸乱？”

保罗离开长桌，踱到露台窗户边。微风慢慢吹散了城市那边升起的袅袅炊烟。天空逐渐变暗，成了银蓝色。满是灰尘的夜幕从屏蔽场城墙上落下，光线于是更加暗淡。他凝视着南面那堵峭壁，正是它保护着北面的领地免受风沙侵袭。他想，自己心境宁静的时候为什么没注意到这个屏障？

与会者坐在他身后，静静地等着。他们知道，他离震怒只差一步。

保罗只觉得时间在体内来回冲撞，过去、现在和未来搅成一团。他极力镇定下来，澄澈宁静，平衡诸般要素。只有平衡各方，才能构建一个全新的未来。

还是放手不管了吧……放手……放手，他想，如果我带上契妮，只带上她，和她一块儿离开这里，到图拜星找一个藏身之处躲起来，会怎么样呢？但他的名字仍会留下来，圣战将找到一个新的、更可怕的支撑点，他也会因此遭到谴责。他感到一阵突如其来的恐惧，唯恐在追求新目标时丧失自己原有的、最为宝贵的东西，唯恐宇宙因为自己最轻微的一声细语而彻底崩塌，成为一堆他再也无从着手的碎片。

下面，一大群朝圣的香客挤在广场上，绿白相间，变成了一片模糊的背景。他们在厄拉奇恩卫兵的后面走来走去，像一条无头无尾的蟒蛇。保罗想起来了，自己的接见大厅此刻肯定也挤满了这样的香客。香客！他们抛妻弃子的朝圣活动成了帝国的一项让人不舒服的财源。朝圣者的宗教脚步遍及太空，他们不断涌来，涌来，涌来。

我是怎么发动这场运动的？他问自己。

当然，煽起这场运动的是宗教。它一直潜伏在人类的遗传基因里，辛苦挣扎了许多世纪才盼到了这短暂爆发的一瞬。

在深藏内心的宗教本能的驱使下，人们来了，来寻找精神的复活。朝圣在这儿到达终点——“厄拉科斯，重生之地，死亡之地”。

那个狡猾的老弗雷曼人说，从这些香客身上能挤出水来。

谁知道他们真正想要的是什么？保罗怀疑。他们号称自己到了圣地。可他们应该知道，宇宙中根本不存在什么伊甸园，灵魂也找不到图拜星那样的庇护所。他们把厄拉科斯称作未知之地，认为所有神秘之事都能在这里找到答案，这里是连接今生和来世的纽带。最可怕的是，人们离开这里时，一个个都心满意足，好像当真找到了什么答案似的。

他们在这儿找到了什么？保罗问自己。

处于宗教狂热中的香客们在大街小巷狂呼乱叫，像奇怪的鸟群。事实上，弗雷曼人管他们叫“迁徙鸟”，称那些死在这儿的香客为“长着翅膀的灵魂”。

保罗叹了口气，心想，军团每征服一个新的星球，都相当于开辟了一个全新的香客发源地，这些人对“穆阿迪布带来的宁静”充满感激之情。

其实，任何地方都有宁静，保罗想，任何地方……除了穆阿迪布的心。

他感到自身的一部分深深沉入到没有尽头的冰凉和灰暗之中。

他的预知能力篡改了一直为人类尊奉的宇宙图像，他破坏了宇宙的和平，代之以狂暴的圣战。他击败了这个普通人的宇宙，从智力上战胜了它，用预知征服了它。但是，在他内心深处，他知道总有一天，这个宇宙会溜出他的手心，让他再也把握不住。

他脚下这个被他征服的星球如今已经从沙漠变成了绿洲，充满生机，它的脉搏和最健壮的人一样有力。它开始反抗他，挣扎着，渐渐摆脱他的掌握……

一只手温柔地伸了过来。他回过头，发现契妮望着他，眼里充满关切。那双眼睛凝视着他，她低声说："求求你，亲爱的，别和自己过不去了。"她的手散发出无限温情，使他振作起来。

"我的沙漠之泉。"他轻轻说。

"我们一定要尽快回沙漠去。"她悄声说。

他捏了捏她的手，又松开它，回到长桌旁，没有坐下。

契妮在自己的位子上坐下。

伊勒琅盯着斯第尔格面前的文件，嘴唇抿成了一条线。

"伊勒琅提议她自己做帝国继承人的母亲。"保罗说，他看了看契妮，又看看伊勒琅，伊勒琅避开他的目光。"我们都知道，她并不爱我。"

伊勒琅一动不动。

"我知道，从政治角度考虑，这种做法有其道理。"保罗说，"但我是从人类情感的角度考虑这个问题的。我想，如果皇后不受制于贝尼·杰瑟里特姐妹会，提出这种要求也不是为了获得个人权力，我的态度或许会有所不同。可在目前这种情况下，我不得不拒绝她的提议。”

伊勒琅颤抖着，深深吸了口气。

保罗坐下来想，他从未见过她如此失控。他靠近她，说：“伊勒琅，我真的非常遗憾。”

她下巴一抬，眼里冒出怒火。“我不需要你的怜悯！”她怒气冲冲地说，然后转向斯第尔格，“还有急事要讨论吗？”

斯第尔格没有看她，只望着保罗说：“还有一件事，陛下。宇航公会再次提议要在厄拉科斯星上设立正式的大使馆。”

“是那种太空使馆吗？”柯巴问，声音充满憎恨。

“大概是的。”斯第尔格说。

“这件事要仔细考虑考虑，陛下。”柯巴提醒道，“宇航公会的代表踏上厄拉科斯，这种事，耐布委员会是不会喜欢的。他们甚至憎恨被宇航公会的人踏过的每一寸土地。”

“他们住在箱子里，不接触地面。”保罗恼怒地说。

“耐布们说不定会自作主张的，陛下。”柯巴说。

保罗怒视着他。

“他们毕竟是弗雷曼人啊，陛下。”柯巴固执地说，“我们记得很清楚，镇压我们的人都是宇航公会带来的，受宇航公会的鼓动。还有，为了不让他们把我们的秘密泄露给敌人，我们被迫忍受他们的敲诈，他们榨干了我们每一个……”

“不要说了！”保罗厉声说，“你以为我忘了吗？”

柯巴结巴起来，好像突然意识到自己冲动失言了：“陛下，请原谅。我没有暗示您不是弗雷曼人，我没有……”

“他们派来的会是一个宇航员。”保罗说，“也就是说，这个宇航员并没有预见到这里会发生什么危险，否则他是不会来的。”

突如其来的恐惧使伊勒琅感到口干舌燥，她说：“你已经……看见了一个宇航员要来这儿？”

“我自然没有看见什么宇航员。”保罗嘲弄地模仿着她的腔调，“但我能看见这个人到过哪里、这个人将要去哪里。就让他们送一个宇航员来好了，或许我有用得着他的地方。”

“就这样定了。”斯第尔格说。

伊勒琅用手遮住自己的脸，手掌后露出了微笑：那么，这是真的。我们的皇帝看不见宇航员。他们彼此都看不见对方。密谋没有暴露。

好戏再次开场。

——保罗·穆阿迪布皇帝登基时说的话

厄莉娅透过窥视洞观察着下面的接见大厅，宇航公会的一行人出现了。

正午的银白色光线从天窗射到地板上。绿色、蓝色和淡黄色的瓷砖轮廓分明，象征着一条长满水生植物的河流。上面星星点点闪烁着奇异的颜色，代表着各类鸟儿或者动物。

宇航公会的人跨过一幅瓷砖图案，上面描绘了猎人们在陌生的丛林里追踪他们的猎物。他们身着灰色、黑色和橘红色的长袍，走动起来煞是好看。来人看似漫不经心地围绕着一只透明箱子，宇航员大使就飘浮在里面的橘红色气体中。箱子被两个身穿灰色长袍的侍从拖着，在悬浮力场上滑动，像一只被拽进港口的矩形船。

她的正下方，保罗稳稳地坐在高台的狮形王座上。他戴着崭新的正式皇冠，上面有鱼和拳头的图案。他全身罩在镶满珠宝的金色长袍下，四周围绕着闪闪发光的护体屏蔽场。两队保镖分别站在高台两侧，一直延伸到台阶下。斯第尔格站在保罗右手两级台阶下面，穿着白色长袍，系着一根黄色腰带。

同胞兄妹的心灵感应告诉她，此刻保罗心里和她一样躁动不安。但他掩饰得很好，除她之外恐怕没有一个人能看出来。他全神贯注地盯着一个穿着橘红色长袍的侍从。该侍从那双空洞的金属眼睛直愣愣地瞪着前方，目不斜视。他走在大使队列的右前方，像一名侍卫军官。鬈曲的黑色头发下面是一张扁平的脸。即使裹着橘红色的长袍，也可以清楚地认出这个人，他的每一个动作都呼喊着一个熟悉的名字。

邓肯·艾达荷。

不可能是邓肯·艾达荷，可他确实是邓肯·艾达荷。

厄莉娅认出了这个男人，瑞哈尼破译术能看透一切伪装。她在母亲子宫中便吸入了这个男人的信息。她知道保罗也在看他，带着无法抹去的过去、无尽的感激，以及青春时光的美好回忆。

他就是邓肯。

厄莉娅颤抖起来。答案只有一个：它是一个特莱拉死灵，一种把死者肉体重新改造后形成的东西。那具肉体曾经救过保罗的命，但它只可能是再生箱培育出来的产物。

死灵雄赳赳地走着，带着顶级剑客的机敏。大使的箱子在离高台约十步的地方停了下来，死灵也随之停下脚步。

贝尼·杰瑟里特的方法早已深入她的骨髓，于是，厄莉娅看出了保罗的不安。他不再望着来自他的过去的那个人。眼睛不再看了，但他的整个身心却仍旧注视着它，绷得紧紧的肌肉扭动了一下，保罗对宇航公会的大使点点头，说："他们告诉朕你的名字叫艾德雷克。欢迎你光临皇宫，希望这次会见能增进我们之间的了解。"

宇航员舒适地斜倚在橘红色气体里，啪地朝嘴里塞了颗香料丸，然后迎着保罗的目光看过去。盘旋在箱子一角的小型语音转换器发出一声咳嗽，然后是一串粗哑而平板的声音："承蒙陛下接见，鄙人无限荣幸。为了表示我的诚意，特地献上一份薄礼。"

一名助手向斯第尔格呈递了一张卷轴。他皱着眉头仔细看了看，朝保罗点点头。斯第尔格和保罗的目光同时转向那个恭恭敬敬站在高台下的死灵。

"事实上，皇帝陛下认识这件礼物。"艾德雷克说。

"朕很高兴接受你的诚意。"保罗说，"说说看，为什么把他送给朕？"

艾德雷克在箱子里转了个身，看着死灵。"这是一个叫海特的男人。"他边说边拼出了这个名字，"根据我们的调查，他的经历非常奇特。他是在厄拉科斯星被杀死的……头部受到重创，许多个月后才重新愈合。因为他生前是一个剑术大师，吉奈斯的高手，因此这具尸体被卖给了特莱拉人。后来我们发现它可能是邓肯·艾达荷，一个深受你们家族信赖的家臣。于是我们就买下他，作为礼物献给皇帝陛下。"艾德雷克看了看保罗，"这不是艾达荷吗，陛下？"

保罗的声音克制而谨慎："他有些像艾达荷。"

*难道保罗看到了什么我看不到的东西？*厄莉娅不相信。*不！它就*

是邓肯！

名叫海特的男人面无表情地站在那里，金属眼睛笔直地瞪着前面，姿势很放松。没有任何迹象表明他知道自己是人们讨论的目标。

“根据我们的可靠情报，他是艾达荷。”艾德雷克说。

“他现在叫海特了。”保罗说，“奇怪的名字。”

“陛下，我们无法推测特莱拉人为什么要为它起这样的名字。”艾德雷克说，“但名字是可以改变的。这个特莱拉名字并不重要。”

这是特莱拉产物，保罗想，问题就出在这儿。在特莱拉人看来，感官所能感知的一切都是不值一提的。在他们的哲学里，善良和邪恶的含义和常人理解的不一样。谁知道他们在艾达荷的身体里糅进了什么东西——出于某种图谋或者怪念头？

保罗瞥了一眼斯第尔格，发现这个弗雷曼人已经被迷信的畏惧彻底压倒了，他的弗雷曼卫兵身上也弥漫着这种情绪。斯第尔格的脑子里肯定在琢磨着这个可恨的宇航公会，以及特莱拉人，还有死灵。

保罗又转向那个死灵，问道：“海特，这是你唯一的名字吗？”

死灵深色的脸庞上挂着安详的微笑，金属眼睛动了动，注视着保罗，但只是机械的凝视。“陛下，这就是我的名字：海特。”

透过黑黢黢的窥视洞凝神观察的厄莉娅不由得颤抖起来。不错，这正是艾达荷的声音，确确实实是他的声音，她身体的每一个细胞都能辨认出来。

“我喜欢用这个声音说话，”死灵接着说，“但愿陛下也同样喜欢它。特莱拉人说，这是一个标志，表明我听过这个声音……在从前。”

“但这一点，你却无法完全肯定。”保罗说。

“我对自己的过去一无所知，陛下。他们对我解释过，说我不能保留前身的记忆，留下来的只是基因模式。但我头脑中仍有一些小缝隙残留着过去熟悉的事物所遗留的些许痕迹，比如语音、地点、食物、声响、动作……还有我手中的这把剑、扑翼飞机的操纵器等……”

保罗发现宇航公会的来人正专注地倾听着这番对话，于是问：“你知道自己是一份礼物吗？”

“有人向我解释过，陛下。”

保罗向后一靠，双手放在王座的扶手上。

*我有什么亏欠邓肯的呢？*他心想。*那个人为救我而死。可他不是艾达荷，他只是一个死灵。*然而，正是站在这里的这个躯体和头脑，教会了保罗驾驶扑翼飞机，那种感觉就像自己肩上长出了一双翅膀似的。保罗还知道，要不是艾达荷的严格训练，他根本不可能学会使剑。死灵，这个躯壳让人难以自制地产生许多错觉。旧有的印象难以抹去。邓肯·艾达荷。但说到底，这个死灵的外表仍然只不过是一副面具，借以藏身，随时可以抛掉，和特莱拉人借以藏身的其他面具并无不同。

“你将怎样为朕效力？”保罗问。

“我将竭尽全力满足陛下的任何要求。”

藏在隐蔽处观看的厄莉娅被死灵的谦卑深深打动了，她看不出其中有任何伪饰。这个新邓肯・艾达荷身上闪耀着绝对纯洁无邪的光彩。原来的那个艾达荷大大咧咧，一副满不在乎的样子。可这个死灵身上却再也找不到这些毛病了，他像一张白纸，但特莱拉人究竟在上面写了些……什么？

她察觉到了这份礼物下面隐藏的危险。这是一件特莱拉产物。特莱拉人制造的任何东西都显露出某种令人不安的缺乏克制，他们的行动只受他们的好奇心驱使，而这种好奇心又完全没有任何约束。他们吹嘘说他们有本事把人类这种原材料改造成任何东西，可以改造成圣人，也可以改造成魔鬼。他们曾经制造出一个杀手门泰特，一个可以战胜苏克医学院帝国预处理程序的杀人大夫。他们的产物还包括老实勤快的仆人，恭顺的、可以满足任何性要求的性玩偶，还有士兵、将军、哲学家，有的时候甚至包括道德家。

保罗站起来看着艾德雷克。“这份礼物接受过什么培训？”他问。

“特莱拉人的意图是把这个死灵训练成门泰特，以及禅逊尼派的哲人。经过这些训练，他们希望他的剑术造诣在原来的基础上更进一步。”艾德雷克说，“但愿陛下喜欢。”

“他们做到了吗？”

“这我就不知道了，陛下。”

保罗细细琢磨着这个回答。他明察秋毫的能力告诉他，艾德雷克打心眼儿里相信这个死灵就是艾达荷。但远不止这些。时间向未来流动，这个有预见能力的宇航员便在其中，他的动向暗藏着危险，至于这种危险究竟是什么，他一时还看不清楚。海特，这个特莱拉名字中有一种危险的意味。保罗一阵冲动，很想拒绝这件礼物。但他知道，他不可能真的这么干。这具躯壳有功于厄崔迪的家族——他们的敌人对这一点知道得一清二楚。

“禅逊尼的哲人。”保罗若有所思地说。他再次看看死灵，“你明白自己的角色和任务吗？”

“我将谦恭地为陛下服务。我的脑子被洗过了，身为人类时曾经有过的一切负担和牵挂都已不复存在。”

“你希望朕叫你海特还是邓肯·艾达荷？”保罗问。

“随便陛下怎样称呼我都行，因为我不是一个名字。”

“你喜欢邓肯·艾达荷这个名字吗？”

“我想那曾经是我的名字，陛下。我的身体对这个名字做出了反应，它挺适合我的。可是……它唤起的是一种奇怪的反应。我想，一个人的名字在唤起愉悦的同时，免不了会伴随着许多不快。”

“那么，最能给你快乐的东西是什么？”保罗问。

死灵出乎意料地笑了起来：“从别人身上寻找能揭示我前身的痕迹。”

“你在这儿看到这类痕迹了吗？”

“哦，看到了，陛下。比如您那位站在那儿的手下斯第尔格，既疑虑重重，又敬畏不已。他曾经是我前身的朋友，可现在，这个死灵躯体却让他十分反感。还有您，陛下，您过去尊重我的前身……并且信任他。”

“被清洗一空的脑子。”保罗说，“但一个被清洗一空的脑子又如何为朕效力呢？”

“效力，陛下？当未来的一切都是未知数时，这个被清洗一空的脑子可以做出果断的决定，毫无顾忌，也不会悔恨。这种效力如何？”

保罗沉下脸。这是一种禅逊尼式的应对，反应敏捷，语意模糊。这个死灵所信奉的教义不承认任何心灵活动：*毫无顾忌，也不会悔恨！*正常人的心灵不可能接受这种想法。未知数？任何决断都会涉及未知因素，连跟预见性幻象有关的决断都是这样。

“你愿意朕叫你邓肯·艾达荷吗？”保罗问。

“如果不区别于他人，我们就无法生活。陛下随意替我挑选一个名字就好。”

“就用你那个特莱拉名字吧。”保罗说，“海特——这个名字会让别人有所警惕。”

海特深深鞠了一躬，向后退了一步。

厄莉娅疑惑不解：*他怎么知道接见已经结束了？我知道，因为我熟悉哥哥。可哥哥并没向这个陌生人发出任何信号。难道是他体内的邓肯·艾达荷察觉到了？*

保罗转向大使：“你们的住处已经准备好了，朕想尽快和你私下谈谈。到时候朕会派人请你。另外还要正式通知你——免得你通过不准确的信息来源得知这一消息——贝尼·杰瑟里特姐妹会的圣母盖乌斯·海伦·莫希阿姆已经被带离你们的远航机。这是朕的命令。再见面时，我们会好好谈谈她为什么出现在这条船上。”

保罗挥了挥左手，让大使及其随从退下。“海特，”保罗说，“你留下来。”

大使的随从们拖着箱子散去了。橘红色气体里的艾德雷克飘动起来，包括眼睛、嘴唇，以及轻轻起伏的四肢。

保罗看着他们，直到最后一个宇航公会的人走掉，大门在他们身后砰的一声关上了。

这件事就这么做出来了，保罗想，*我接受了这个死灵*。这个特莱拉产物是诱饵，这一点毋庸置疑。那个圣母老巫婆扮演的很可能也是同样的角色。很早以前他便预见到了这张塔罗牌，现在，它终于打出来了。真是一张该诅咒的牌！它搅浑了流动不息的时间之水，让预见能力竭尽全力也只能看到一瞬以后，而不是一个小时以后的事。他提醒自己，不止一条鱼既吃了诱饵又逃脱了。话又说回来，尽管这张牌不利于他，但也不是全无好处。他无法预见未来，但其他人也同样如此。

死灵站在那里，歪着脑袋，静静地等待着。

斯第尔格跨上台阶，挡住保罗的视线，用穴地狩猎时使用的恰科博萨说：“那个箱子里的生物令我厌恶，陛下。还有这件礼物！扔掉它算了！”

保罗用同样的语言说：“我不能。”

“艾达荷已经死了。”斯第尔格反驳，“这东西不是艾达荷。我们把它身上的水取给部族的人，扔掉它。”

“这个死灵是我的难题，斯第尔格。你的难题则是那个囚犯。对圣母要严加看管。派我亲自训练过的那些人去，只有他们才能抵抗她的音控力。”

“我不喜欢这个家伙，陛下。”

“我会小心的，斯第尔格。你也要小心。”

“好的，陛下。”斯第尔格下了台阶，从海特身边经过的时候吸了吸鼻子，嗅了嗅，快步走了出去。

邪恶的气味是嗅得出来的，保罗想。尽管斯第尔格曾把绿白相间的厄崔迪战旗插到了许多星球上，可他仍然是个迷信的弗雷曼人，头脑永远是那么简单固执。

保罗仔细研究着这件礼物。

“邓肯啊邓肯，”他低语道，“他们对你做了些什么？”

“他们给了我生命，陛下。”海特说。

“可他们为什么要重新训练你，并且把你送给朕？”保罗问。

海特嘴唇一撇：“他们打算让我来摧毁您。”

这句话的坦率让保罗大吃一惊。可是，一个禅逊尼门泰特还能有什么别的回答？即使变成了死灵，门泰特也只说真话，而且带着禅逊尼式的内心宁静。这是一台人类计算机，大脑和神经系统执行的是很久以前由机器执行的任务。把他训练成禅逊尼徒意味着双倍的诚实——除非特莱拉人在这具躯体里做了某种最怪异不过的手脚。

还有，为什么要弄成一双机械眼？特莱拉人炫耀说他们的金属眼比原生肉眼更加先进。可奇怪的是，没有多少特莱拉人愿意选择它。

保罗朝厄莉娅的窥视洞瞥了一眼，希望能看到她并得到她的建议。她的建议会很客观，不会掺杂责任和歉疚。

他再次看了看死灵。这可不是一件无足轻重的礼物，它对危险的问题做出了诚实的回答。

他们并不在乎我是不是知道这是一件用来对付我的武器，保罗心想。

“那我如何才能保护自己不受你的伤害呢？”保罗问。他用的语式也很坦诚，没有用皇帝的“朕”，是向过去的邓肯·艾达荷提问时用的语气。

“甩掉我，陛下。”

保罗摇摇头：“你打算怎样毁掉我？”

海特看了看周围的卫兵。斯第尔格离开后，他们离保罗更近了。他转过身，目光投向大厅四周，然后用金属眼睛盯着保罗，点点头。

“这是个好地方，你在这里可以高踞众人之上。”海特说，“这个地方显示了至高无上的权力。只有想到一切都是过眼烟云、世间万物终将消亡时，人们才有能力认真思考这种权力。把您带到这个地方的是陛下的预知神力吗？”

保罗手指敲打着王座扶手。门泰特在搜寻数据，但他的问题让他惴惴不安：“让我登上权力宝座的是坚强的决断——而不总是我的别的什么……能力。”

“坚强的决断，”海特说，“这些东西很能锤炼一个人。金属也可以这样锻造，把一段优质金属加热，不经淬火，使其自然冷却，这就叫锻造法。”

“你想用禅逊尼派那套寓言式的鬼话来逗我开心？”保罗问。

“陛下，除了娱乐之外，禅逊尼派还有别的可取之处。”

保罗舔舔嘴唇，深深地吸了口气，让自己的思维模式进入门泰特的反击状态。反击的话语立刻浮现出来。难道敌人正是希望他用全部力量跟这个门泰特交锋，把国事抛到脑后？不，不会是这样。为什么煞费苦心制造一个信奉禅逊尼的门泰特？哲学……话语……冥思……内省……数据太匮乏了。

“朕需要更多数据。”他喃喃地说。

“门泰特需要数据，可数据并不会随随便便掉在他头上，像穿过一片花圃时花粉沾在身上一样。”海特说，“人必须搜集花粉，从中仔细甄别，把它放到高倍放大镜下检视。”

“你必须教我这套禅逊尼的修辞法。”保罗说。

那对金属眼睛朝他眨巴了几下，然后说：“陛下，也许这就是他们安排我到这里来的用意所在。”

*用新奇的话语和观念麻痹我的意志？*保罗拿不准。

“能转化为行动的观念是最可怕不过的。”保罗说。

“扔掉我，陛下。”海特说。这是邓肯·艾达荷的声音，充满了对当年那位小少爷的无限关切。

保罗感到自己被这个声音俘虏了。他无法摆脱这个声音，即使它来自一个死灵。“你留下来。”他说，“我俩都要加倍小心。”

海特顺从地鞠了一躬。

保罗看了看窥视洞，用眼神恳求厄莉娅把这件礼物从他手中夺走，查清它的隐秘动机。死灵是吓唬孩子们的鬼魂。他从未想过了解这种东西。如今，为了了解它，他不得不战胜自己的怜悯之情……可他不能保证能做到这一点。邓肯……邓肯……在这个量身定制的肉体里，艾达荷在哪里啊？不，它不是一具肉体……只不过徒具肉体的形式而已！艾达荷永远死去了，死在厄拉奇恩的洞穴里。他的灵魂正从金属眼睛里向外凝视。这具躯体里存在着两个人，其中一个非常危险，它的力量和本性都隐藏在这个独一无二的面具后面。

保罗闭上眼睛，让过去看到的幻象从意识里浮现。爱和恨的精灵从波涛翻滚的大海里喷涌而来。这片喧嚣之上看不到岩石，也搜寻不到任何可以躲避波涛的安全所在。

为什么没有在过去的幻象中看到今天这个全新的邓肯·艾达荷？他问自己，是什么遮蔽了时间，连他的灵眼都无法看到？很显然，另外有人在利用他的预知能力作祟。

保罗睁开眼睛，问："海特，你有预知能力吗？"

"没有，陛下。"

声音非常诚恳。当然，这个死灵有可能并不知道他有这种能力。可是，不知道这个信息，他的门泰特功能会受到干扰。隐藏在这一切之后的动机到底是什么？

旧日的幻象围绕着保罗，汹涌澎湃。他非得选择最可怕的道路吗？时间发生了扭曲，暗示着与这个死灵有关的可怕的未来。难道无论他怎么做，都将不可避免地踏上这条道路？

放手……放手……放手……

这个想法在他脑子里不停地鸣响。

在保罗的上方，厄莉娅坐在自己的位置上，左手托着下巴，一动不动地凝视着死灵。这个海特像磁铁一样迷住了她。特莱拉人的复容术使他青春焕发，似乎在向她发出纯洁而热烈的呼唤。其实她完全明白保罗无声的恳求。当预知能力丧失作用时，人们只好转而依赖间谍和实实在在的力量。至于她自己，她急切地想接近他，这种冲动让她迷惑不解。她渴望靠近这个陌生的男人，甚至触摸他的身体。

对我们两人，他都是一个威胁，她想。

真理承受了太多的剖析。

——古弗雷曼格言

“圣母，您的处境让我震惊。”伊勒琅说。

她站在囚室门口，用贝尼·杰瑟里特的方法能一眼测出屋子的大小。它只有三立方米，就在保罗的城堡下，是用切割机在棕色纹理的岩石上挖出来的一个洞。屋里有一张做工粗糙的摇椅，圣母盖乌斯·海伦·莫希阿姆就坐在上面；一个铺着棕色床单的垫子，散乱地扔着一副崭新的沙丘塔罗牌；一个改造过的面盆，上面装有调节水量的龙头；一间密封水汽的弗雷曼式厕所。所有家具都简陋而原始。天花板的四个角上分别固定着四盏球形灯，发出暗淡的黄光。

“你带话给杰西卡夫人没有？”圣母问。

“带了。可我不认为她会动自己的长子一根手指头。”伊勒琅说。她瞥了一眼纸牌，牌面的故事诉说着有权有势者如何对受难者的哀告掉头不顾。“荒芜的沙地”那张牌下是“圣沙虫”，这种排列的含义是要人们耐心等待。她心想，这个道理人人皆知，何须塔罗牌的教诲。

伊勒琅知道外面的卫兵正透过门上的变色玻璃窗口监视着她们，而且还有别的监视器在监视这次探视。来之前她不得不考虑很久、策划很久。但是，不来同样有危险。

圣母已经陷入了般若冥思，间或查查塔罗牌。她有一种感觉，自己不可能活着离开厄拉科斯星，但尽管如此，通过冥思，她在一定程度上镇定下来了。她的预知力量可能很小，但也许仍然可以把水搅浑，干扰保罗的灵眼。再说，还有贝尼·杰瑟里特的《对抗恐惧的连祷文》。

这一系列最后导致她被投入这个狭小监室的活动十分重要，但她还没来得及充分领会其重要性。黑色的疑云在她心头酝酿，挥之不去（塔罗牌同样暗示了这一点）。难道这一切都是宇航公会有意安排的？

那天，一个身穿黄色长袍的齐扎拉在远航机的舰桥上等着她。他的头剃得光光的，戴着头巾；毫无生气的圆脸上长着一双又小又圆、晶亮湛蓝的眼睛；皮肤历经沙丘星的风沙和日照。一名恭恭敬敬的随从正在为他斟上香料咖啡，他从一只球形咖啡杯上抬起头来，仔细打量了她一阵子，然后放下杯子。

“你就是圣母盖乌斯·海伦·莫希阿姆？”

此时此刻，她仍然清楚地记得这句话，那天的场景历历在目。当时，她的喉头因恐惧而一阵痉挛。皇帝的手下怎么知道她在远航机上？

“我们知道你在舰上。”齐扎拉说，“难道你忘了永远不许你踏上神圣星球吗？”

“我并不在厄拉科斯上。”她说，“我只是宇航公会远航机上的一名乘客，在自由的太空。”

“没有什么自由的太空，夫人。”

声音流露出仇恨和深深的怀疑。

“穆阿迪布的统治无所不在。”他说。

“我的目的地不是厄拉科斯星。”她坚持道。

“每个人的目的地都是厄拉科斯星。”他说。一时间，她担心他会喋喋不休地谈论香客们的朝圣之旅（每条船都装载了上千名香客）。

可齐扎拉从袍子底下取出一个金色护身符，吻了吻它，用前额碰了碰，然后把它放到右耳边仔细听了听。一会儿过后，又把护身符放回原来的地方藏好。

“有命令，叫你收拾好自己的行李，跟我到厄拉科斯去。”

“可我要去别的地方！”

她怀疑宇航公会出卖了自己——或者是皇帝及其妹妹的超自然能力发现了她。也许是那个宇航员泄露了他们的密谋。那个亵渎神明的厄莉娅，她肯定拥有贝尼·杰瑟里特圣母的魔力。当这种魔力和其哥哥的力量相配合时，后果会怎样？

“快点！”齐扎拉厉声催促道。

她全身的每一个细胞都在喊叫着，不要再次踏上那颗该死的沙漠星球。正是在这里，杰西卡夫人背叛了姐妹会。也正是在这里，他们失去了保罗·厄崔迪，这个他们费尽心机寻找了许多世纪、并且把他养育成人的魁萨茨·哈德拉克。

“好的。”她同意。

“时间不多了。”齐扎拉说，“皇帝的命令，所有臣民都必须服从。”

这么说，命令来自保罗！

她想向远航机的机长提出抗议，可又放弃了。抗议不会有任何用处。宇航公会能做什么？

“皇帝说过，如果我踏上沙丘的土地就必死无疑。”她说，想做最后一丝努力，“你自己刚才也这么说。如果你一定要带我去，就等于宣判我死刑。”

“少啰唆。”齐扎拉命令道，“这件事必将发生，是命中注定的。”

她知道，他们总是这样说皇帝的命令。命中注定！皇帝本人也这样说，因为他的眼睛能看到未来。要来的东西一定会来。已经看见了，难道不是吗？

一想到陷入了一张自己亲手编织的罗网，她便异常沮丧。她屈服了。

罗网现在变成了一间伊勒琅可以探视的囚牢。和那次瓦拉赫九号星上的见面相比，伊勒琅老了点，眼角新添了些忧虑的细纹。好吧……现在正好瞧瞧这位贝尼·杰瑟里特姐妹是否遵守诺言。

“我住过更糟糕的地方。”圣母说，“你从皇帝那儿来吗？”她让自己的手指微微动弹了几下，像惊惶不定时无意间做出的小动作。

伊勒琅读懂了手指的意思，手指一动，做出回答，嘴里说：“我一听说您在这儿就赶来了。”

“皇帝不生气吗？”圣母问。手指又动弹起来：专横、急迫、苛求。

“让他生气好了。您是我在姐妹会的老师，还是他母亲的老师。他难道认为我也会像她一样背叛您吗？”伊勒琅的手语却比画出种种借口，恳求她的原谅。

圣母叹了口气。表面上是一个囚徒在哀叹自己的命运。可在内心，这声叹息却反映了她对伊勒琅的看法。看来，想让厄崔迪皇帝的珍贵基因模式通过这东西保存下来简直是痴心妄想。无论外表多么美丽，公主的缺陷都是显而易见的。在这个徒具性吸引力的外表下，生活着一只哼哼唧唧的小耗子，愿意夸夸其谈，却不敢采取行动。但尽管如此，伊勒琅毕竟是个贝尼·杰瑟里特，姐妹会专门有一套办法对付这些意志薄弱的信徒，以确保她们贯彻执行受领的命令。

她们又装模作样地谈了些要求，如更柔软的床垫、更好的食物等。可暗地里，圣母却半是劝说半是命令地告诉伊勒琅：必须让那对兄妹乱伦交配（伊勒琅听到这个命令后几近崩溃）。

“至少应该让我有个机会！”伊勒琅用手语恳求着。

“你有过机会。”圣母反驳道。她的指示非常明确：皇帝总会对他的小妾不满吧？他那独一无二的魔力肯定让他感到孤独。为了得到理解，他会把心里话对谁说呢？显然是他的妹妹。因为他妹妹和他一样孤独。他们之间的沟通会逐渐密切，私下在一起的机会也会随之增加。必须设法让他们有更加亲密的接触，而且还必须想办法除掉他的小妾。悲伤会使人逾越所有传统的界限。

伊勒琅提出抗议。如果杀死契妮，他们肯定立即会怀疑到她这个皇后。此外还有别的问题。契妮正在吃一种古老的弗雷曼食物，据说它可以提高生殖能力。关键是这种饮食能使所有避孕药丸失效，抑制作用的消失会大大增加契妮怀孕的可能性。

圣母的手指急速划动着，简直难以掩饰自己的暴怒。这件事在她们第一次见面的时候为什么不说？伊勒琅怎么会如此愚蠢？如果契妮怀孕并有了儿子，皇帝肯定会把这个孩子宣布为继承人！

伊勒琅反驳说她知道很危险，可这样的话，他的基因或许不会完全丢失。

*真该死，太蠢了！*圣母愤怒不已。谁知道契妮那野蛮的弗雷曼血统会带来什么乱七八糟的东西？姐妹会必须拥有纯正的血统！继承人必须具有保罗的野心，能激励他巩固自己的帝国。密谋不能遭受这种挫折。

伊勒琅辩解称，她无法阻止契妮吃那种弗雷曼食品。

可圣母没有原谅的意思。伊勒琅得到的明确指示是，想办法应对这个新的威胁。如果契妮怀孕了，必须在她的食物或饮料里投放堕胎药，或者杀死她。总之，必须不惜一切代价阻止她生出皇位继承人。

投放堕胎药、公然杀死这个小妾，这些都是最危险的事。伊勒琅不想干。一想到要杀死契妮，她就忍不住颤抖不已。

伊勒琅被危险吓住了？圣母很想知道。她的手语流露出深深的轻蔑。

伊勒琅被激怒了，做手势说自己是皇族，有特殊的价值。密谋者难道不想利用如此有价值的间谍？难道想甩掉她？除了她，他们还有什么办法如此接近皇帝，侦察他的一举一动？或者他们已经另外派人打入了皇室？真是那样吗？她绝望了，自己是不是被利用了，而且是最后一次被利用？

圣母用手语反驳道，在交战中，所有价值都要重新审视。他们面临的最大危险是，厄崔迪家族有了未经姐妹会同意的继承人，并且用这个继承人巩固了皇位。姐妹会不能冒这样的风险。这已经远远不是厄崔迪家族基因模式的问题了。如果保罗家族稳稳地坐在皇位上，姐妹会企盼了好多世纪的育种计划就会中道而绝。

伊勒琅明白这个意思，可仍然忍不住怀疑她们是不是已经做出了决定，要舍弃她这个皇后以求得某种更大的价值。她是不是应该知道一点那个死灵的情况？伊勒琅冒昧地问。

圣母想知道，伊勒琅是否认为姐妹会的人都是傻瓜？她们什么时候向伊勒琅隐瞒了她本该知道的情况？

这说不上是一个答案，可伊勒琅还是看出来了，姐妹会并没有对她开诚布公，她们告诉她的只是她必须知道的。

她们怎么能肯定这个死灵可以摧毁皇帝？伊勒琅问。

你还不如干脆问个更简单的问题，比如香料是不是有破坏作用。

圣母反唇相讥。

伊勒琅发现圣母的这句训斥另有深意。贝尼·杰瑟里特素有“以训斥传达教诲”的传统。看来，自己早就应该琢磨出香料和死灵的相似之处。香料是有价值的，可使用者必须付出代价——上瘾；香料可以延年益寿，某些人甚至可以因此多活几十年，可到头来仍然免不了一死。死灵也是某种非常有价值的东西。

很明显，阻止某人出生的最好办法就是杀死可能怀孕的母亲。圣母做着手势，又把话题转到谋杀上。

那是自然的，伊勒琅想，就像想花钱必须先存够这笔钱一样。

圣母那双香料上瘾的眼睛闪烁着深蓝色的光，直直地瞪着伊勒琅。她在揣测、等待、观察细枝末节。

她把我看透了，伊勒琅沮丧地想，她训练了我，又用训练我的方法揣测我。她知道我明白这个决定意味着什么。她现在只想知道我对此会做出什么样的反应。好吧，就按一个贝尼·杰瑟里特和公主该做的去做吧。

伊勒琅挤出一丝微笑，挺直身体，心里默念着《对抗恐惧的连祷文》的开头一段：

“我绝不能恐惧。恐惧是思维的杀手，是潜伏的小小死神，会彻底毁灭一个人……”

平静下来后，她想：就让他们甩掉我吧。我要证明一个公主到底价值几何，或许我会为他们赢得意想不到的收获。

又进行了一阵无声的交流后，伊勒琅离开了。

她走后，圣母继续摆弄塔罗牌，把它们排成一个燃烧的旋涡图案。她马上得到了一张“魁萨茨·哈德拉克”，和另一张“飞船八”配成一对，其含意是“女巫的欺诈和背叛”。这可不是好兆头，说明他的敌人还拥有某种隐藏的资源。

她焦虑不安地扔下纸牌，不知伊勒琅会不会导致他们的毁灭。

弗雷曼人把她看成地球传奇中半人半神的女英雄，她的职责就是用她狂暴的法力保护弗雷曼种族。她是圣母中的圣母。对于那些希望借助她的法力恢复男性生殖能力、使不孕妇女怀上孩子的香客来说，她简直是门泰特的反面，因为她证明一切“分析”都有其局限。她是无限平衡的代表，是处女和娼妓的混合体：既聪明伶俐，又粗鲁残忍，像沙暴一样，具有强烈的破坏性。

——摘自伊勒琅公主的《圣尖刀厄莉娅》

厄莉娅身着黑袍，哨兵似的站在神庙南面的平台上。神庙是保罗的手下专门为她建造的，紧挨着他的城堡。

她憎恨自己生活的这个组成部分，但又不知道如何在不导致大家毁灭的前提下逃避这座神庙。香客们（该死的！）一天比一天多，神庙低处的游廊被他们塞得满满的。小贩们在香客间游走叫卖。许多低级术士、占卜僧、预言者也在那儿做生意，竭力模仿保罗·穆阿迪布和他的妹妹。

厄莉娅看见，装有新沙丘塔罗牌的红绿色小包在小贩们的袋子里特别显眼。她不知道塔罗牌为什么会这么流行，也不知道是谁把这种东西推入了厄拉奇恩市场。为什么塔罗牌偏偏在这个时间、这个地点大行其道？用它预测未来？香料上瘾会给某些人带来预知能力，弗雷曼人容易获得这种能力更是众所周知。可是，这么多人忽然间对可能的未来产生兴趣，而且是在此时此地，这难道是偶然的吗？她暗中决定，一有机会就要弄个明白。

一阵风从东南方吹来。风势很小，经过屏蔽场城墙的阻挡，已成强弩之末。屏蔽场城墙高高耸立。傍晚的阳光把山边染成了橘红色，光线里飘荡着薄雾般的灰尘。温热的风吹在她的面颊上，勾起了阵阵思乡之情。她想念沙漠，想念那个广阔、安全的地方。

最后一拨人开始从游廊宽大的绿岩台阶上走下来。他们唱着歌，三五成群地聚在一起，不时停下来瞧瞧小贩们摆在街边货架上的纪念品和圣护身符。一些人还在和最后一个流连未去的低级术士谈论着什么。香客、祷告者、市民、弗雷曼人，加上正在结束一天生意的小贩，构成了一幅乱哄哄的景象，一直伸进通往城市中心、长着枣椰树的街区深处。

厄莉娅远远地望着那些弗雷曼人。这些沙民脸上凝固着虔诚、敬畏的表情，身上却带着一股凶暴之气，有意和其他人保持一段距离。这些人既是她的力量所在，也是她的危险所聚。直到今天，他们仍然在捕捉大型沙虫，用以运输、娱乐和祭祀。他们仇恨异星的香客，几乎难以忍受市民聚居的谷地和洼地，也看不惯街头小贩们的玩世不恭。人们从不接近这些粗野的弗雷曼人，甚至在厄莉娅神庙那样拥挤的场合也尽可能离他们远远的。圣地禁止行凶杀人，可总有办法让你暴尸街头……当然是朝圣之后。

离去的人群掀起阵阵尘沙。带着金属味的酸臭直扑厄莉娅的鼻孔，激起一阵对辽阔布莱德的渴望。她发现，自从死灵来了以后，自己对过去的认识更加清晰了。哥哥登上皇位之前，他们多么快乐、多么自由自在啊。那些说说笑笑的日子，那些为一点小事欢呼雀跃的日子。他们享受每一个美丽的清晨和日出，每时每刻……每时每刻……每时每刻……在那些日子里，就连危险也都清清楚楚，所有人都知道它来自何处。不必受预知能力的束缚，也没有必要透过朦胧的面纱窥视令人沮丧的未来。

野蛮的弗雷曼人说得好："有四件东西是隐瞒不了的——爱、烟雾、火柱，以及在开阔布莱德中行走的人。"

厄莉娅突然感到一阵厌倦。她走下平台，融入神庙下的阴影中。她在阳台上快步走着。神谕大厅闪烁着乳白色的光，瓷砖地板上的沙子在脚下发出刺耳的嘎吱声。*祈祷者们总是把沙子带进圣室！*她看也不看那些侍从、卫兵、实习生，以及无所不在的齐扎拉祭司弄臣，径直冲上直通自己私人卧室的螺旋形楼道。在长沙发和厚厚的褥子中间，悬挂着一顶帐篷，那是沙漠的纪念品。她打发走了那些凶恶的弗雷曼妇人——斯第尔格专为她派来的私人保镖，但更像暗中监视她的探子！她们走的时候都咕咕哝哝地表示反对，可她们更害怕她，而不是斯第尔格。她脱下长袍，把带鞘的晶牙匕挂在脖子上，衣服扔得满地都是。她要洗澡。

他越来越近了，她知道。她能感觉到自己的未来里有一个男人浅浅的身影，可就是无法看清他。令人气恼的是，预知能力也无法显示那个影子的任何肉体特征。只有当她窥视别人的生活时，才能在无意中发现他。有时候，她可以看到一个模糊的轮廓，站在偏僻的黑暗之处。她感应到了他的单纯，同时也感应到了他的欲望。他站在那儿，就在未来飘浮不定的地平线那边。她感到，如果自己的预知能力能够扩张到一个相当的程度，或许就能看见他了。他就在那儿，持续不断地骚扰着她的意识，狂热，危险，邪恶。

她泡在浴缸里，温暖的热气包围着她。沐浴的习惯来自她所吸收的无数圣母的记忆，它们像一粒粒熠熠闪光的珠宝，被她的意识串了起来。她滑进浴缸底部。水，温暖的水抚慰着她的肌肤。水下饰有红鱼的绿色瓷砖拼成海洋的图案。这样的地方，这么多水，仅仅为了清洗人的肌肤！弗雷曼老人看见了肯定会极度愤怒。

他越来越近了。

她知道，这是被贞洁压制下去的欲望。她的肌肤渴望伴侣。对一个主持过穴地狂欢的圣母来说，性并没有什么特别神秘的。此外，过去圣母的记忆也让她知道了这种事的所有细节。此刻的渴望纯粹是肉体上的，肉体渴望着和另一具肉体亲近。

行动起来！行动的迫切需要战胜了泡在温水里恹恹欲睡的感觉。

厄莉娅猛地从浴缸里爬起来，身上湿淋淋地滴着水，赤身裸体，大步奔进连着卧室的训练室。训练室是椭圆形的，有天窗，放着各种或粗重或精巧的仪器。这些仪器能训练贝尼·杰瑟里特的肉体和精神，为任何突发事件做好准备。有记忆强化器；有来自伊克斯星、能使手指和脚趾既坚硬又敏感的指趾碾磨器；有气味合成器；有触觉感知器；有温度变化扫描场；有模拟叛徒（以防自己的某些习惯遭叛徒泄露）；有阿尔法波反应训练器；有使受训者能在各种亮度条件下分辨颜色的频闪同步器……

墙上是一段她亲笔写下的话，每个字母都有十厘米见方，那是贝尼·杰瑟里特的训令：

“在我们之前，所有学习方法都受到人类本能的制约。只有我们才真正掌握了学习之道。在我们之前，希望克服人类本能制约的研究者们只能在一个有限时间段内专注于这个项目，通常不会长过一生。他们从来没有想过以超过五十年或一生的时间研究一个项目。普拉纳-宾度全面训练的概念是闻所未闻的。”

走进训练室后，假人靶子心窝处不住摇晃的水晶防护棱镜折射出上千个厄莉娅的镜像。长剑放在靶子旁边的支架上，等待着她。她想：*是的！我要让自己精疲力竭，消耗掉我的肉欲，让头脑清醒些。*

她右手握住长剑，左手从脖子上的刀鞘中拔出晶牙匕，然后用剑柄碰了碰激活按钮。靶子的屏蔽场启动了，她立即感到了力场的抗力，缓慢而稳固地挡开她的武器。

防护棱镜闪闪发光，假人靶蹿到她的左边。

厄莉娅长长的刀刃紧追其后。这东西几乎跟活的真人一模一样，可它实际上只是伺服马达加上复杂的反射线路而已，可以诱开受训者的眼睛，使其看不见危险。干扰受训者，这就是它的训练思路。这种仪器会随着她的反应而反应，像她的影子，能跟着她移动，棱镜折射的光线也随之晃动，和反击的刀锋同时指向她。

刹那间，棱镜射刺出无数刀刃，但只有一只是真的。她反击着那只真刃，长剑越过屏蔽场，点到了靶子上。灯光亮了起来，折射出亮闪闪的红光……扰人心神的折射刀光更多了。

那东西再一次发动进攻，增加灯光以后，它的速度快了许多。

她闪避格挡，迎着危险直扑进去。她的晶牙匕击中了目标。

棱镜亮起第二盏灯。

速度再次加快。那东西借助自己的滚轮冲了上来，像被她的身体和剑尖所吸引的磁铁。

进攻——闪避——反攻。

进攻——闪避——反攻……

她激活了四盏灯。这东西变得更加危险了，每多亮一盏灯，移动速度都会加快许多，分散注意力的折射光也更多了。

五道红光。

裸露的肌肤上汗水淋漓，她被靶子发出的刀光裹在中心，赤裸的双脚蹬着训练地板，意识、神经、肌肉的功能发挥到极限，用运动对抗运动。

进攻——闪避——反击。

六道红光……七道……

八道！

她从未挑战过八道光。

意识深处响起一个急迫的声音，仿佛在大声抗议这种疯狂。那个带有棱镜的靶子不会思考，也不懂得谨慎或者怜悯。而且，它装着一柄真正的利刃，不这样做的话，这种训练就丧失了意义。但是，那柄进攻的刀刃可能让她重伤，甚至杀死她。即使是帝国最优秀的剑客，也从来不敢冒险对抗七道光。

九道！

厄莉娅体验到了极度的兴奋。进攻的刀刃和靶子变得越来越模糊。她感到自己手里的剑活了起来，对抗着那个靶子。不是她在带动剑锋，而是剑锋在带动她。

十道！

十一道！

什么东西在她肩头一闪，飞了过去，接近靶子周围的屏蔽场时速度已经降了下来，缓缓滑了进去，在它的停止按钮上一戳。光线顿时一暗，棱镜和靶子猛地一晃，停了下来。

被打扰的厄莉娅勃然大怒，猛地一转身。这个人掷刀的手法如此精妙，厄莉娅转身时便已全神戒备。掷得真准，时间拿捏得恰到好处，正好可以穿进屏蔽场，不至于因为太快而被力场挡开。

十一道光的假人靶子，直径一毫米的停止按钮——它竟然击中了。

但紧接着，她的戒备一下子松懈下来，和那个假人靶差不多。她看见了掷刀的人。这个人有这样精妙的手法，她一点儿也不奇怪。

保罗站在训练室门口，斯第尔格跟在他后面三步远的地方。哥哥的眼睛气恼地瞅着她。

厄莉娅意识到自己仍然全身赤裸，条件反射似的想遮挡一下，又觉得这种念头很可笑。眼睛已经看到的东西不可能因此抹掉。她慢慢把晶牙匕插进脖子上的刀鞘里。

“我应该猜到的。”她说。

“我猜，你应该知道这有多么危险吧。”保罗说。他看到了她脸上和身体上的变化：皮肤因剧烈运动变得通红，嘴唇潮湿。妹妹身上充满从未有过的女性的渴望和焦灼。奇怪的是，眼前这个和他如此亲密的人，尽管身体还是同一个，但看上去却再也不像从前那样熟悉了。

“这是发疯。”斯第尔格粗声粗气地说，走过来站在保罗身边。

声音很气愤，但厄莉娅听出了其中的敬畏，从他眼睛里也看出了这种神情。

“十一道。”保罗边说边摇头。

“如果你没打断我，我还要练到十二道。”她说，在他的注视下，她的脸色变白了，“本来就应该努力打上去。要不然，这该死的东西装这么多盏灯干什么？”

“一个贝尼·杰瑟里特竟然去深究可调节系统背后的原理？”保罗问。

“我猜你从来没有试过七盏灯以上！”她有点气恼。他的关心惹恼了她。

“只有一次。”保罗说，“哥尼·哈莱克十点钟时冷不丁来见我，弄得我很尴尬。当时的事儿我就不多说了。唔，说到难堪……”

“也许你下次进来之前应该先知会一声。”她说。她从保罗身边擦过，走进卧室，找出一件宽松的灰色长袍披在身上，对着墙上的一面镜子梳理自己的头发。她感到疲倦、失落，类似性爱之后的淡淡忧伤。她想再冲个澡……然后睡觉。“你们为什么来这儿？”她问。

“陛下。”斯第尔格说，声音有点奇怪。厄莉娅不由得回过头来望着他。

“这件事有点奇怪，”保罗说，“是伊勒琅建议我们来的。她认为——斯第尔格的信息也证实了——敌人准备发起一轮大的攻势……”

“陛下！”斯第尔格说，声音急促。

她哥哥不解地转过头，厄莉娅则仍然瞪着这个弗雷曼老耐布。他身上的某种东西使她强烈地意识到，这是一个原始人。斯第尔格相信超自然的世界近在身边，它以一种异教徒的语言和他对话，消除他的疑惑。他的宇宙是凶暴的、难以驾驭的，完全没有帝国的井井有条。

“什么事，斯第尔格？”保罗说，“你想由你来告诉她我们来这儿的原因？”

“现在不是谈论这个的时候。”斯第尔格说。

“怎么回事，斯第尔格？”

斯第尔格瞪着厄莉娅：“陛下，您难道没看见？”

保罗转向自己的妹妹，开始感到有些不安。所有部下中，只有斯第尔格敢用这种口气和他说话，但也只是偶尔急迫的时候才用。

“这孩子需要配偶了！”斯第尔格冲口而出，“如果她不结婚，肯定会出问题的。而且得快。”

厄莉娅猛地掉转头，脸涨得通红。*他怎么会一下子击破我的防线？*不知怎么回事，此时此刻，就连贝尼·杰瑟里特的自控术也束手无策。斯第尔格是怎么做到这一点的？他又没有掌握音控力。一时间，她颇有点恼羞成怒。

“伟大的斯第尔格开口了！”厄莉娅说，仍然背对着他们，她意识到自己的声音有些暴躁，可就是控制不住自己，“弗雷曼人斯第尔格，居然有资格对少女心事说三道四了！”

“因为我爱你们两个，所以必须说。”斯第尔格说，声音带着无比的尊严，“如果连男女之间的这点东西都看不明白，我还当什么弗雷曼人的族长？看出这种问题并不需要什么神秘的魔力。”

保罗掂量着斯第尔格的话，回想着刚才见到的那一幕，以及自己所产生的（无法否认的）男性冲动。确实如此，厄莉娅春情荡漾，情欲难以遏制。为什么赤身裸体到训练室里来？还鲁莽地拿生命当儿戏？十一道光！在他眼中，那台蠢笨的自动机器变成了一只古老可怕的魔兽，和这个时代格格不入。很久以前的过去，这类机器是具有人工智能的计算机，巴特勒圣战结束了这一切，但这台机器仍然带着一股古代机器的罪恶气息。

自然，斯第尔格是对的。他们必须为厄莉娅找一个伴侣。

“我来安排。”保罗说，“厄莉娅和我要好好谈谈这件事……私下里。”

厄莉娅转过脸，盯着保罗。她很清楚保罗的头脑是怎么运行的，于是她知道，这是一个经过门泰特运算得出的决定，在那个人类计算机中，无数片段信息经过分析，最后拼成一个整体。这个过程是无情的，宛如星球的运动，其中蕴含着宇宙运行的规律，无可阻挡，又令人望而生畏。

“陛下，”斯第尔格说，“也许我们应该……”

“现在不说这个！”保罗不耐烦地说，“我们还有别的事。”

厄莉娅知道自己不敢和哥哥对着干，于是赶紧用贝尼·杰瑟里特心法抛下刚才的事，问：“是伊勒琅叫你们来的？”她隐隐意识到这其中有点不祥的意味。

“没有那么直接。”保罗说，“她给我们的情报证实了我们的怀疑：宇航公会千方百计想弄一条沙虫。”

“他们试图捉一条小的，然后在别的星球上培植香料。”斯第尔格说，“这意味着他们已经找到了合适的星球。”

“还意味着他们有弗雷曼同谋！”厄莉娅喝道，“异星人不可能捕捉到沙虫！”

“这是不言而喻的。”斯第尔格说。

“不，你没懂我的意思。”厄莉娅说，她被斯第尔格的迟钝气得火冒三丈，“保罗，你肯定……”

“内部腐败开始了。”保罗说，“这一点我们早就知道。令我十分不安的是，我从来没有在预言幻象中看到那另一个可以培植香料的星球。如果他们……”

“令你不安？”厄莉娅厉声道，“只可能有一种解释：宇航公会的宇航员用他们的预知能力隐蔽了培植香料的地方，和他们隐蔽大家族庇护所的方位一样。”

斯第尔格张了张嘴巴，又合上了，什么话也没说。他所崇拜的两位偶像自己承认他们也有弱点，这简直是亵渎神明啊。

保罗察觉到了斯第尔格的不安，说：“还有一个问题必须马上处理！我想征求一下你的意见，厄莉娅。斯第尔格建议把巡逻范围延伸到沙漠的开阔地带，同时加强穴地的警戒。或许我们可以发现敌人的登陆部队，从而阻止他们。这种可能性并不是不存在的……”

“在有宇航员引导他们的情况下？”厄莉娅问。

“对方来势汹汹呀。”保罗说，“所以我才到这儿来找你商量。”

“难道他们预见到了什么我们没有看到的东西？”厄莉娅问。

“正是这样。”

厄莉娅点点头，想起了那种忽然出现的新沙丘塔罗牌。她马上说出了自己的担心。

“扩大有预言能力的人群的数量，从而干扰我们一方的预言能力。”保罗说。

“只要有足够的巡逻部队，”斯第尔格大着胆子说，“我们说不定能阻止……”

“我们什么也阻止不了……永远不能。”厄莉娅说。她不喜欢斯第尔格现在的思维方式：收拢目光，对最重要的东西视而不见。这不是她记忆中的斯第尔格。

“我们必须这样想，他们能搞到一条沙虫。”保罗说，“至于能否在别的星球上种植香料，这就是另一码事了。种植香料光靠一条沙虫远远不够。”

斯第尔格的目光从哥哥移向妹妹。他理解他们的意思，穴地生活已经把生态学的观念深深植入了他的脑海。离开厄拉科斯的生态环境，离开那些沙漠浮游生物、小小造物主，被捕获的沙虫根本不可能存活。宇航公会面临的问题很大，但也不是完全没有解决的可能。沙虫在别的地方能否活下来，连他自己都无法确定。

“那么，您的预言魔法没有发现宇航公会的小动作？”他问。

“真该死！”保罗发火了。

厄莉娅观察着斯第尔格。这个野蛮人的脑子里装着一堆乱七八糟的东西。他对魔法很着迷。魔法！魔法！窥视未来无异于盗取圣火上的火苗。这种做法极度危险，冒险者很可能永远迷失在渺不可见的未来。

当然，人们也有可能从那个无形的、危险的地方带回某种有形的、可以把握的东西。现在，斯第尔格感受到了另外一种力量，存在于未知的地平线之外、或许比站在他面前的这位女巫之王和魔法师朋友的力量更大的力量。而在这种力量面前，他所崇拜的两个人却都暴露出了危险的弱点。

“斯第尔格，”厄莉娅尽量给他打气，“如果你站在沙丘之间的谷地，而我站在丘顶，我就能看见你看不见的地方，看到沙丘之外的地方。”

“可有些东西你还是看不见。”斯第尔格说，“你经常这样说。”

“一切力量都是有限的。”厄莉娅说。

“危险或许来自沙丘之后。”斯第尔格说。

“我们面临的情况或许正是如此。”厄莉娅说。

斯第尔格点点头，紧盯着保罗的脸：“可无论群山后面藏着什么，接近我们时都必须从沙丘上经过。”

依靠预言施行统治，这是宇宙中最危险的游戏。我们的智力和勇气都不足以玩这种游戏。如果遵循这里列出的种种规定，我们可以利用预言能力处理一些重要性逊于统治的事务。它们当然不是统治，但性质相似，而我们也只敢做到这一步。为了我们的目的，这里暂时借用贝尼·杰瑟里特姐妹会的看法，将大千世界视为储存基因的池塘，视为教义和导师之源，以及无穷可能性的源头。我们的目标不是统治，而是变动这些基因、学习、把我们自己从一切依赖和统治中解脱出来。

——摘自《狂欢：一种治国方略》

第三章：宇航员的宇航公会

“这就是您父亲死去的地方？”艾德雷克问。会见室墙上装饰着许多浮雕地图。他从箱子里射出一道指示光柱，照在一张地图上的一处宝石标记上。

“那是存放他颅骨的神龛。”保罗说，“我父亲被哈克南人囚禁在护航舰上，就死在我们下面的盆地里。”

“哦，是的，我记起来了。”艾德雷克说，“好像是什么刺杀他那个不共戴天的死敌哈克南男爵的事。”为了掩饰在这个封闭的小房间里感到的不适和恐惧，艾德雷克在橘红色气体里翻了个身，直直地看着保罗。他正一个人坐在灰黑相间的长沙发上。

“我妹妹杀死了男爵。”保罗说，声音和表情都很平淡，“就在厄拉奇恩战争中。”

他心想，宇航公会的这个鱼人为什么偏偏选择此时此地揭开这个老伤疤？

这个宇航员极力抑制自己神经质的紧张情绪，但总也不成功。上次见面时那种懒洋洋的大鱼一般的神态早已荡然无存，那双小眼睛鼓凸出来，东瞅瞅西看看，搜索着，盘算着。他唯一的随从站得离他稍远，靠近保罗左边沿墙而列的皇宫卫兵。这个随从的神情中有些东西让保罗放心不下。这是个身体粗壮的人，粗脖子，愚钝的脸上表情茫然。刚才，就是他将艾德雷克的箱子推进会见室：身体轻轻抵着悬浮力场上的箱子，双手叉腰，走路的姿态活像个行刑刽子手。

斯凯特尔，艾德雷克是这样称呼他的。斯凯特尔，他的助手。

这位助手的外表无一不显示出彻头彻尾的愚蠢，但是，他的眼睛却出卖了他。这是一双嘲弄地看待一切所见之物的眼睛。

“您的侍妾好像很喜欢看变脸者的表演。”艾德雷克说，“很高兴能为你们提供一点小小的娱乐。当整个剧团的人同时变成和她一模一样的容貌时，她的反应真让我开心死了。”

“宇航公会的礼物，大家对这个可都是戒心重重啊。”保罗道。

他想到了那场在大厅里举行的表演。舞者们穿着戏装上场，打扮成一张张沙丘塔罗牌。他们迅速变换着队列，组成各种看似随意的图案，包括火旋涡以及古老的占卜图形。最后变成大牌，一队国王和皇帝，与铸在硬币上的历代帝王的脸一模一样：轮廓坚硬，表情严肃，只不过古怪地变来变去。这些表演者还给大家开了个玩笑：保罗自己的脸和身体也被复制了一份，被复制的还有契妮，一个个契妮在大厅中走来走去。就连斯第尔格也被复制了。大厅里的其他人哄笑起来，斯第尔格本人嘟囔着、咒骂着，却全身止不住地颤抖。

“可我们带来的礼物都是善意的。”艾德雷克抗议道。

“善意到什么程度？”保罗问，“你送给我的那个死灵认定他的目的是摧毁我们。”

“摧毁你们，陛下？”艾德雷克问，神态十分安详，“人能摧毁天神吗？”

刚刚走进来的斯第尔格听到了这最后一句话。他停住脚步，瞪了卫兵一眼。他们离保罗很远，超过了他规定的距离。他愤怒地打了个手势，叫他们靠近些。

“没关系，斯第尔格。”保罗抬起一只手，“只是朋友之间随便聊聊。你把大使的箱子挪近我的沙发好吗？”

斯第尔格思索着保罗的命令。那样一来，箱子就会摆在保罗和那个粗鲁的助手之间，离保罗太近了。可是……

“没关系的，斯第尔格。”保罗又重复了一遍，同时做了个秘密手势，表示这是个命令，不得违抗。

斯第尔格很不情愿地推动箱子，朝保罗靠近了些。他不喜欢这种容器，还有它周围那股浓重的香料味。他站在箱子一角那个不住旋转的、传出宇航员声音的装置下面。

“摧毁天神，”保罗说，“有意思。可是，谁说我是天神？”

“那些敬拜您的人。”艾德雷克说，故意瞥了一眼斯第尔格。

“你相信吗？”保罗问。

“我相信什么无关紧要，陛下。”艾德雷克说，“然而，在多数观察者看来，您似乎图谋把自己变成一个神。人们会问，如果那样的话，您是否就可以做任何想做的事……而且是随心所欲地去做？”

保罗琢磨着宇航公会宇航员的话。这是一个令人恶心的家伙，但他感觉敏锐。这个问题保罗也曾经无数次问过自己，但以他看到过的那么多时间线，他知道自己的未来可能比当一个神祇更糟糕。糟糕得多。然而，这些并不是一个普通宇航员能够预见到的。奇怪呀，为什么提出这样的问题？艾德雷克想通过这种正面交锋的手段得到什么？保罗心念一转（背后肯定有特莱拉人捣鬼）——再转（最近在塞波星赢得的圣战胜利与艾德雷克的行动有关联）——再转（贝尼·杰瑟里特姐妹会的各种教义）——再转……

成千上万条信息唰地闪过他那长于计算的大脑。也许只花了三秒钟的时间。

“身为宇航员，难道你怀疑预见力的指导作用？”保罗问，迫使艾德雷克在最不利于自己的战场上应战。

宇航员慌乱起来，可他掩饰得很好，说了一句听上去很像格言的话："没有哪个聪明人怀疑预知的力量，陛下。从远古时代开始，预言幻象就为人们所熟知，但它总是在我们最意想不到的时刻来到眼底。幸运的是，宇宙中还存在着别的力量。"

"比预见力更伟大的力量？"保罗逼问道。

"如果世上只有预见力这一种力量，而且威力无比、无所不能的话，陛下，它必然会走向自我毁灭。除了预见力，不存在其他任何力量？那么，除了退化之外，它无路可走。"

"人类肯定会滥用这一能力，最终导致它的毁灭。"保罗赞同地说。

"即使在最准确的情况下，预言幻象也是捉摸不定的。"艾德雷克说，"也就是说，在人们没有将自己的幻觉误认为是预言幻象的情况下。"

"看样子，我的幻象只不过是幻觉而已。"保罗装出伤心的口气，"或者，你的意思是，产生幻觉的是我的崇拜者？"

斯第尔格察觉到了逐渐紧张的气氛，他朝保罗靠近了一步，注视着斜倚在箱子里的宇航公会的人。

"您有意曲解了我的意思，陛下。"艾德雷克抗议。他的言语里隐含着一股奇怪的暴力。在这儿显示暴力？保罗怀疑着。谅他们不敢！除非（他瞥了一眼自己的卫兵）保护我的卫队倒戈。

"可是你指责我图谋把自己变成神。"保罗用只有艾德雷克和斯第尔格能听见的声音说，"图谋？"

“也许这个词选得不对，陛下。”艾德雷克说。

“可它很说明问题。”保罗说，“说明你希望我倒霉。”

艾德雷克脖子一扭，担心地看了一眼站在一旁的斯第尔格：“人们总是希望有钱有势的人倒霉，陛下。据说有一种办法可以分辨一个人到底是不是贵族出身：贵族会掩饰自己的邪恶，暴露在外的只有能让老百姓喜欢他们的坏习惯。”

斯第尔格脸上一阵颤动。

保罗发现了。他知道斯第尔格在想什么，也知道他的愤怒。这个宇航公会的家伙怎么胆敢这样对穆阿迪布讲话？

“你当然不是在开玩笑。”保罗说。

“玩笑？陛下？”

保罗感到嘴巴发干。屋里人太多了，他呼吸的空气被许多人的肺污染过。艾德雷克箱子周围弥漫的香料味也令人呼吸不畅。

“在你所说的这场图谋中，谁可能是我的同伙呢？”保罗随后问，“你是否认为是齐扎拉教团？”

艾德雷克耸耸肩，搅得脑袋周围的橘红色气体四处弥漫。他不再注意斯第尔格，尽管这个弗雷曼人仍然在恶狠狠地盯着他。

“你是说，我圣教属下的传教士，他们所有的人，都在宣扬、暗示这个谎言？”保罗追问。

“可能是出于自利，也可能是发自内心。”艾德雷克说。

斯第尔格一只手按住了长袍下的晶牙匕。

保罗摇摇头：“这么说，你指责我出于私利，散布谎言？”

“指责这个词不确切，陛下。”

好一个胆大包天的畜生！保罗想。他说：“不管是不是指责，总之你认为我的主教们和我本人只不过是一伙利欲熏心的强盗。”

“利欲熏心？”艾德雷克又看了一眼斯第尔格，“权力会使那些掌握着过多权力的人陷入孤立，逐渐与真实世界脱节……最后垮台。”

“陛下，”斯第尔格吼道，“您曾经处死过许多罪行还不及此人的人！”

“是的，许多。”保罗同意道，“可他是宇航公会的大使。”

“他指责您是一个邪恶的骗子！”斯第尔格说。

“我对他的看法很感兴趣，斯第尔格。”保罗说，“压制你的愤怒，保持警戒。”

“谨遵穆阿迪布吩咐。”

“告诉我，宇航员。”保罗说，“隔着空间和时间的遥远距离，我没办法监视所有传教士的一举一动，也不可能知道每个齐扎拉教团小修道院和寺庙的细节。在这种情况下，我如何实施这个假设的欺诈行为？”

“时间对您来说算得了什么？”艾德雷克问。

斯第尔格眉头紧皱，显然很迷惑。他想：穆阿迪布常说，他能看透时间的薄纱。宇航公会这个人的话中真意到底是什么？

“这种规模的欺诈怎么可能不漏洞百出？”保罗问，“重大意见不和、分裂……怀疑、经受不住内心的谴责而忏悔，欺诈不可能把这一切全都压制下去。”

“宗教和私利不能隐藏的东西，政府却可以瞒天过海。”艾德雷克说。

“你是在考验我容忍的底线吗？”保罗问。

“我的观点就没有一点可取之处吗？”艾德雷克反驳。

难道他希望我们杀死他？保罗心想。艾德雷克想让自己成为烈士？

“我喜欢愤世嫉俗的观点。”保罗试探着对方，“你显然受过训练，对一切语言技巧了如指掌，懂得如何使用双关语、有杀伤力的字眼。对你来说，语言就是武器，你在测试我盔甲的牢固程度。”

“说到愤世嫉俗，”艾德雷克嘴角现出一丝微笑，“谁也比不上处理宗教问题时的国君。宗教也是一种武器。当它变成政府的一部分时，会成为一种什么样的武器呢？”

保罗感到内心深处宁静下来，心如止水的同时又凝神戒备。艾德雷克究竟是在和谁说话？机智到极点的字句、极富煽动性而从容不迫的语气，加上那种心照不宣的潜台词：他和保罗是两个久经世故的人，有更广阔的天地，知道普通老百姓无法知道的事。保罗突然一惊，发现自己并不是这番花言巧语的主要目标。对方忍着种种不适造访皇宫，目的是对其他人说出这番话，对斯第尔格，对皇宫卫兵们……甚至可能对那个粗笨的助手。

“宗教的光环是强加在我头上的。”保罗说，“我没有有意识地追求它。”他想：*好吧！就让这个鱼人认为自己已经在这场口舌大战*

中大获全胜好了！

“那么您为什么不公开否认这种造神运动呢，陛下？”艾德雷克问。

“因为我的妹妹厄莉娅。”保罗说，仔细地观察着艾德雷克，“她是位女神。我奉劝你一句，提到她的时候千万要小心，她只需要看你一眼，就能置你于死地。”

艾德雷克嘴边刚浮出的一丝笑意突然化成震惊的表情。

“我是当真的。”保罗说，观察到刚才那句话引起的震惊迅速扩散，只见斯第尔格暗暗点头。

艾德雷克沮丧地说：“您动摇了我对您的信心，陛下。这无疑正是您的用意。”

“你知道我的用意？还是别那么肯定的好。”保罗说，朝斯第尔格做了个手势，表示接见到此为止。

斯第尔格用手势询问是否需要刺死艾德雷克。保罗做手势表示否定，他特意加大了手势的力度，唯恐斯第尔格自作主张。

斯凯特尔，艾德雷克的那个助手，走到箱子后的一角，把它朝门口推过去。到保罗对面的时候，他停下了，转过头来，眼中含笑，看着保罗：“如果陛下允许的话……”

“你有什么事？”保罗问。他注意到斯第尔格靠了过来，以防这个人突然发难。

“有人说，”斯凯特尔说，“人们之所以依靠帝国的统治，是因为太空的无穷无尽。没有一个统一的象征，他们感到自己是孤零零的一个人，无依无靠。对一个孤独的人来说，皇帝正是他们依附的绝好对象。他们朝他奔过去，说：‘看啊，他在那儿。他使我们团结成一个人。’或许宗教也有同样的目的，陛下。”

斯凯特尔愉快地点点头，又推了推艾德雷克的箱子。他们离开了会见室，艾德雷克仰卧在箱子里，闭着眼睛。宇航员好像已经精疲力竭，不像刚才那样活蹦乱跳了。

保罗瞪着斯凯特尔摇摇摆摆的背影，对这个人的话感到十分惊讶。真是个很特别的家伙，这个斯凯特尔，他想。他说话的时候，给人的感觉仿佛不是一个人，而是许多人的集合体，他的历代先祖仿佛全都和他站在一起。

“真奇怪。”斯第尔格说，并不特别针对某个人。

艾德雷克及其随从出门后，一个卫兵把门关上了。保罗从沙发里站了起来。

“奇怪。”斯第尔格又重复了一遍，粗大的血管在太阳穴上不住跳动。

保罗拧暗接见室的灯光，走到窗边。窗户大开，正对着城堡外陡峭的悬崖。远处下面的某个地方，灯光在不停闪烁，影影绰绰的，有人在移动。一队劳工扛着巨大的溶胶石来到这里，修补厄莉娅神庙被一股强劲沙暴损毁的墙面。

“这么做不聪明，友索，把这种东西带到这儿来。”斯第尔格说。

友索，保罗想，我的穴地名字。斯第尔格想让我明白，他曾经领导过我，曾经在沙漠中救过我的命。

“为什么您要这样做呢？”斯第尔格问，紧靠在保罗身后。

“数据。”保罗说，“我需要更多的数据。”

“仅仅以门泰特的身份面对这样的威胁，是不是有些太冒险了？”

很有见地，保罗想。

门泰特的计算能力也是有限的。它就像语言一样。语言是有限的，任何语言都无法表达没有限制也没有边界的事物。但尽管如此，门泰特的能力仍然很有用处。他把这些话告诉了斯第尔格，看他有没有本事把自己驳倒。

“总有一些东西在范围之外。”斯第尔格说，“有些东西，最好还是把它们放在我们考虑的范围之外。”

“或者让它们留在我们心里。”保罗说。刹那间，身为预言者的他、身为门泰特的他，两者共同得出了结论。放在范围之外，不加考虑，这没问题。但最可怕的是，这些东西深埋在他心底，盘桓不去。他如何才能对抗他自己、逃避他本人？敌人的企图正是设下毒计，让他来个自我毁灭。沿着这个思路想下去，他看到了更加可怕的种种可能的未来。

急促的脚步声打断了他的沉思。明亮的走廊灯光从背后照亮柯巴的身影，他急匆匆闯进来，像被某种巨大的力量一把扔进来似的。进入阴暗的接见室后，他骤然止步。捧在他双手上的是几卷志贺藤卷轴，在走廊射进来的灯光下闪闪发光，像奇形怪状的珍宝。一只卫兵的手伸了过来，关上房门，珠宝的亮光于是随之消失。

“是您吗，陛下？”柯巴问，朝阴暗处凝视着。

“什么事？”斯第尔格问。

“斯第尔格？”

“我们都在这儿。什么事？”

“您下令为宇航公会的人举行招待会，我觉得十分不安。”

“不安？”保罗问。

“人们都说，陛下，您太给我们的敌人赏脸了。”

“就这些话？”保罗说，“这些卷轴是我早些时候要你拿来的东西吗？”他指着柯巴手里的志贺藤卷轴。

“卷轴……哦！是的，陛下。这些就是历史记录。您想在这儿看吗？”

“我已经看过了。让你带来是想让斯第尔格看看。”

“我看？”斯第尔格只觉得心头火起。他觉得这又是保罗心血来潮。历史记录！他来这里是为了跟保罗讨论征服扎布仑星球的后勤计算问题，不巧却碰上宇航公会的大使。好不容易有了机会，却又冒出了柯巴和历史记录！

“你对历史知道多少？”保罗沉吟着，心里暗自琢磨着自己身边这个拖着长长影子的人。

“陛下，我能说出我们的人民到过的每一个星球，我还熟悉帝国的每一片疆域……”

“地球的黄金年代，你研究过吗？”

“地球？黄金年代？”斯第尔格又着急又迷惑。为什么保罗忽然想起讨论什么人类起源时期的神话？斯第尔格的脑子里仍然塞满了扎布仑星球的数据。据门泰特参谋人员计算，需要两百零五艘护航舰来运载三十个军团。此外还有辎重营、治安部队、齐扎拉传教士……食物补给（数字就在他脑子里）以及香料……武器、军服、纪念章……阵亡战士的骨灰缸……需要的专家：制作宣传材料的人、职员、会计……间谍……以及双重间谍……

“我还带来了脉冲同步装置配件，陛下。”柯巴大着胆子说。他显然察觉到保罗和斯第尔格之间的气氛有点紧张，于是惶惶不安起来。

斯第尔格摇摇头。*脉冲同步装置*？为什么保罗要他在一部志贺藤投影仪上使用脉冲式记忆同步系统？为什么要从历史记录中扫描下某段特别的数据？这是门泰特的工作！和往常一样，一想起投影仪和记忆同步装置，斯第尔格便不由得产生了深深的怀疑。这些东西总是让他的感官极度不舒服。数据排山倒海般涌来，脑子很久以后才能理出个头绪。有的信息常常会让他大吃一惊：连他自己都没想到脑子里竟然储存了这样的信息。

“陛下，我来是想和您讨论扎布仑星的计算问题。”斯第尔格说。

“让扎布仑的计算问题脱水吧！”保罗不耐烦地说。他用了个弗雷曼下流话，意思是这种水分是如此下贱，没人愿意不顾身份去接触它。

“陛下！”

“斯第尔格，”保罗说，“你最需要的是一种平衡感。只有懂得从长远角度考虑问题，才能获得这种平衡感。关于过去那个时代，我们手头只有很少的资料。巴特勒圣战毁掉了太多东西，但剩下的所有数据，柯巴都已经替你带过来了。你就从成吉思汗开始吧。”

“成吉……思汗？他是萨多卡军团的人吗，陛下？”

“哦，比萨多卡军团早得多。他杀了……大概四百万人。”

“杀了那么多人，他肯定有非常强大的武器，陛下。可能是激光射束，要不就是……”

“不是他亲自动手杀的，斯第尔格。他像我一样，派出了自己的军团。顺便再提提另一个家伙，一个叫希特勒的人——他杀了六百多万犹太人。对古代人来说，这个数字相当可观了。”

“杀死……被他的军团杀死的吗？”斯第尔格问。

“是的。”

“这些统计数字没什么了不起，陛下。”

“很好，斯第尔格。”保罗瞥了一眼柯巴手上的卷轴，柯巴站在那儿，好像想扔下这些东西立即逃走。“我来告诉你一点儿别的统计数字。据保守估计，我已经杀死了六百一十亿人，灭绝了九十颗行星，使五百颗星球元气大伤。我消灭了四十种宗教，它们存在了……”

“异教徒！”柯巴抗议道，“他们全是异教徒！”

“不，”保罗说，“他们是教徒。”

“陛下在开玩笑。”柯巴颤声说，“圣战给成千上万颗星球带来了光明！”

“带来了黑暗。”保罗说，“一百代人以后，人类才能从穆阿迪布的圣战中恢复过来。我很难想象还有谁能超过我这番壮举。”他喉咙里爆发出一阵咆哮般的大笑。

“是什么使穆阿迪布觉得如此可笑？”斯第尔格问。

“没什么。我只是突然看到了希特勒的幻象，他也说过类似的话。肯定说过。”

“没哪个统治者拥有过像您一样的权力。”柯巴反驳道，“谁敢向您挑战？您的军团控制了人类所知的整个宇宙，以及所有……”

“控制着这一切的是军团。”保罗说，“不知他们自己是不是明白这一点。”

“但军团受您的控制，陛下。”斯第尔格插话。声音明显表明，他突然领悟到了自己在这个指挥链上的重要性——这些力量正是掌握在他的手中。

保罗成功地让斯第尔格的思绪转上了自己所希望的轨道，于是把注意力转到柯巴身上：“把卷轴拿到沙发这儿来。”柯巴按吩咐做了。保罗问：“招待会进行得怎么样，柯巴？我妹妹把事情都处理得很妥当吗？”

“是的，陛下。”柯巴的声音警觉起来，“但契妮一直通过窥视洞观察。她怀疑宇航公会的随员中有萨多卡。”

“她是对的。”保罗说，“豺狼们全都聚在一起了。”

“早些时候，邦耐杰还担心他们趁机潜入皇宫的隐秘之处。”斯第尔格指的是负责保罗个人安全的卫士长。

“他们那么做了吗？”

“还没有。”

“可花园不如平时整洁了。”柯巴说。

“怎么个不整洁法？”斯第尔格问。

保罗点点头。

“陌生人来来去去，”柯巴说，“踩踏植物，交头接耳。有些话让我很不安。”

“比如说？”保罗问。

“比如税收的花费方式是否合理。据说大使本人也问过这样的问题。”

“我倒不觉得这些话有什么可大惊小怪的。”保罗说，“花园里的陌生人多吗？”

“很多，陛下。”

“邦耐杰已经派了精兵强将把守最易受攻击的入口，陛下。”斯第尔格说。说话时，他侧过头去，房间里唯一亮着的灯照亮了他的半边脸。这种灯光、这张脸，唤醒了保罗的记忆，来自沙漠的记忆。保罗没有让自己陷入记忆之中，他考虑的是斯第尔格。此人怎么会这么快便能收束心神，重新考虑起现实问题来？这个弗雷曼人的前额皮肤绷得紧紧的，像一面镜子，反射出他脑海里闪过的每一个念头。现在，他已经开始怀疑了，对皇帝的古怪行径产生了深深的怀疑。

“我不喜欢他们进入我的花园。”保罗说，“对宾客必须以礼相待，欢迎外交使节更是必须在礼仪上有所表示。但……”

“我去把他们打发走。”柯巴说，“马上。”

“等等！”柯巴正要转身出去，保罗命令道。

房间里突然一片寂静，就在这一刹那，斯第尔格悄悄挪动了一下位置，恰好可以看清楚保罗的脸。动作非常巧妙。保罗暗自钦佩。干得漂亮，真是丝毫不露痕迹。只有弗雷曼人才有这个本事。这是狡黠，也是对别人隐私的尊重。弗雷曼人的生活离不了这种小动作，长期坚持，才会有这样的造诣。

“几点了？”保罗问。

“快到半夜了，陛下。”柯巴说。

“柯巴，我认为你也许是我最好的创造物。”保罗说。

“陛下！”柯巴好像受到了伤害。

“你敬畏我吗？”保罗问。

“您是保罗·穆阿迪布，是我们穴地的友索。”柯巴说，“您知道我信仰……”

“你是不是觉得自己像耶稣基督门下的使徒？”保罗问。

柯巴显然没明白这个词的意思，但通过这句话的语气，他准确地把握住了它的意思：“陛下知道我的忠心！”

“愿夏胡鲁保佑我们！”保罗喃喃地说。

这瞬间可疑的沉默被一阵口哨声打破了，有人从外厅走过。口哨声到了门外，被卫兵喝止了。

“柯巴，你或许能活得比我们更长久。”保罗说，同时看到斯第尔格的脸上现出恍然大悟的神色。

“那些花园里的陌生人怎么办，陛下？”斯第尔格问。

“啊，对了。”保罗说，“叫邦耐杰把他们轰出去，斯第尔格。让柯巴去帮他。”

“我？陛下？”柯巴流露出深深的不安。

“我的某些朋友已经忘了自己曾经是弗雷曼人。”保罗对柯巴说，实际上是指点斯第尔格，“记下那些被契妮认出来的萨多卡，然后杀死他们。你亲自去做。我希望做得干净点，不要引起骚乱。请记住，宗教和政府并不仅仅是签署和约、宣扬教义。”

“谨遵穆阿迪布命令。”柯巴低声说。

“扎布仑计算的事呢？”斯第尔格问。

“明天吧。”保罗说，“等把陌生人从花园驱逐出去，招待会完了再说。晚会结束了，斯第尔格。”

“我明白，陛下。”

“我知道你明白。”保罗说。

这儿躺着一尊倒下的神祇——
祂的倒塌惊天动地。
我们做的只是替祂建造底座，
建得窄窄的，建得高高的。

——特莱拉讽刺短诗

厄莉娅蹲伏在地上，手肘靠着膝盖，拳头托住下巴，瞪着沙丘上的一具遗骸——一小堆骨头和一些碎肉，它曾经属于一个年轻的女人。双手、头部，以及躯干以上的大部分都没有了，被狂风侵蚀殆尽。沙地上到处是哥哥的法医和法官们的足迹。现在他们都走了，除了站在一边等着收尸的随员，以及海特，那个死灵，等着她仔细查看这儿到底发生了什么。

天空呈淡黄色，凶杀现场笼罩在一片蓝绿色亮光之中。在这样的纬度上，而且是下午三点左右，这种颜色的光再正常不过了。

尸体是几个小时前被低空飞行的信使扑翼飞机发现的。扑翼飞机上的仪器在这个荒无人烟的地方发现了水的迹象，于是发出呼叫，带来了专家。可他们发现了——什么？这个女人年龄在二十岁左右，弗雷曼人，塞缪塔迷药上瘾……被丢弃在这个沙漠坩锅里，死于某种精巧的特莱拉毒药。

死在沙漠里的事经常发生，可死者沉迷于塞缪塔毒药的情况却非常少见，所以保罗让她过来，用母亲传授的贝尼·杰瑟里特方法勘查现场。

她的到来给这个本来已经神秘莫测的现场投下了更加神异的光晕，但厄莉娅本人却觉得并没有发现什么特别之处。她听见死灵的脚在搅动沙子，看了他一眼。他的目光立即转向那些像乌鸦似的在头顶盘旋的护卫扑翼飞机。

提防这件宇航公会的礼物，厄莉娅想。

负责收拾尸体的扑翼飞机和她自己的扑翼飞机都停在死灵后面的沙地上，靠近一块凸出的岩石。厄莉娅看了看停在地上的扑翼飞机，恨不得立即离开这里。

可保罗认为她或许能在这儿发现什么别人无法发现的东西。她在蒸馏服里不自在地扭动着。过了几个月没有蒸馏服的城市生活后重又穿上它，感觉十分陌生、别扭。她打量着死灵，怀疑他是否知道一点关于这次死亡的重要线索。死灵蒸馏服的兜帽里露出一缕黑色的鬈发。她感到自己渴望着伸手把那缕头发塞进去。

死灵仿佛知道了她的渴望，那双闪烁的灰色金属眼睛转向了她。这双眼睛使她颤抖，她好不容易才把目光从他身上移开。

一个弗雷曼女人死在这里，死于一种名为“见血封喉”的毒药。

一个对塞缪塔迷药上瘾的弗雷曼人。

她和保罗一样，对这样的巧合感到惴惴不安。

收尸的随员耐心地等着。这具尸体已经没有多少水分可以回收，他们也没必要抓紧时间。他们相信厄莉娅正用某种常人无法理解的方法，读出这具遗骸中的真相。

可她并没有发现任何真相。

对随员们脑子里的想法，她内心深处只有一种隐隐的愤怒。该死的宗教。她和哥哥不能是普通人。他们必须是超人。贝尼·杰瑟里特姐妹会策划了这一切，正是为了这个，她们才精心控制厄崔迪家族的血缘。母亲也出了力，正是因为她，他们兄妹俩才会走上这条巫师之路。

保罗更是把他们不同于普通人之处变为传奇，于是，他们再也不可能成为普通人了。

厄莉娅脑子里许多代圣母的记忆开始躁动起来，阿达布也不断涌出：“安静，小东西！你就是你。会有补偿的。”

补偿！

她做了个手势召唤死灵。

他来到她身旁，神态专注而耐心。

“你有什么看法？”她问。

“我们或许永远无法知道死者是谁。”他说，“头部和牙齿都没有了，双手也……这样一个人，她的遗传记录不可能保存在什么地方，无法用这种记录和她的细胞比对。”

“特莱拉毒药。”她说，“你对这个怎么看？”

“很多人买这种毒药。”

“没错。这具肉体死得太久，已经不可能像你的肉体一样重新生长了。”

“即使您能信任特莱拉人，让他们放手重塑这具肉体。”他说。

她点点头，站了起来：“现在，把我送回城里去。”

他们升到空中，朝北面飞去。她说：“你的飞行动作和邓肯·艾达荷一模一样。”

他好奇地看了她一眼：“其他人也这样说。”

“你在想什么？”她问。

“我想了很多。”

“不要回避我的问题，该死的！”

“什么问题？”

她怒视着他。

他迎着她的目光，耸耸肩。

太像邓肯·艾达荷了，那个姿势，她想。她的声音有些发涩，用责备的语气说：“我希望你能把你的想法说出来，我们俩好合计合计。那个年轻女人的死让我很不安。”

“我不是在想这件事。”

“那你在想什么？”

“我想的是别人提到我的前身时的种种奇特表现，我可能的前身。”

“可能？”

“特莱拉人是非常聪明的。”

“但还没有聪明到那种程度，瞒天过海的手法不可能高明到那个地步。你曾经是邓肯·艾达荷。”

“很有可能。这是最可能的结果。”

“你动感情了？”

“某种程度上，是的。我有了某种渴望，而且心神不安。我的身体想颤抖，我得留心注意才能控制住。我感到……脑海里闪现出很多影像。”

“什么影像？”

“太快了，还认不出来。闪现，突发的……几乎是所有记忆，一下子闪出来。”

“你对这些记忆不感到好奇吗？”

“自然。好奇心在驱使我，可我非常不情愿。我想：‘如果我不是他们认为的那个人怎么办？’我不喜欢这个想法。”

“你现在想的就只是这个？”

“你心里明白，厄莉娅。”

他怎么敢直呼我的名字？怒火涌了上来，可又平息下去。因为他的语气唤起了她的记忆：颤动而低沉的男音，不经意间流露出男人的自信，坚硬的喉结肌肉上下扭动。她咬着牙，什么也没说。

“下面是埃尔·库茨吗？”他问，侧着飞下去了一点，各护卫扑翼飞机忙不迭改变自己的飞行动作。

她朝下面看了看。他们的影子飘飘荡荡扫过哈格山口。她父亲的颅骨就保存在悬崖上的岩石金字塔里。埃尔·库茨——神圣之地。

“是圣地。”她说。

“哪天我要去那儿看看。”他说，“接近你父亲的遗骸或许能让我回忆起什么来。”

她突然发现他非常想知道自己曾经是谁。对他来说，这是压倒一切的渴望。她回头看了看那座石山：峭壁嶙峋，底部延伸到一处干河滩，再伸进沙海。黄棕色的岩石耸立在沙丘之上，像破浪的航船。

“转回去。”她说。

“可护卫扑翼飞机……”

“它们会跟上来的。就在它们下面掉头。”

他照吩咐办了。

“你是真心效忠我哥哥吗？”她问。他驶上新航线，护卫扑翼飞机在后面跟着。

“我效忠厄崔迪家族。”他说，声音很刻板。

只见他的手抬起来，又放下——和卡拉丹人表示敬意的古老手势几乎一模一样。他脸上现出沉思的表情，凝视着下面的岩石金字塔。

“你在想什么？”她问。

他的嘴唇嚅动着——声音出来了，细弱而艰难：“你父亲，他是……他是……”一颗泪珠从脸颊上滚落下来。

厄莉娅惊呆了，这是弗雷曼人的敬畏之情。他把水给了死人！她情不自禁地用手指抚摩他的脸颊，感到了泪水的潮湿。

“邓肯。”她轻声说。

他双手紧紧握住扑翼飞机的操纵杆，目光却死盯着下面的墓地。

她抬高声音：“邓肯！”

他咽了口唾沫，摇摇头，看着她，金属眼闪闪发光。“我……感到……一只手臂……放在我肩上。”他悄声说，“我感到了！一只手臂。”他喉头颤动着，“是……一个朋友……我的朋友。”

“谁？”

“我不知道。我觉得是……我不知道。”

厄莉娅面前的一盏呼叫信号灯闪动起来。护卫扑翼飞机的机长想知道他们为什么又折回沙漠。她拿起麦克风，解释说她想去凭吊父亲。机长提醒她天已经晚了。

“我们现在就回厄拉奇恩。”她说着，取下了麦克风。海特深深吸了口气，把他们的扑翼飞机斜转了一圈，然后朝北面飞去。

“你刚才感到的是我父亲的手臂，对吗？”她问。

“也许吧。”

是那种门泰特在计算着可能性的声音。他已经恢复了镇静。

“你知道我是怎么知道我父亲的事的吗？”她问。

“知道一点。”

“我讲给你听吧。”她说。她简要介绍了自己如何在出生前就有了圣母意识，是一个在神经细胞中植入了无数生命意识的可怕胎儿，所有这一切都发生在她父亲去世以后。“我了解我父亲，就像我母亲了解他一样。”她说，“包括她和他在一起的每一次经历、每一个细节。某种程度上说，我就是我的母亲。我有她的全部记忆，直到她饮了生命之水、进入入定状态的那一刻。”

“你哥哥也这样解释过。”

“他？为什么？”

“我问的。”

“为什么？”

“门泰特需要数据。”

“哦。”她看了看下面那又宽又平的屏蔽场城墙：残破的岩石，满是坑洼和裂缝。

他顺着她的目光看去：“一个了无遮拦的地方，这下面。”

“可也是一个容易藏匿的地方。”她说，看着他，“它让我想起了人类的大脑……可以隐藏一切东西。”

“啊哈。”他说。

“啊哈？这是什么意思——啊哈？”她突然对他恼怒起来，却找不到任何缘由。

“您想知道我脑子里藏了些什么。”他说。这是一个陈述句，不是疑问句。

“你怎么知道我没有早就把你查个一清二楚，用我的预见力？”她询问道。

“您用了吗？”他似乎真的很想知道。

“没有！”

“看来女预言家也不是无所不能的。”他说。

他好像觉得很开心，这减轻了厄莉娅的愤怒。“很好笑吗？你不尊敬我的力量？”她问。这句话连她自己听来都是那么虚弱无力。

“我对您预知能力的尊重也许超出了您的想象。”他说，“我是您晨祷仪式的忠实听众。”

“这意味着什么呢？”

“您在摆弄符咒方面非常在行。”他说，同时集中注意力驾驶着扑翼飞机，“在我看来，这得归功于贝尼·杰瑟里特姐妹会。可您也和许多女巫一样，过于放纵自己的魔力了。”

她只觉得一阵惊恐，怒视着他：“你好大的胆子！”

“我的胆子超过了制造者的预期值。”他说，“正是因为这一点，你哥哥才没有把我赶走。”

厄莉娅研究着他那双钢珠眼睛：看不出任何人类的表情。蒸馏服的兜帽遮住了他的下颌，但他的嘴却很刚毅，蕴含着力量……和决心。他的话也有一种抚慰人心的力量。“……我的胆子超过了……”邓肯·艾达荷极有可能说出这样的话。难道特莱拉人造出了一个出乎他们预料的死灵？或者这一切都是伪装的，是他训练中的一部分？

“解释你的话，死灵。”她命令道。

“认识你自己。这句话是你们的戒条，对吗？”他问。

她再次发现对方觉得很开心。“不要和我耍嘴皮子，你……你这个东西！”她说，伸手按住晶牙匕，“他们为什么把你送给我哥哥？”

“您哥哥说您看到了整个赠送过程。”他说，“您已经听到了答案。”

“再回答一次……给我听！”

“我的目的是摧毁他。”

“说这话的是门泰特吗？”

“不用问您也知道。”他责备道，“而且您还知道，这件礼物其实没有必要。您哥哥正在自己摧毁自己。”

她掂量着这句话的分量，手仍然按在刀柄上。这个回答十分狡黠，可声音却无比真诚。

“既然如此，为什么仍然要送这份礼物？”她逼问。

“也许特莱拉人觉得这样做好玩，再说，宇航公会也要求把我作为一件礼物送给你哥哥。”

“为什么？”

“答案是一样的，觉得好玩。”

“我怎么放纵自己的魔力了？”

“您是怎样使用这种力量的？”他反问道。

他的问题鞭子一样抽下来，甩开了她的疑惧。她把手从刀上移开，问：“为什么你说我哥哥在自己摧毁自己？”

“哎，得了吧，孩子！他那些耸人听闻的魔力真的存在吗？到底在哪儿呢？难道您不会推理吗？”

她竭力压下怒火，说：“先说说你的推理，门泰特。”

“好吧。”他瞥了一眼周围的护卫扑翼飞机，把视线转到飞行的航线上。在屏蔽场城墙的北部边缘，厄拉奇恩平原开始隐隐出现。尘雾遮掩下，凹地和村庄仍旧看不大清楚，但厄拉奇恩闪烁的灯光已经历历在目了。

“那些征兆。”他说，“您哥哥有个正式的颂词作者，他……”

“他是弗雷曼耐布们送来的礼物！”

“如果他们是您哥哥的朋友，送这么一份礼物真是够奇怪的。”他说，“为什么要让他被谄媚奉承和卑躬屈膝重重包围？您听过那个赞颂者的作品吗？‘穆阿迪布照亮了民众。乌玛摄政王，我们的皇帝，从黑暗中来，发出灿烂的光芒，照亮了所有人。他是我们的陛下，他是无尽的泉水。他为宇宙播撒了欢乐。’呸！”

厄莉娅轻声说：“如果我把你的话复述给我们的弗雷曼护卫队，他们会把你砍成肉酱喂鸟。”

“那您就告诉他们得了。”

“我哥哥是靠上天之自然法律统治世界的！”

“您自己都不相信，为什么还要这样说？”

“你怎么知道我相信什么？”她声音颤抖，用贝尼·杰瑟里特的心法也难以克制。她从没想到，这个死灵对她竟然有这么大的影响力。

“您刚才命令我以门泰特的方式说出我的推理过程。”他提醒她。

“但没有哪个门泰特知道我相信什么！”她颤抖着，做了两次深呼吸，“你胆敢评判我们！”

“评判你们？我没有评判。”

“你根本不知道我们受过的是什么教育！”

“你们俩都接受了如何统治人的教育。”他说，“经过这种培养，你们对权力充满了过分的渴望。你们掌握了政治手腕和技巧，对战争和宗教也运用得恰到好处。自然法律？什么自然法律？那只不过是纠缠着人类历史的神话而已。纠缠！它是个幽灵，是非物质的、不真实的。你们的圣战难道是自然法律？”

“一个喋喋不休的门泰特。”她嘲笑道。

“我是厄崔迪家族的仆从，并且说话坦率。”他说。

“仆从？我们没有仆从，只有信徒。”

“那我就是一个没有丧失自我意识的信徒。”他说，“理解这一点吧，孩子，您……”

“不要叫我孩子！”她呵斥着，把晶牙匕从刀鞘里抽出了一半。

“我接受您的指正。”他瞥了她一眼，微笑着，把注意力集中到扑翼飞机上。厄崔迪家族皇宫面朝悬崖的一面已经清晰可见，俯瞰着整个厄拉奇恩北部郊区。“从肉体上看，您就是一个小孩子。”他说，“而且这个肉体还深受青春期欲望的困扰。”

“我不明白为什么要听你这些鬼话。”她吼叫起来。可晶牙匕却滑过遮盖在长袍下的手掌，插回了刀鞘。手掌上已经汗水淋淋。弗雷曼人的节俭意识让她大为不安：这可是浪费身体的水分！

“您听是因为您知道我效忠于您哥哥。”他说，“我的行为清清楚楚，并且容易理解。”

“你没有什么是清清楚楚、容易理解的。你是我见过的最复杂的生物。我怎么知道特莱拉人把你造成了什么东西？”

“不管是出于何种错误或者何种目的，”他说，“反正他们让我任意塑造自己。”

“不过是禅逊尼的那套怪论。”她指责道，“智者知道塑造他自己，而傻瓜就这样活着，一直到死。”她的声音里充满嘲弄之意，“好一个没有丧失自我意识的信徒！”

“人们无法区分手段和教导。”他说，

“你说谜语！”

“我同思想兼容并包的人讲话。”

“我非把你的这些话全告诉保罗不可。”

“大多数他已经听过了。”

她又惊讶又好奇：“可你是怎么回事，竟然还活着……还有自由？他怎么说的？”

“他笑了。他说：‘人民不希望他们的皇帝只是个记账员；他们想要一个主人，一个保护他们的人。’可他也承认，帝国的毁灭源于他自己。”

“他为什么会这么说？”

“因为我使他相信我理解他的困难，并且愿意帮助他。”

“你究竟说了什么话，让他这么相信你？”

他沉默了，将扑翼飞机一侧，准备在皇宫戒备森严的屋顶着陆。

“我命令你，把你当时说的话告诉我！”

“我不敢肯定您是否接受得了那些话。”

“我自己会判断！我命令你，立刻说出来！”

“请允许我先着陆。”他说。并没有等她允许，他就径直拐上降落航道，调整机翼的升力，轻轻地停靠在屋顶明亮的橘红色起降台上。

“现在就说。”厄莉娅说，“快说。”

“我告诉他，宇宙中最困难的事莫过于接受自己。”

她摇摇头：“真是……是……”

“一味苦药。”他说，看着卫兵们朝他们奔过来，迅速各就各位，执行护卫任务。

“胡说八道！”

“无论是最尊贵的享有封地的伯爵，还是最卑微的奴隶，都面临同样的问题。你不能雇一个门泰特或别的什么聪明人来替你解决这个问题。神圣经卷无法提供答案，机灵头脑也不可能。被这个问题撕裂的伤口，没有任何仆从……或信徒……能为你包扎。能包扎它的只有你自己，否则就得任它流血，让所有人都看到。”

她猛地一转身，但刚刚转过来，她便意识到这个动作泄露了自己的感受。他声音中没有任何欺诈，也没有巫术的诡诈技巧，却再一次深深打动了她的心灵。他是怎么做到的？

“你告诉了他该怎么做？”她低声问。

“我告诉他大胆裁决，杀伐决断，强行建立秩序。”

厄莉娅瞪着那些卫兵。他们等在那里，多么耐心——多么有秩序。“老生常谈而已，还有公平啦，正义啦。”她咕哝着。

“没有这些！”他厉声说，“我建议他径行决断，就这个。决断的原则只有一个，如果可能的话……”

“什么原则？”

“保存他的朋友，消灭他的敌人。”

“那就是说，判决时无法做到秉公而断咯。”

“什么是公正？两种力量对峙。只要从它们各自的角度看，双方都代表着正义。在这里，只有皇帝的命令才能解决问题，最终形成秩序。他不能阻止冲突的发生——但是能解决它。”

“怎么解决？”

“用最简单的办法：他来决定。”

“保存他的朋友，消灭他的敌人。”

“那样不就能带来稳定吗？人民希望秩序，这样或那样的秩序都行。他们被饥饿所困，眼睁睁看着有权有势者以战争为游戏。这是复杂，是危险，是无序。”

“我要向哥哥建议，你是最危险的东西，必须被消灭。”她说，转身面对着他。

“我已经建议过了。”他说。

“这正是你的危险所在。”她字斟句酌地说，“如此冷静，如此理智，彻底控制着自己的感情。”

“我的危险之处并不在那里。”趁她来不及移动，他斜过身子，一只手抓住她的下巴，嘴唇贴在她的唇上。

温柔的一吻，转瞬即逝。他放开了她。她瞪着他，惊呆了，但立即恢复了镇定，瞥了一眼仍然一动不动站在外面警戒的卫兵，发现他们脸上飞快地掠过一丝笑意，像痉挛。

厄莉娅伸手摸了摸嘴唇，觉得这一吻有某种似曾相识的感觉。他的嘴唇在未来出现过。她看见过它的幻象。她胸口起伏："我应该让人剥了你的皮。"

"就因为我危险？"

"因为你放肆！"

"我一点也不放肆。只要不给，我不会主动去拿。给我的东西，我还没一股脑儿全拿走呢，所以，高兴点吧。"他打开他一侧的舱门，滑出座舱，"来吧。瞎忙了一趟，时间已经耽搁得太久了。"他大踏步朝起降台那边的圆顶屋入口处走去。

厄莉娅跳起来，跑着跟上他的步子。"我把你讲过的所有的话全都告诉他，还有你做过的所有事。"她说。

"好。"他为她打开门。

"他会判你死刑的。"她说，进了圆顶屋。

"为什么？因为得到了一个我想要的吻？"他跟着她，迫使她回过头来。门在他身后轻轻关上了。

"你想要的吻？"她异常愤怒。

"好吧，厄莉娅，是你想要的吻。这么说总可以了吧？"他开始绕过她，朝下面走去。

他的动作似乎让她的头脑比平时更加清晰了。她发现他很直率——绝对的诚实。我想要的吻，她告诉自己，的确是事实。

“你的诚实就是危险所在。”她说，跟上他。

“你又变聪明了。”他说，仍然大步走着，“就算门泰特也不可能说得更清楚了。说说看，你在沙漠里看到了什么？”

她拽住他的手臂，让他停下来。他又做到了：语出惊人，让她的头脑明晰无比。

“我脑子里总想着那些变脸者。”她说，“至于为什么，我也说不清。这是为什么？”

“这就是你哥哥送你去沙漠的原因。”他边说边点点头，“就把这个挥之不去的想法告诉他吧。”

“可是为什么呢？”她摇摇头，“为什么是变脸者？”

“一个年轻女人死在那里。”他说，“但或许根本不会有什么弗雷曼人来报告说有个年轻女人失踪了。”

活着是一件多么快乐的事啊。不知会不会有那么一天，我能够深入自己的内心，探究灵魂深处，弄清自己到底是什么人。我的根就在那儿。无论我能否找到它，它仍旧纠缠着我，直到未来。人能做的所有事我都能做，或许有一天，我做的某件事能够使我找到自己的根。

——《死灵谈厄莉娅》

保罗躺着，沉醉于浓烈的香料气味之中，进入了预见未来的入定状态。他审视着自己的内心，看到月亮变成了一只拉长的圆球，翻卷着，扭曲着，发出的咝咝声是星球在无尽的大海里冷却时发出的可怕声音——然后落下……落下……落下，像一只被小孩子扔出去的球。

它消失了。

这个月亮并不是落入地平线下。他意识到了这一点：它消失了，此后再也没有月亮了。地震了，大地像猛烈抖动皮肤的动物。恐惧笼罩了他。

保罗在垫子上猛地一挺身，睁大眼睛，瞪着前方。他的自我被分成了两部分，一部分朝外看，一部分朝内看。朝外，他看到了离子栅格，那是他私人卧室的通风口。他知道自己正躺在皇宫里一道石砌的深壕边。而他朝内审视的目光却继续望着月亮的坠落。

向外看！向外看！

离子栅格正对着照射厄拉奇恩平原的灼热的正午阳光，而他的内心却是最深的黑夜。屋顶花园袭来一阵甜香，沁入他的意识，可任何花香都无法唤回那坠落的月亮。

保罗一扭身，双脚落在冰凉的地板上，凝望着栅格外的世界。他看得到人行天桥那一弯优雅的圆弧，天桥用镶嵌着水晶的黄金和白金建成，桥上还装饰着取自遥远的塞丹星的闪闪发光的珠宝。保罗知道，只要自己站起身来，就能看到桥下满是水禽的池塘中的点点花瓣，血一样鲜红洁净，急促地旋转着，漂浮着——翠绿色水面上点点殷红。

眼睛能摄入美景，却无法将他的神志拽离香料的迷醉。

月亮消亡。可怕的幻象。

这个幻象暗示着个人安全感的丧失。或许他看到的是自己一手创建的文明的毁灭，毁于它本身的骄纵。

一颗月亮……一颗月亮……一颗正在坠落的月亮。

未来的水流已经被塔罗牌搅浑了。为了通过浊水洞见未来，他服用了大剂量的香料萃取物，但能看到的只是一颗正在坠落的月亮，以及一开始就知道的那条可恨的路径。为了结束圣战，为了平息火山爆发似的屠戮，他不得不毁掉自己的名声。

放手……放手……放手……

屋顶花园的香味使他想起了契妮。他渴望她的手臂，那充满仁爱和宽恕的手臂。但就连契妮也无法驱走月亮的幻象。如果他告诉契妮，他预见到自己会以某种特定的方式死去，她会怎么说？既然死亡不可避免，为什么不选择一种高贵的死法，在人生的鼎盛时期结束自己的生命，不再浪费时间苟且偷生？在意志的力量没有衰竭之前结束自己的生命，难道不是一种更加体面的选择吗？

他站起身，穿过栅格，来到外面的露台。那儿能看见花园里垂落下来的鲜花和藤蔓。他嘴唇发干，像在沙漠里进行了长途跋涉一般。

月亮……那个月亮在哪里？

他想到在沙丘上发现的那个年轻女人的尸体，想起厄莉娅的描述。一个塞缪塔迷药上瘾的弗雷曼女人！一切都与那可恶的模式相符。

*宇宙运行自有其模式，你无能为力。*他想，*宇宙只管按它的原则行事。*

露台栏杆旁一张低矮的桌子上放着一些贝壳，来自地球母亲上的海洋。他拿起贝壳，它们摸上去光滑而润泽。他竭力回忆那遥远的过去。珍珠般的表面在月光下闪闪发光。他的视线从贝壳上移开，越过花园，凝视着宛如熊熊烈焰的天空，那是彩虹，挟着灰尘，在银色的阳光下舞动着。

*我的弗雷曼人把自己称为“月亮的孩子”。*他想。

他放下贝壳，在露台上踱着步子。那个可怕的月亮是否预示着他还可以从这一团乱麻中脱身？他苦苦思索着幻象的神秘含义，感到自己虚弱无力、烦恼不堪，被香料的魔力牢牢控制着。

他的目光投向北面，望着低矮而拥挤的政府办公楼群。天桥上挤满了匆匆来回的人群。他觉得那些人简直像一片以门道、墙壁、瓷砖为背景图案的小颗粒。眼睛一眨，人便跟砖瓦融为一体，成了砖瓦的一部分！

一颗月亮坠落了，消失了。

一种感觉攫住了他：这座城市奇怪地象征着他的宇宙。他看到的那些建筑物的所在之处，正是他的弗雷曼人歼灭萨多卡军团的那片平原。这块曾经被战争蹂躏的土地如今人来人往，成了喧嚣热闹的生意场。

保罗沿着露台边走着，绕过拐角处。现在能看见远处的郊区，城市建筑物被岩石和荒漠风沙所取代。前方就是厄莉娅的神庙；神庙两千米长的侧壁上挂满绿黑相间的帷幔，上面绘着象征穆阿迪布的月亮。

月亮坠落了。

保罗伸手抹了抹前额和眼睛。都市的那个象征压迫着他，可他又难以摆脱。这种想法让他鄙视自己。如此优柔寡断，放在别人身上，他早就发火了。

他憎恶这座城市！

从厌倦中滋生的愤怒在内心深处沸腾着，又因为他无法回避的决定更加炽烈地燃烧起来。他知道自己的脚必须踏上哪条路。看见过无数次了，不是吗？看见自己踏上这条道路！从前，很久以前，他把自己看成一个政治改革家。但他的革新渐渐堕入旧时的模式。就像那种惊人的、有可塑性记忆的发明。你尽可以按自己的心意将它塑造成各种形态，然后你就等着看吧，它们会一下子反弹，重新变回过去的老样子。人类心中自有一种惰性力量，他够不到，它击败了他，让他自觉无能为力。

保罗凝视着远处的屋顶。这些屋顶之下，隐藏着多少自由自在而又为人珍视的生活？还有一座座红色和金色屋顶之间的绿叶，户外种植的植物。绿色，穆阿迪布和他的水带给人们的礼物。放眼望去，到处是果园和灌木，足以和传说中地球沙漠地区的黎巴嫩人的植物媲美。

"穆阿迪布像疯子一样用水。"弗雷曼人说。

保罗双手捂住眼睛。

月亮坠落了。

他放下手，用比平时更加清醒的眼光看着自己的城市。建筑物有一股暴戾之气，这是这个可怕的帝国带来的。一座又一座，耸立在北方的太阳之下，巨大无比，明亮耀眼。巨兽！每一幢奢靡的建筑都诉说着一段疯狂的历史。一座又一座，全都映入他的眼帘：台地一样的露台，城镇一样宽大的广场、公园、房屋，一块块人工培植的模拟野趣。

不知为什么，最华丽的艺术却能和最恶劣的品位并存，猛然间攫住他的注意力：一扇便门，来自最古老的巴格达；一座圆形屋顶，诞生于传说中的大马士革；一段拱门，来自低重力的阿塔尔星……它们和谐配合，天衣无缝，创造出无与伦比的绚烂辉煌。

一颗月亮！一颗月亮！一颗月亮！

挫败感纠缠着他。在他统治的宇宙中，人类的哭泣声越来越响亮。这是群众的意识，这种集体意识形成了巨大的压力，挤压着他，像汹涌澎湃的怒潮一般冲刷着他。他感受到了涌动起伏的人类活动的潮流：像旋涡，像激流，像基因的传递。没有堤坝可以阻挡，任何手段都无法抑制这股汹涌的大潮，任何诅咒都不能停止它的泛滥。

在这股洪流中，穆阿迪布的圣战只如过眼烟云。那个以摆弄人类基因为业的贝尼·杰瑟里特姐妹会也和他一样，陷入这股洪流，无法脱身。应该把月亮坠落的幻象放到另一个背景上加以评估，放到大宇宙中去。在那里，看似永恒的群星也会渐渐暗淡，摇曳，熄灭……

在这样一个宇宙中，一颗月亮的消失又有什么值得大惊小怪的呢？

要塞似的皇宫最深处响起雷贝琴的叮当声，那是一首圣战歌谣，悲伤地咏唱着一位留在厄拉科斯故乡的女人。歌声在城市的喧嚣中时断时续：

她臀部滚圆，像和风吹过的沙丘；
她眼睛闪亮，像夏日温暖的火焰；
两条发辫从背后垂落——
缀满水环的发辫！

我的双手还记得她皮肤的味道，

芬芳如琥珀，馥郁如花香。

我的睫毛因回忆而颤抖……

心被炽烈的爱所焚烧！

他厌恶这首歌。沉溺在多愁善感中的蠢材！还是唱给厄莉娅看过的那具沙丘上的尸体听去吧。

露台栅栏的阴影里，一个身影动了一下。保罗猛地一转身。

死灵走了出来，走进阳光下，两只金属眼闪闪发光。

“来的是邓肯·艾达荷，还是那个叫海特的人？”保罗说。

死灵在离他两步远的地方站住了。“陛下希望我是哪一个？”声音里带着一丝审慎。

“只管玩你那套禅逊尼的把戏吧。”保罗恨恨地说。总是暗藏玄机！可无论一个禅逊尼哲学家说什么做什么，能让他们眼前的现实有丝毫改变吗？

“陛下有些心烦。”

保罗转过身，凝视着远处屏蔽场城墙的悬崖。那些被风沙蚀成的拱顶和扶壁，仿佛是嘲弄地模仿他的城市。自然在和他开玩笑：瞧我能建造些什么！他看出远处山丘上有道裂缝，沙子就从裂口处溢出。他想：那儿！就在那儿，我们和萨多卡军团战斗过的地方！

“陛下为什么心烦？”死灵问。

“一个幻象。”保罗低声说。

“啊哈，特莱拉人刚刚唤醒我的时候，我也有很多幻象。我烦闷、孤独……却又没有真正意识到自己是孤独的。那时还意识不到。我的幻象什么都没有告诉我！特莱拉人告诉我，这是肉体的一种疾患，人和死灵都有此难。一种病，仅此而已。”

保罗转过身，打量着死灵的眼睛。这双凹陷的、硬如钢铁的圆球没有任何表情。这双眼睛看见了什么幻象？

“邓肯……邓肯……”保罗悄声低语。

“别人叫我海特。”

“我看见一颗月亮坠落了。”保罗说，“它消失了，毁灭了。我听到了嗞嗞声，连大地都震动了。”

“您这次服用的香料实在太多了。”死灵说。

“寻找禅逊尼的哲人，找到的却只是一个门泰特！”保罗说，“很好！那就用你的逻辑来分析分析我的幻象，门泰特。分析它，精简到只有几句话，刻在墓碑上的那种。”

“说什么墓碑。”死灵说，“您始终在逃避死亡。您从来一心只顾着预测下一个瞬间，拒绝眼下实实在在的生活。占卜！对一个皇帝来说，真是绝妙的支柱！”

保罗愣愣地瞪着死灵下巴上那颗从小便十分熟悉的黑痣。

“您一直在未来中生活，”死灵说，“但您是否给这个未来带来了某种实实在在的东西，让它变成现实？”

“如果沿着我看到的未来之路走下去，我会活下来的。”保罗喃喃地说，“可你凭什么认为我想活在那样一个未来？”

死灵耸耸肩："是您自己要求我不要玄而又玄，要求我说点实实在在的东西。"

"可在众多事件构成的宇宙中，哪里有什么真正实实在在的东西？"保罗说，"存在一个终极答案吗？每一个解决方案难道不是造就了新一轮问题吗？"

"您向未来看得太远了，以至于有了一种不朽的错觉。"死灵说，"事实上，陛下，就连您的帝国都有自己的时限，会最终灭亡。"

"别在我面前扯这些无比正确的陈词滥调。"保罗咆哮起来，"神祇和救世主的故事我听得太多了。和其他所有人一样，我最终也会彻底消亡。这一点用不着什么特别魔法也能预见，连我厨房里地位最低的杂役都有这个本事。"他摇摇头，"月亮坠落了！"

"您一直没有让您的头脑消停消停，想想这个幻象是怎么来的。"死灵说。

"难道我的敌人打算让你用这种办法来摧毁我？"保罗问道，"阻止我理清自己的思路？"

"一团乱麻，您能理出头绪吗？"死灵问，"我们禅逊尼说：'最好的整理就是不去整理。'在自己都没理清的情况下能理清别的什么呢？"

"我被一个幻象缠住了，可你还在说这些废话！"保罗狂怒了，"你对预知力量了解多少？"

"我见过预言所起的作用。"死灵说，"我见过那些为自己的命运问卜的人。他们总是对得到的结果很害怕。"

“我那坠落的月亮是真的。”保罗低声说，他颤抖着吸了口气，“它在移动，往下掉。”

“人们总是对被自己引发出来的事物感到恐惧。”死灵说，“您害怕自己的预知力量，害怕那些来历不明、涌入脑海的东西。不知道它们什么时候消失，又会去哪儿。”

“你在用荆棘抚慰我。”保罗咆哮道。

一股内在光芒照亮了死灵的脸庞。一时间，他变成了真正的邓肯·艾达荷。“我在尽我的全力安慰您。”他说。

光芒在死灵脸上一闪而过，保罗不由得心生疑窦。难道死灵同样感到悲伤，这种情绪又受到他的意识的排斥？海特本人也看到了幻象，却又把这个幻象压制下去了？

“我的月亮有一个名字。”保罗低语。

他让幻象从心里流溢出来，全身沉浸在这个幻象里。他的整个身体都在尖声嘶喊，却没有发出一丝声音。他害怕说话，唯恐声音会泄露自己的秘密。可怕的未来沉甸甸地压迫着他，契妮却不在其中。那具曾经在狂喜中呼喊出声的肉体，曾经使他融化的热烈眼神，真实而毫无任何欺诈、令人入迷的声音都消失了，化为水，化为沙。

保罗慢慢转过身子，朝厄莉娅神庙前的广场望去。三个头发剃得精光的香客从游行大道闯了进来。他们穿着肮脏的黄色长袍，步履匆匆，低着头，抵御下午的风沙。其中一个跛了左脚，在地上拖着。他们奋力抵抗着沙尘，绕过一个角落，不见了。

就像他的月亮将消失一样，他们也消失了。可幻象依然摆在眼前。它的含意让他胆寒，但他别无选择。

肉体终将消亡，他想，永恒将收回原本属于它的一切。我们的身体只是短暂地搅动这些水，面对生命之爱和自我，我们陶醉地欢舞雀跃，把玩着种种奇奇怪怪的念头，最后向时间俯首称臣。对此我们能说什么呢？我存在过，至少现在，我还没有…… 不管怎么说，我存在过。

不要向太阳祈求怜悯。

——摘自由斯第尔格评注的《穆阿迪布的痛苦》

瞬间的不当会带来致命的错误，盖乌斯·海伦·莫希阿姆圣母提醒自己。

她蹒跚地走着，显得心不在焉。一队弗雷曼卫兵跟在她周围。她知道其中有一个聋哑人，音控力对他毫无用处。毫无疑问，只要她表示出哪怕最轻微的反抗，都会被这个人击毙。

保罗为什么传唤她？她疑惑不已。打算判她死刑吗？她还记得很久以前自己测试他时的情形……那时的魁萨茨·哈德拉克还是个小孩子。他一直都很有心计，深藏不露。

他那该死的母亲！正是她的错误使贝尼·杰瑟里特姐妹会失去了对这条基因链的控制。

沉寂。沉寂沿着前面的长廊向前涌去。她能感觉得到，沉寂正将她到来的消息传递进去。保罗会听见这种沉寂，早在她到达之前就会知道这一切。她还不至于自欺欺人，认为自己的法力能超过他。

该死的！

岁月将它的重负强压在她肩上，让她恼怒不已：关节疼痛，反应缓慢，再也没有从前的敏捷；肌肉也不像年轻时紧绷而充满活力。后面还有很长的日子、很长的生活。她将靠沙丘塔罗牌打发掉这些日子，徒劳地为自己的命运搜寻线索。可纸牌也像她似的反应迟缓。

卫兵押着她绕过一个角落，进入另一条看似没有尽头的拱形长廊。左边是装有强化玻璃的三角形窗户。透过这些窗户望上去，能看见排成格状的藤蔓，以及被午后阳光投下的浓重阴影笼罩着的靛青色花朵。脚下铺着瓷砖，上面镶嵌着外星球的水生生物图案。处处都让人联想到水。财富…… 丰饶。

一些身着长袍的人影从她面前穿过，走向另一间大厅。他们偷偷看了圣母一眼，表情紧张，显然认出了她是谁。

她强迫自己把注意力放在走在她前面的卫兵的后脑勺上：发际线剃得轮廓分明，年轻的肌肤被军服领子压出了一道粉红色的痕迹。

这座要塞式皇宫的庞大令她惊叹。长廊…… 长廊…… 他们走过一扇敞开的门，淹没在里面传出的铜鼓和笛子的乐音中，古老的音乐，悠扬婉转。屋里的人瞪了她一眼，她看到了蓝色——弗雷曼人尽是蓝色的眼睛。她从这些眼神里看到了已经成为传奇的狂乱和反叛——来自他们的野蛮基因。

她知道，某种程度上，她个人应该对此负责。贝尼 · 杰瑟里特不可能意识不到该基因及其可能带来的后果。一种深深的失落攫住了她：那个固执的厄崔迪傻瓜！他怎么敢拒绝用他那该死的生殖器养育宝石般珍贵的后裔？魁萨茨·哈德拉克！打破了时间的局限，却又实实在在、货真价实——像他那可恶的妹妹一样货真价实……那一位是另一个不可预测的危险。一个不受拘束的圣母，她会不顾任何贝尼·杰瑟里特禁忌胡乱生下一大堆孩子，丝毫不顾忌基因的开发。但她无疑拥有和她兄长同样的魔力，而且还不止于此。

皇宫的巨大规模使她感到窒息。长廊会不会永无尽头？这地方弥漫着可怕的物质力量。人类历史上从未有过哪个星球、哪种文明，能创造出如此庞大的人造建筑。它那宽厚的高墙内足可以藏匿一打古代城堡！

他们经过一个又一个灯光闪烁的椭圆形门洞。她认出这是伊克斯人的杰作：气压传送道。既然有这些设备，为什么还要她走这么长的路呢？她脑子里开始有了答案：有意压迫她，以此为皇帝的召见做好准备。

只是一条小线索，但还有其他细枝末节：押送的卫兵言语小心谨慎，称呼她圣母时眼睛里流露出自然的羞怯。还有那些大厅，冰凉平淡，没有任何气味。所有这些综合起来，足以使一个贝尼·杰瑟里特做出判断。

保罗想从她这儿得到什么东西！

她掩饰住自己的兴奋和得意。她有可以撬动对方的杠杆。现在的问题是找出这个杠杆，测试它的强度。有些杠杆曾经撬动过比这座皇宫更大的东西。弹弹手指，有的文明就会颓然倾倒。

圣母突然想起了斯凯特尔的说法：当某种东西进化到某种程度

时，它宁可选择死亡，也不愿演变为自己的对立面。

他们走过的通道似乎变得越来越宽大，这是建筑设计上的花招：拱门有着弯曲的弧度，支柱底部渐渐加粗，三角窗变成更大的长方形或椭圆形窗。前面终于露出了一道双开门，远远地立在接待室另一端的高墙中央。这扇门实在太高大宽阔了，她用训练有素的潜意识测量其面积时，好不容易才控制住自己，不至于倒吸一口冷气。足足八十米高，四十米宽。

她和卫兵们走近时，门朝里面打开——巨大的移动幅度，同时又悄无声息，显然装有暗藏的机关。又是伊克斯人的杰作。他们走过高耸的门洞，进入了保罗·厄崔迪皇帝威严华丽的大接待厅。“穆阿迪布，在他面前，所有人都变成了矮子。”现在她终于知道大家说得多么有道理了。

她朝坐在远处宝座上的保罗走过去。圣母发现，自己与其说是惊叹于皇宫建筑的宏伟壮丽，不如说是被四周那精妙的艺术杰作所震撼。空间很大，能装下人类历史上其他任何统治者的整座宫殿。开阔的房间蕴含着建筑上的威严和魄力，同时不乏精巧和优雅，显得和谐而完美。大墙后面的横梁和立柱、高居空中的拱顶天花板，无不呈现出无与伦比的恢宏。一切都显示出天才的手笔。

也不总是如此宽阔。随着大厅朝里面延伸，面积变得越来越窄。这样，坐在大厅尽头高台中央宝座上的保罗就不至于和别人一样变成矮子。如果是一个没有受过训练的头脑，又被四周那些庞大的建筑所震慑，乍一见到他，肯定会把他的实际体积和身高放大许多倍。还有色彩，同样会镇住这个没有受过训练的头脑：保罗的绿色宝座由一整块夏甲翡翠雕刻而成。绿色象征着生长，而在弗雷曼神话中，绿色又是悲悼的颜色。它在悄悄告诉你，坐在这里的人可以让你悲悼。同一种颜色，却同时象征着生与死。将对立之物结合得如此完美，真是绝顶聪明。宝座的后面，五颜六色的帷帐像瀑布一样垂下。有炽烈的橘红色、沙丘土地般的咖喱金色，以及香料那斑斑点点的肉桂色。对训练有素的眼睛来说，这些颜色的象征意义非常明显。可对生手来讲，它们的潜在意味像无形的铁锤，转瞬之间便能使来人屈服。

但在这里充当最重要角色的却是时间。

圣母计算着以自己蹒跚的脚步走近皇帝宝座需要多少分钟。在这个过程中，你有足够的时间受到威吓。在狂暴的威力逼视下，你的身体所有不满和仇视都会被压榨出来。刚开始朝宝座前进的时候，你或许还是一个有尊严的人。可当你结束这段漫长的路程时，却变成了一只微不足道的蚊虫。助手和随从在皇帝身边站成整整齐齐的一圈，全神贯注的皇家卫兵列队在覆着帷幔的后墙边。那个邪物厄莉娅站在保罗左手边的两级台阶下；皇室的走狗斯第尔格站在厄莉娅下面一级台阶上；右边，大厅地板的第一级台阶上，站着一个孤独的人影：邓肯·艾达荷的行尸走肉，死灵。她打量着卫兵中的老弗雷曼人，都是胡子拉碴的耐布：穿着蒸馏服，鼻子上有疤痕，腰间挂着晶牙匕。其中一些人挂着弹射枪，甚至还有激光枪。这些人是最受信赖的，她想，竟可以当着保罗的面佩带激光枪。他显然穿着屏蔽场发生器，她能看到他身边的屏蔽场发出的微光。只要激光枪朝屏蔽场开火，整座城堡便会化为地面的一个巨洞。

押送的卫兵在离台基十步远的地方停住，在她身前分开，好让皇帝能不受遮挡地看见她。她这才发现契妮和伊勒琅不在。她不知道这是为什么。据说，如果她们不在场，皇帝不会举行任何重要会议。

保罗对她点点头，一言不发，默默地掂量着她。

她当机立断，决定先发制人："看来，伟大的保罗·厄崔迪想屈尊俯就，瞧瞧这个被他禁止来到厄拉科斯的人。"

保罗淡淡地一笑，想：*她知道我想从她那儿得到什么*。以她的本事，只能是这样。他知道她的力量。一个贝尼·杰瑟里特不可能单凭侥幸当上圣母。

"我们是不是可以省掉这一番唇枪舌剑？"他问。

会这么容易？她怀疑。"说出你想要的东西。"

斯第尔格动了动，瞥了保罗一眼。这个皇帝的走狗不喜欢她的语调。

"斯第尔格希望我把你赶走。"保罗说。

"而不是杀掉我？"她问，"我本以为一个弗雷曼耐布会更直接些。"

斯第尔格脸色一沉："我常常得说一些言不由衷的话，这叫外交辞令。"

"那就把这些外交辞令一并省了吧。"她说，"有必要让我走这么长的路吗？我是个老太婆。"

"必须让你明白我的冷酷无情。"保罗说，"那样你才会感激我的宽宏大量。”

“你敢对一个贝尼·杰瑟里特这样粗暴？”她问。

“粗暴的行为自有其含意。”保罗说。

她犹豫了，琢磨着他话中之意。这么说——他的意思当然是会把她以同样粗暴的方式解决掉，除非她……除非她什么？

“说吧，你想从我这儿得到什么？”她咕哝道。

厄莉娅瞥了哥哥一眼，朝宝座后面的帷幔点点头。她知道保罗这么做的理由，可仍旧不喜欢。就算是没有根据的预感好了，反正她极其不愿卷入这场交易。

“和我说话时注意你的态度，老太婆。”保罗说。

*他还是个年轻人的时候就管我叫老太婆了，圣母想，他是否在提醒我，我的手曾经决定了他的过去？那时候我做出了决定，现在我必须调整那个决定吗？*她感到了决定的沉重，像有形的重物一般，压得她双膝发颤，每一块肌肉都在发出疲惫的呼叫。

“路程是长了点。”保罗说，“看得出你累了。我们退到王座后我的私室里去吧。在那儿你可以坐着。”他向斯第尔格做了个手势，站了起来。

斯第尔格和死灵走向她，扶着她跨上台阶，跟着保罗穿过帷幔后的长廊。现在她才明白为什么他要在大厅里会见她：做给卫兵和耐布们看的一场把戏。就是说，他害怕他们。而现在——现在他装出友好和仁慈，想在贝尼·杰瑟里特面前耍这样的花招。真是花招吗？她发现后面还有别的人，于是转头看了一眼。跟在后面的是厄莉娅。这年轻女人若有所思的眼神中透出一股恶毒。圣母不禁一抖。

长廊尽头的私室是一个边长二十米的立方体，球形灯亮着黄色灯光。覆盖墙面的织物是沙漠蒸馏帐篷的面料。房间里有长沙发、软垫，还有一股淡淡的香料味。一张矮几上放着水晶水罐。跟外面宏伟的大厅相比，这间房子显得狭小不堪。

保罗让她在一张长沙发上坐下，自己站在她面前，研究着这张老脸——坚硬的牙齿、毫无表情的眼睛、皱纹堆叠的皮肤。他指了指水罐。她摇摇头，一绺灰发散落下来。

保罗低声说："为了我所爱的人的生命，我想和你做笔交易。"

斯第尔格清了清喉咙。

厄莉娅把玩着插在脖子上刀鞘中的晶牙匕刀柄。

死灵站在门口，表情冷漠，金属眼睛看着圣母头上的空气。

"我的手将导致她的死亡？你在预知幻象中看到了？"圣母问。她注意地看了看死灵，不知为什么，心里竟觉一阵阵不安。为什么她觉得这个死灵是对自己的威胁？他是他们阴谋的工具啊。

"我知道你想从我这儿要什么。"保罗说，回避了她的问题。

*这么说，他只是怀疑。*她想。圣母低头看着从长袍一角露出来的鞋尖。黑袍……黑鞋……鞋和长袍上带着监禁的痕迹：污迹、皱褶。她抬起头，迎着保罗恼怒的瞪视。她感到一阵高兴，但立即瘪起嘴，耷拉下眼皮，把得意之情隐藏起来。

"你准备开什么价？"她问。

"你可以拥有我的精子，但不能拥有我这个人。"保罗说，"我会和伊勒琅离婚，然后通过人工授精……”

“你敢！”圣母突然暴怒起来，板着面孔。

斯第尔格向前跨了半步。

死灵令人不安地微微一笑。厄莉娅转而打量起他来。“我们用不着讨论姐妹会的禁忌。”保罗说，“我也不想听什么罪孽、反常，或者上一次圣战遗留下来的信仰，等等。你可以用我的精子去实行你的计划，但伊勒琅的孩子不准坐在我的皇位上。”

“你的皇位。”她冷笑一声。

“我的皇位。”

“那么谁来生育帝国继承人？”

“契妮。”

“她不能生育。”

“她有孩子了。”

她惊呆了，不由自主地倒吸一口冷气。“你撒谎！”她气急败坏地说。

保罗朝急步上前的斯第尔格做了个阻拦的手势。

“我们刚知道两天，她怀了我的孩子。”

“可伊勒琅……”

“只能用人工的方法。这就是我开出的价码。”

圣母闭上眼睛，免得看到他那张脸。真该死！基因的骰子就这么掷出去了，这么随随便便！她胸中翻腾着厌恶与憎恨。贝尼·杰瑟里特姐妹会的信仰、巴特勒圣战的教训全都禁止这种做法——不得以任何行为贬低人类，不能允许任何机器像人脑一样思维，人也不能像动物一样人工繁殖。

“你怎么说？”保罗说。

她摇摇头。基因，无比珍贵的厄崔迪基因——这才是最重要的。需要远远超过了禁忌。对姐妹会来说，交配远不只是精子和卵子的结合，她们的目的是借此掌握人类的心智。

圣母现在明白了保罗价码的深意。这种行为将引发群众的愤怒，万一这件事走漏了风声，他想把贝尼·杰瑟里特姐妹会拉进来，以平息众怒。如果皇帝不承认人工授精所形成的父子关系，她们也只好不承认。他给予她们的东西，或许会使姐妹会保住厄崔迪家族的基因，可她们永远不可能再进一步，得到皇位。

她朝房间四周扫了一眼，研究着每个人的表情：斯第尔格温顺地等在那儿；死灵呆呆地站着，好像迷失在内心深处的什么地方；厄莉娅在观察死灵；保罗勉强保持着外表的平静，掩饰着内心的怒火。

“你开出的条件只是这个，不能更改？”她问。

“只是这个。”

她瞥了一眼死灵，恰恰看到他脸颊上的肌肉突然抽动了一下。表达了某种感情？“你，死灵。”她说，“这个价码合适吗？应不应该接受？用你的门泰特脑子给我们算算。”

金属眼转向保罗。

“你可以自由回答。”他说。

死灵朝圣母转过那双闪烁着微光的眼睛，他的笑容让她吃了一惊。“只有在能真正买到什么的情况下，才谈得上价码是否合适。”他说，“但在这里，双方提出的是生命换生命。这种交易已经超出了价码的范围。”

厄莉娅轻轻拂了拂散落在前额上的一缕紫铜色头发：“难道说，这笔交易的后面还隐藏着别的什么东西吗？”

圣母不想看厄莉娅，可她的话使她心神不定。是的，肯定还有更深的含意。这个姐妹是个邪物，这不假，但不可否认的是，她是一个真正的圣母，具备圣母这个名称所包含的一切。此时此刻，盖乌斯·海伦·莫希阿姆感到自己已经不再是一个单独的人，而是群聚在她记忆中的所有人。刹那间，她吸入的每一位圣母都警觉起来。厄莉娅的情况肯定也和她一样。

“别的什么东西？”死灵问，“只不过，人们会问，为什么贝尼·杰瑟里特姐妹会的女巫不用特莱拉人的方法？”

盖乌斯·海伦·莫希阿姆以及她意识之中的所有其他圣母都颤抖起来。是的，特莱拉人的所作所为令人作呕。但如果人类不顾禁忌，准备接受人工授精，下一步会不会也干出特莱拉人那种事——受控制的基因变异？

保罗观察着周围人的表情，突然觉得自己已经不再了解这些人了。他看到的只是一些陌生人，连厄莉娅也形同陌路。

厄莉娅说：“如果我们任由厄崔迪家族的基因在贝尼·杰瑟里特的河流里漂浮，谁知道会是什么结果？”

盖乌斯·海伦·莫希阿姆猛地一转头，碰到了厄莉娅的目光。

刹那间，她们成了相互交流的两位圣母，两人的头脑中都转着同样的念头：特莱拉人的行为后面隐藏着什么东西？这个死灵是特莱拉的作品。他是否已经把他们的计划放入了保罗的脑海？保罗会直接和特莱拉人做交易吗？

她收回目光，感到无所适从、无能为力。她提醒自己，贝尼·杰瑟里特训练的缺陷正在于它赋予受训者的诸般力量：力量容易使人们骄傲自负，行使这些力量的人会渐渐被它们所蒙蔽，相信这些力量可以克服任何障碍——包括她们自己的无知。

对贝尼·杰瑟里特来说，只有一件事是至关重要的。她告诉自己。那就是无数代堆积而成的遗传金字塔，这座金字塔在保罗·厄崔迪这里达到了巅峰——还有他那个邪物妹妹。万一这次选择错了，金字塔就不得不重建——另外选择一条缺乏许多必要素质的遗传链，从头开始繁殖样品。

可控制的基因突变，她想，特莱拉人真的尝试过？多么巨大的诱惑！她摇摇头，最好赶紧抛开这个想法。

“你拒绝我的提议？”保罗问。

“我正在考虑。”她说。

她又一次看了看那个妹妹。对这个厄崔迪女人来说，最适合和她繁殖，实现最佳基因组合的人已经死了……被保罗杀死了。但是，另一种可能性依然存在，同样可以使各种最佳素质传给下一代。保罗竟然把动物式的繁殖作为和贝尼·杰瑟里特姐妹会讨价还价的筹码！他准备为契妮的生命付出多大的代价？他会接受和他妹妹交配吗？

为了拖延时间，圣母说：“告诉我，一切圣人中至圣的圣皇，伊勒琅对你的提议有什么看法？”

“无论你说什么，伊勒琅都会照你的吩咐去做。”保罗喝道。

这是事实，莫希阿姆想。她绷紧下颌，给出了一个新筹码：“现成的厄崔迪人有两个。”

保罗知道这老巫婆的脑子在想什么，他感到血气涌到了脸上：“注意你的提议！”

“你只不过是利用伊勒琅来达到自己的目的，是吗？”她问。

“难道她不是训练来被人利用的？”保罗问。

而训练她的人是我们，这就是他的意思，莫希阿姆想，好吧……伊勒琅成了一枚双方都可以使用的硬通货。有没有别的办法花掉这枚硬通货呢？

“你要让契妮的孩子继承皇位？”圣母问。

“继承*我*的皇位。”保罗说。他瞥了厄莉娅一眼，突然怀疑她是否明白这场交易将引发的诸般可能性。厄莉娅站在那里，闭着眼睛，似乎与身边的人离得远远的。她在想什么？看着妹妹这样，保罗感到自己被抛弃了，只能随波逐流，而厄莉娅站在岸上，离自己越来越远。

圣母有了主意，说：“事关重大，不能由我一个人做决定。我必须和瓦拉赫星上的委员们商量商量。你允许我把这个信息通报她们吗？”

*仿佛没有我的允许她就真的什么也干不成似的！*保罗心想。

他说："我同意。但不要拖延太久。我不会坐在这里什么都不做，等着你们讨论来讨论去的。"

"您会和特莱拉人做交易吗？"死灵突然插话道。

厄莉娅猛地瞪大眼睛，直勾勾地望着死灵，仿佛刚刚被一个危险的入侵者从熟睡中惊醒过来。"我没有这样的打算。"保罗说，"我要做的是尽快回到沙漠去。我们的孩子将在沙漠穴地出生。"

"明智的决定。"斯第尔格拉长声调说。

厄莉娅不想看斯第尔格。这是一个错误的决定。她全身的每一个细胞都感觉到了这点。保罗肯定也知道。为什么他偏偏要踏上这条道路、抛弃其他的选择？

"特莱拉方面有过这种表示吗？"厄莉娅问。她发现莫希阿姆非常关心问题的答案。

保罗摇摇头。"没有。"他看了看斯第尔格，"斯第尔格，安排一下，把信息送到瓦拉赫去。"

"我马上去办，陛下。"

保罗转过身，等着斯第尔格招呼卫兵，带着老巫婆走了。他感应到，厄莉娅好像在考虑是不是应该向他提出更多的问题。可她终于还是转过头去，看着死灵。

"门泰特，"她说，"特莱拉人会主动提出帮助我们，以此博取我哥哥的欢心吗？"

死灵耸耸肩。

保罗感到自己有些走神了。特莱拉人？不……至少不会是厄莉娅想象的那种方式。但她的问题也表明，她也没有看出什么别的选择。是啊……一个圣母所见的预知幻象极可能不同于另一个圣母，哥哥和妹妹自然也会如此。走神了……走神了……思绪飘荡，时时猛地惊醒，这才听到身边的只言片语。

“……必须知道特莱拉人到底想怎么……”

“……需要充足的数据……”

“……还是要谨慎些……”

保罗回头看了看自己的妹妹，和她的目光相遇。他知道她会看见自己脸上的泪珠，会感到不安。不安就不安吧，此刻，亲人的不安是一种安慰。他瞥了一眼死灵。尽管有那双金属眼睛，可他眼里只看到了邓肯·艾达荷。哀痛和怜悯在保罗心里激烈冲撞。这双金属眼睛会记下些什么？

有各种程度不同的洞察力，也有各种程度不同的盲区，保罗想。他想起《奥兰治天主教圣经》上的一段话：“我们到底缺少了什么辨识力，以至于无法看到近在身边的另一个世界？”

这双金属眼睛是否具有一种除洞察力之外的辨识力呢？

厄莉娅朝哥哥走过去，察觉到了他的悲伤。她轻轻触摸他脸上的泪珠，举动中显露出弗雷曼人对泪水的敬畏：“亲爱的人离我们而去之前，我们不必提前为他们哀伤。”

“离我们而去之前。”保罗轻轻地说，“告诉我，小妹妹，什么是‘之前’？”

“神祇和祭司之类的事真让我受够了！你以为我看不到关于我自己的那些神话吗？再查查你的数据吧，海特。我已经把我那套教义巧妙地融入了人类种种最基本的行为之中。人们以穆阿迪布的名义进餐！他们以我的名义做爱，以我的名义生育，以我的名义穿越大街小巷。没有穆阿迪布的祝福，即使在遥远的盖吉西瑞星上，连最普通杂物间的顶梁都支不起来！”

——《海特纪事》之《诽谤书》

“你竟然在这个时候离开自己的岗位，跑到我这儿来。为什么冒这种风险？”艾德雷克说，透过箱壁怒视着变脸者。

“你的想法多么软弱、多么狭隘啊。”斯凯特尔说，“瞧瞧来拜访你的人究竟是谁。”

艾德雷克迟疑了一下，看了看对方那笨拙的身体、沉重的眼皮，以及呆滞的表情。现在正是早上，艾德雷克的代谢系统还没有恢复过来，头脑还没有进入香料带来的敏锐状态。

“在外面招摇的该不会是这具身体吧？”艾德雷克问。

“我今天变化的形体中，有一些平凡到了极点，人们绝对没兴趣再看第二眼。”斯凯特尔说。

这条变色龙自以为改变一下身体形状就足以消灾避祸了。艾德雷克的这个想法远比平时有见地得多。他猜想，自己在阴谋集团中的存在是否真的能使他们避开一切预知力量？毕竟，皇帝还有个妹妹……

艾德雷克摇摇头，箱子里顿时搅起阵阵橘红色烟雾：“你为什么来这儿？”

“必须设法刺激那件礼物赶紧行动。”斯凯特尔说。

“不可能。”

“必须想办法。”斯凯特尔坚持说。

“为什么？”

“事情的发展很不如人意。皇帝打算离间我们。他已经向贝尼·杰瑟里特姐妹会开出了价码。”

“哦，你来原来是为了这个。”

“是为了这个！你必须催促死灵……”

“制造他的人是你们，特莱拉人。”艾德雷克说，“你更了解他，不该向我提这个问题。”他停了停，朝透明的箱壁靠近了些，“要不，就是关于这件礼物的情况你对我们撒了谎。”

“撒谎？”

“你说过，这件礼物只需要瞄准目标放出去就行，不用再费什么心思。一旦死灵送出去了，我们再也不可能做什么手脚。”

“但死灵还是可以受影响的。”斯凯特尔说，“你只需要问问他的前身就行。”

“打听他的前身会怎么样？”

“可以刺激他，使他做出符合我们意图的行动。”

“他是一个门泰特，有逻辑和推理能力。”艾德雷克反对，“他或许会猜出我的打算……那个当妹妹的也能猜到。只要她把注意力集中到……”

“你不是能让我们避开女巫的预知力量吗？还是说你根本没这个本事？”斯凯特尔问。

“我不怕预知力量。”艾德雷克说，“我担心的是逻辑推理，还有真正的间谍、帝国的庞大实力、对香料的控制，加上……”

“任何事物都有其限度。只要记住这一点，你就能够平静地看待皇帝及其力量了。”斯凯特尔说。

宇航员翻了个身，他的姿势十分奇特，四肢像怪异的蝾螈一样扭动着。斯凯特尔竭力抑制住自己的厌恶。这个宇航公会的领航员和平常一样，穿着深色紧身连衣裤，腰带上捆着各种鼓鼓囊囊的容器。可是……他移动的时候却给人一种赤身裸体的感觉。斯凯特尔觉得，这是因为游泳、伸展的动作。他再次感觉到他们这些密谋者之间关系的脆弱。他们不是一个和谐的团队，这就是他们的弱点。

艾德雷克的动作渐渐平息下来。他瞪着斯凯特尔，周围的橘红色气体使他眼前一片红。为了保存自己，变脸者在耍什么鬼花招？艾德雷克心想。这个特莱拉人做事总是出乎意料。这是个不祥之兆。

领航员声音和动作中的某种东西告诉斯凯特尔，他更害怕的是那个妹妹，而不是皇帝本人。不过这个想法只在他意识中瞬间闪过。让人不安啊。他们是不是忽略了厄莉娅身上某种最重要的东西？死灵这件武器是否足以摧毁那两个人？

“你知道人们是怎么说厄莉娅的吗？”斯凯特尔试探性地发问了。

“你什么意思？”鱼人又扭动起来。

“迄今为止，没有哪种哲学、哪种文化拥有这样一位女守护神。”斯凯特尔说，“快乐、美丽，融合成……”

“快乐和美丽能持久吗？”艾德雷克质问他，“我们要摧毁这两个厄崔迪人。文化！他们散布的那种文化完全服务于统治。美丽！他们的美丽是奴役人的美丽。他们制造了一大批地地道道的白痴，这种人是最容易摆布的。他们不想碰运气。全是锁链！他们做的每件事都是制造锁链，以奴役他人。可奴隶总归要反抗。”

“那个妹妹也许会结婚，并且繁殖后代。”斯凯特尔说。

“为什么你不停地说那个当妹妹的？”艾德雷克问。

“皇帝可能要为她挑选一个伴侣。”斯凯特尔说。

“让他挑选好了。反正已经晚了。”

“下一个瞬间将发生的事，即使是你也无法凭空创造出来。”斯凯特尔警告说，“你不是创造者……跟厄崔迪家族一样。”他点点头，“不能太过想当然。”

“我们不是那种口口声声说要创造什么的人。”艾德雷克反驳道，“也不是那伙想从穆阿迪布身上弄出个先知的人。你说这些废话到底想干什么？为什么提出这种问题？”

“因为这颗星球，”斯凯特尔说，“提出这个问题的是这星球。”

“星球不会说话！”

“可这颗会。”

“哦？”

“它诉说着创造。风沙在夜里流动，这就是创造。”

“风沙流动……”

“一觉醒来，映入你眼帘的就是一个新世界。一切都是新的，你入睡前看到的一切都已经无影无踪了，没有在沙漠上留下一丝痕迹。”

没有痕迹的沙漠？艾德雷克想，创造？他突然感到焦虑，束手无策的焦虑。密封的箱子、房间的摆设，一切都在朝他逼近，挤压着他。

沙漠上的痕迹。

“你说起话来活像个弗雷曼人。”艾德雷克说。

“这就是弗雷曼人的思维，很有启发性。”斯凯特尔同意，“他们说穆阿迪布的圣战在宇宙中留下了痕迹，就像弗雷曼人在沙地上留下痕迹。他们已经在人类的生命史上留下了痕迹。”

“那又怎么样？”

“然后夜晚降临，”斯凯特尔说，“风沙流动。”

“是啊。”艾德雷克说，“圣战是有限的。穆阿迪布利用了他的圣战，并且……”

“他没有利用圣战。”斯凯特尔说，“是圣战利用了他。我想，如果他能办到，他宁愿停止这场战争。”

“如果他能办到？他只需要……”

“给我老老实实待着，别扭来扭去！”斯凯特尔喝道，“精神的瘟疫是无法阻止的。它越过了秒差距，从一个人传染到另一个人。它是一种势不可当的传染病，击倒了没有做好准备的一方。这种事，我们以前也干过，当然规模远远不及。谁能阻止？穆阿迪布找不到任何解毒药。这种事植根于混沌，秩序的手能伸到那里去吗？”

“那么，你是否被传染了？”艾德雷克问。他在橘红色的气体中慢慢转动着，不明白斯凯特尔的声音为什么如此惊恐。难道变脸者已经退出了这次密谋？现在没有办法窥视未来，弄清这一点。未来已经变成了一条泥泞的河流，被大大小小的预言挤得满满当当。“我们都被传染了。”斯凯特尔说。他提醒自己，艾德雷克的智力非常有限。该怎么解释才能让这个宇航公会的人理解呢？

“可是，等我们把他摧毁的时候，”艾德雷克说，“这些传染不就……”

“我真该让你就这么白痴下去，”斯凯特尔说，“可惜我的职责不允许。再说，这样做还会危及我们大家。”

艾德雷克又翻腾起来。为了稳住自己，一只长着蹼的脚踢了一下，在大腿周围搅起一阵橘红色气体泡沫。“你说的话很奇怪。”他说。

“这件事就快完蛋了，”斯凯特尔说，声音沉着了些，“马上就要迸成碎片。阴谋一旦破灭，它的碎片将影响今后的好几个世纪。难道你没看见？”

“宗教的事我们以前也处理过。”艾德雷克争辩着，“如果这次……”

“这次不仅仅是宗教！”斯凯特尔说。不知圣母对这个同谋者所接受的粗陋教育会发表什么评论，“这是宗教性质的政权，完全是另一回事。穆阿迪布的齐扎拉教团遍布世界各地，取代了过去的政府。可他没有永久性的行政单位，也没有互相牵制的机构。他所拥有的只是一个个主教辖区，全都是互不相属的孤岛。每个岛屿的中心只有一个人。这些人由此学会了如何获取和保持个人权力，相互猜疑妒恨。”

“趁他们钩心斗角的时候，我们来个各个击破。”艾德雷克洋洋得意地说，“只要把头砍下来，身体就会倒……”

“这具身体有两个头。”斯凯特尔说。

“那个妹妹嘛……也许会结婚。”

“当然会结婚。”

“我不喜欢你说话的口气，斯凯特尔。”

“我也不喜欢你的愚笨无知。”

“如果她结婚怎么办？会动摇我们的计划吗？”

“会动摇整个宇宙。”

“并不是只有他们才拥有预知的力量。我，我本人，就拥有这种力量，它……”

“你只不过是个婴儿。他们大步向前，你却只能蹒跚学步。”

“并不是只有他们才拥有预知的力量！”

“宇航公会的宇航员先生，你忘了我们也曾制造过一个魁萨茨·哈德拉克，那个人能清晰地看到未来。你不可能威胁那样一个人，你所做的任何威胁都会反过来威胁你自己。穆阿迪布也是这样，他知道我们会攻击他的契妮。我们必须加快行动步伐。你必须接近死灵，照我的指示催促他。”

“如果我不呢？”

“闪电就会落到我们头上。”

啊，满嘴牙齿的沙虫，

你怎能拒绝那无法消除的欲望？

那些肉体和气息诱惑你来到地面！

没有任何长袍，

能隐藏你的陶醉，

遮蔽你燃烧的渴望！

——摘自《沙丘书》中的《沙虫歌》

在训练室用晶牙匕和短剑与死灵激战一番之后，保罗出了一身大汗。他站在窗边，看着下面的神庙广场，竭力想象契妮在诊所的情景。怀孕六周了，她早上感觉不舒服。给她看病的医生是最出色的，一有消息就会来报告他。

黑暗的午后沙暴云使广场上的天空更加阴沉。弗雷曼人把这样的天气叫作“脏气”。

医生会不会永远不通知他了？每一秒都来得极度缓慢，像在竭力挣扎，不肯进入他的宇宙。

等待……等待……瓦拉赫上的贝尼·杰瑟里特姐妹会还没有回音，显然是故意拖延时间。

其实，预知幻象记录了这些瞬间，可他有意遮挡着，不愿看到这些幻象。他宁愿做时间长河中的一条鱼，并不有意游向哪里，凭着水流把自己带到任何地方。这一刻，命运已经注定，无论怎么挣扎都已无力回天。

他能听到死灵的动静，此刻他正在检查装备。保罗叹了口气，一只手按住自己的腰带，解除了屏蔽场。他的皮肤触到屏蔽场，只觉得一阵刺麻。

保罗告诉自己，契妮回来的时候，无论发生什么事，他都要正确对待。是时候了，应该接受事实，即有些事他隐瞒起来没有告诉她。正是由于这个原因，她才能活到今天。他心想，自己宁愿要契妮，而不是继承皇位的子嗣，这种做法是不是一种罪孽？他有什么权力替她做出选择？不，这么想是愚蠢的！谁会犹豫呢？瞧瞧别的选择吧：奴隶囚笼、折磨、极度的哀痛……加上种种更加可怕的遭遇。

门开了，契妮的脚步声传了进来。

保罗转过身。

契妮的脸上杀气腾腾。她身着金色长袍，腰间缠了一根宽大的弗雷曼式腰带，水环像项链一样戴在脖子上，一只手叉腰（这只手从不远离晶牙匕），两眼闪着走进陌生房间搜寻凶兆时的锐利目光。此时此刻，她的一切都预示着暴力。

她走了过来，他张开双臂搂住她。

“有人……”她喘着粗气，靠在他的胸前说，“长时间给我服用一种避孕药……直到我按这种新食谱进食。因为这种药，我这次生孩子会有问题。”

“可以补救吗？”他问。

“很危险。我知道这种毒药是从哪儿来的！我要她的水。”

“我亲爱的塞哈亚。”他低声说，把她搂得更紧，以平息她突然的颤抖，“你会生出我们想要的孩子，这还不够吗？”

“我的生命消耗得越来越快。”她说，紧紧搂着他，“现在，生孩子已经主宰了我的整个生命。医生告诉我，它现在生长的速度快得可怕。我必须吃了又吃……还要服用更多的香料……吃香料、喝香料。为了这个，我一定要杀了她！”

保罗吻着她的面颊：“不，我的塞哈亚，你不会杀任何人。”他心想：*伊勒琅延长了你的生命，亲爱的。对你来说，孩子出生之日就是你死亡之时。*

心中的悲痛抽干了他的骨髓，掏空了他的生命，让他成为一只黑色的空瓶子。

契妮挣脱开：“我不会饶恕她！“

“谁说要饶恕她？”

“那我为什么不能杀了她？”

这是一个纯粹弗雷曼式的问题，保罗差点爆发出一阵歇斯底里的大笑。为了掩饰自己的笑意，他说：“没有用的。”

“你已经看到了？”

保罗想起了幻象，腹部一阵紧缩。

“我看到了……看到了……”他嘀咕着。他早就知道，围绕在他周围的事件终将形成眼前的现实。现在，这个现实让他动弹不得。他感到自己已被未来的锁链牢牢束缚。未来在他面前出现的次数实在太多了，它像一个贪婪的魔鬼，死死抓住他不放。他喉咙又紧又干。他想，难道他一直被动地被预知力量摆布，听凭它在自己周围布下罗网，这才形成了无情的现实？

“告诉我你看见了什么。”契妮说。

“我不能。”

“为什么我不能杀死她？”

“因为这是我的要求。”

他看出她接受了。她接受了，就像沙子接受水：吸收、藏匿。愤怒躁动的外表之下是一个温顺听话的女人。这一刻他发现，皇宫里的生活并没有使契妮有多大改变。她只是暂时在这儿停留，仿佛长途旅行时和自己的男人在某个中途站小憩。沙漠养成的所有品质都完好无损地保留下来了。

契妮从他身边走开，瞥了一眼死灵。他站在训练室门口，等着。

“你在和他过招？”她问。

“而且略胜一筹。”

她的目光从地板上的圆圈转向死灵的金属眼。

“我不喜欢他。”她说。

“他没有伤害我们的意图。”保罗说。

“你看到了？”

“我没有看到！”

“那你怎么知道？”

“因为他不只是死灵，他还是邓肯·艾达荷。”

“可制造他的是特莱拉人。”

“制成品有了比制造意图更多的东西。”

她摇摇头，产子头巾的一角摩擦着长袍的衣领：“他是个死灵，这个事实是你无法改变的。”

“海特，”保罗说，“你是摧毁我的工具吗？”

“如果改变此时此刻的实质，未来也会因此改变。”死灵说。

“这不算答案！”契妮反驳。

保罗提高声音：“我会怎么个死法，海特？”

人造眼里闪过一丝亮光：“陛下，据说您将死于金钱和权力。”

契妮僵住了：“他怎么敢这样对你说话？”

“门泰特只说真话。”保罗说。

“邓肯·艾达荷是真正的朋友吗？”她问。

“他为我献出了生命。”

“据说，”契妮低声说，“死灵不可能恢复到前身的状态。”

“你想恢复我？”死灵问。

“恢复就是改回前身的状态。”保罗说，“一旦做出改变，这个过程就无法逆转。”

“每个人都背负着自己的过去。”海特说。

“每个死灵也是？”保罗问。

“在某种程度上，陛下。”

“那么，你的肉身里藏着什么样的过去？”

契妮发觉这个问题让死灵十分不安。他的动作加快了，双手紧紧捏成拳头。她瞥了一眼保罗，不知他为什么要用这种办法刺探他。难道有什么办法能让这个东西变成从前那个人？

“以前有过能记住他真正的过去的死灵吗？”契妮问。

“有过许多尝试。”海特说，眼睛看着脚边的地板，“可没有一个死灵恢复到他的前身。”

“但你渴望能回到前身。”

死灵那双毫无表情的眼睛活了过来，死死盯着保罗：“是的！”

保罗轻声说：“如果有什么办法……”

“这具肉体，”海特说，左手放在前额上，像古怪的敬礼姿势，“不是我前身所有的血肉。它是……再生的，保留的只是外形。变脸者也可以变化成我这副外形。”

“但不能做到这么天衣无缝。”保罗说，“再说你也不是变脸者。”

“是这样，陛下。”

“你的形体是怎么来的？”

“从原来肉体的细胞上提取基因，进行复制。”

“也就是说，”保罗说，“在细胞、基因的某个地方还保存着某种东西，它记得邓肯·艾达荷的形体。据说巴特勒圣战之前，古人研究过这个领域。这种记忆能到什么程度，海特？它从前身那里学到了什么？”

死灵耸耸肩。

“如果他不是艾达荷呢？”契妮问。

“他是。”

“你能肯定吗？”她问。

“无论哪个方面，他都是艾达荷。我想象不出会有什么力量强大到如此地步，可以使这个死灵和艾达荷如此相似，没有丝毫偏差。”

“陛下！”海特反驳道，“我们不能因为想象不出某种东西，就把它从现实中排斥出去。有些事，身为死灵的我必须去做，但如果我是个人，我决不会做！”

保罗专注地望着契妮，说：“你看见了吗？”她点点头。

保罗转过身，竭力压下涌上心头的悲伤。他走到露台的窗户边，放下帷幔。光线暗了下来。他系紧长袍的腰带，同时仔细听着身后的动静。

什么动静都没有。

他转过身。契妮站在那里，像中了邪似的，眼睛直愣愣地看着死灵。

保罗发现海特却已退缩回去，像重新进入某个幽闭之处，重新成了一个不折不扣的死灵。

听到保罗的声音，契妮转过身来。她仍然没有摆脱刚才那一幕对她的冲击。刚才那一瞬，这个死灵变成了一个活生生的人。那一刻，他成了一个不会让她感到恐惧的人，一个她喜欢而且敬仰的人。现在，她明白了保罗为什么要把这件事探究下去。他希望她能透过死灵的躯壳，看见藏在里面的那个人。

她望着保罗："那个人就是邓肯·艾达荷吗？"

"曾经是邓肯·艾达荷。现在仍然是。"

"换了他，会让伊勒琅继续活下去吗？"契妮问。

看来水在沙下沉得还不是太深，保罗想。他说："如果我下命令的话。"

"我不明白。"她说，"你难道不愤怒？"

"我很愤怒。"

"你听起来不……愤怒。你听起来很悲伤。"

他闭上眼睛："是的。愤怒的同时，我也很悲伤。"

"你是我的男人。"她说，"我了解你。可现在我突然不了解你了。"

突然间，保罗觉得自己仿佛走在一条漫长的地下暗道里。身体在移动，迈出一只脚，然后另一只脚，思想却到了别的什么地方。"我也不了解自己。"他悄声说。他睁开眼睛，发现他已经从契妮身边走开了。

她站在他后面的某个地方说："亲爱的，我以后再也不问你看见什么了。我只知道我们的孩子就要出生了。"

他点点头："我一开始就知道。"他转过身，仔细端详着她。契妮仿佛离他非常遥远。

她走上前来，一只手放在腹部："我饿了。医生说我必须吃平常的三到四倍。我很害怕，亲爱的。它长得太快了。"

是太快了。胎儿知道时间紧迫。

穆阿迪布之所以能做到英勇无畏，或许是因为他从一开始就知道结局，一步也不离开他预见到的路径。这一点，他说得非常清楚。“我的行为就是验证我的预言，事实将证明，我是神明的终极仆从。”这样一来，一切力量都为他所用，他的朋友和敌人都敬拜他。正是为这个原因，也只为这个原因，他的使徒们祷告说：“神啊，请拯救我们，别让我们走上穆阿迪布用他的生命之水所验证的岔道。”人们一想到这些“岔道”，便会产生深深的厌恶。

——摘自《伊安-爱尔-丁》（《裁决书》）

信使是一个年轻女人，契妮熟悉她的相貌、名字和家庭背景。这也是她能通过帝国安全部门检查的原因。契妮没做什么，只是在一个名叫邦耐杰的安全官员面前证实了她的身份，之后邦耐杰便安排了她和穆阿迪布的会面。邦耐杰这一举动是出于他的直觉。此外，在圣战之前，这个年轻女人的父亲曾经是皇帝的敢死队队员，令人闻风丧胆的弗雷曼敢死队的一员。否则，他才不理会她的什么恳求，说她的信息只能带给穆阿迪布本人。

进入保罗的私人办公室之前，她自然接受了严格透视和搜查。即便如此，邦耐杰仍然跟在她旁边，一只手按着刀，另一只手拽住她的手臂。

他们带她进屋的时候正是正午时分。这是一个奇异的房间，沙漠弗雷曼人的粗犷和皇室贵族的优雅奇妙地融合在一起。三面墙上覆着海瑞格幔帐：精致的挂毯，上面绘着弗雷曼神话中的人物。第四面墙上镶着一大块银灰色屏幕。屏幕前面有一张椭圆形书桌，上面只放了一件东西：一只形状像太阳系星仪的弗雷曼沙钟。

保罗站在桌旁瞥了一眼邦耐杰。这位安全官的姓名表明他的祖先曾从事过走私活动。但他仍旧从弗雷曼警察部队底层一路晋升上来，靠他聪明的头脑和久经考验的忠诚赢得了这个职位。他很结实，几近肥胖。几绺黑色的头发垂过潮乎乎的深色前额，像某种怪鸟的头冠。他的眼睛尽是蓝色，目光坚定，无论面对愉快的景色还是狂暴的惨相都不动声色。契妮和斯第尔格都很信任他。保罗知道，如果自己叫邦耐杰立即杀死这女孩，邦耐杰会毫不犹豫地执行命令。

“陛下，这就是那个送信的女孩。”邦耐杰说，“契妮夫人说她有消息要带给您。”

“好吧。”保罗点了点头。

奇怪的是，女孩并不看他。她的视线停在了那个沙钟上。她中等身材，深色皮肤，裹着一件深红色长袍，袍子质地精美，剪裁简练，说明此人家境富有。她的头发呈蓝黑色，用一条窄带系着，带子的颜色和长袍非常般配。长袍遮住了她的手。保罗怀疑她的手正攥得紧紧的，很像那么回事。她的一切都像那么回事，包括那件专门为了出席盛典缝制的长袍。

保罗叫邦耐杰站在一边。他犹豫了一下，服从了。女孩移动了——向前跨了一步。步态很优雅，眼睛依然躲避着他。

保罗清了清喉咙。

女孩终于抬起目光，睁大没有眼白的眼睛，只恰到好处地流露出一丝敬畏。她脸庞小巧，下巴精致，有一张樱桃小嘴。稍长的面颊上，那双眼睛显得特别大。她整个人都有一种不快活的气氛，几乎不带笑意。眼角甚至还残留着一片微弱的黄色薄雾，可能是因为灰尘的刺激，或者塞缪塔迷药上瘾。

一切确实很像那么回事，天衣无缝，不露痕迹。

“听说你请求见我。”保罗说。

考验这个女孩形貌的最后关头来到了。斯凯特尔现在已经换上了这个形貌，还有习惯、性别，以及声音——他能掌握和设想的一切特征。可这是一个穆阿迪布在穴地时期就非常熟悉的女人。那时候她还是一个孩子，她和穆阿迪布有许多共同的经历。一定要小心谨慎，避免提到某件特别的往事。这是斯凯特尔尝试的形貌中最令人兴奋和刺激的一个。

“我是奥塞姆的丽卡娜，来自伯克·艾尔·迪卜。”

女孩的声音细小而坚定，报出自己的名字、父名和家族名。

保罗点点头。契妮完全被这个家伙愚弄了。女孩的音质复制得精确无比。如果保罗没有受过严格的贝尼·杰瑟里特声音训练，没有种种预知幻象，变脸者的这套鬼把戏甚至可能把他也哄骗过去。

训练使他看出了破绽：这女孩看上去比她报出的年龄大些；对声带的控制有些过分了；脖子和肩膀缺乏弗雷曼人特有的傲慢姿势。但也有值得称道之处：华丽的长袍强化了伪装……面部特征复制太准确了，说明变脸者对所扮演的角色有一定的感情。只有这样，才能达到这种准确程度。

"在我的家里休息吧，奥塞姆的女儿。"保罗说，这是正式的弗雷曼式问候语，"我们欢迎你，就像干渴的旅途后欢迎清水一样。"

女孩微微松了口气，最轻微不过地暴露出被接受之后的自信。

"我带来了口信。"她说。

"见信使如见其主人。"保罗说。

斯凯特尔轻轻吐了口气。事情进展得很顺利，可接下来的任务更艰巨：这个厄崔迪人必须被引上那条特定的道路。他必须失去他的小妾，同时又不能归咎于其他任何人，失败只能属于无所不能的穆阿迪布。要让他不得不最终认识到自己的失败，从而接受特莱拉人所提出的其他选择。

"我是驱走夜晚沉睡的狼烟。"斯凯特尔说。用的是弗雷曼敢死队的暗语，意思是：*我带来了坏消息。*

保罗竭力保持镇静，感觉自己全身赤裸。他摸索着未来，却看不到任何幻象。另一股强大的预知力量遮住了这个变脸者，他只能隐隐约约看到些许暗影，只知道自己不能做的事。他不能杀死这个变脸者。那将加速未来的来临。必须不惜一切代价延迟未来的到来。不管怎样，一定要设法进入黑暗的中心，改变未来那可怕的模式。

“把你的口信说给我听。”保罗说。

邦耐杰挪了个位置，站在可以观察女孩表情的地方。她似乎这才意识到了他的存在，目光落在安全官手按着的刀柄上。

“正直善良的人不相信邪恶。”她说，眼睛直视邦耐杰。

啊哈，表演得真不赖，保罗想，这正是真正的丽卡娜可能说出的话。他感到心里一阵刺痛，因为奥塞姆真正的女儿已经死去。那具沙漠里的腐尸。但现在不是宣泄感情的时候。他皱了皱眉头。

邦耐杰仍然紧盯着那个女孩。

“我必须私下把口信说给您听。”她说。

“为什么？”邦耐杰问，声音粗暴，直截了当。

“因为这是我父亲的意思。”

“邦耐杰是我的朋友。”保罗说，“我不也是弗雷曼人吗？别人告诉我的一切，我的朋友都能听。”

斯凯特尔稳住自己的女孩形貌。这真的是弗雷曼人的习惯……还是一个测试？

“皇帝当然可以制定自己的规矩。”斯凯特尔说，“口信是这样的：我父亲希望您到他那儿去，带上契妮。”

“为什么要带上契妮？”

“她是您的女人，又是一个塞亚迪娜。按照我们部落的规矩，这是一件关于水的事情，必须由她证实我父亲的做法符合弗雷曼人的习俗。”

看样子，阴谋集团中真的有弗雷曼人，保罗想。这一刻符合他所预见的未来的模式。他没有任何别的选择，只有沿着这条路继续走下去。

“你父亲想说什么？”保罗问。

“他想说有一个反叛您的阴谋，弗雷曼人的阴谋。”

“为什么他不亲自把口信带来？”邦耐杰问。

她仍然盯着保罗：“我父亲不能来这儿。阴谋者会怀疑他，他来的话只有死。”

“他就不能把那个阴谋透露给你吗？”邦耐杰问，“为什么让自己的女儿冒这么大的危险？”

“具体信息被锁在密波传信器里，只有穆阿迪布本人才能打开。”她说，“我只知道这么多。”

“那么，为什么不把密波传信器送来？”保罗问。

“这是一个人类密波传信器。”她说。

“好吧，我去。”保罗说，“但我要一个人去。”

“契妮一定要和您一起去！”

“契妮有孩子了。”

“弗雷曼女人什么时候拒绝过……”

“我的敌人给她吃了一种慢性毒药。”保罗说，“生孩子时会很困难。健康状况不允许她和我一块儿去。”

斯凯特尔没来得及控制住自己的情绪，女孩脸上流露出沮丧和愤怒。斯凯特尔的上司提醒过他，对任何猎物，都必须给它留下一条逃生之路，即使是穆阿迪布这样的猎物也不例外。但就算这样，他们的计划仍然不算失败，至少这个厄崔迪人仍然陷在罗网里。此人经过长期努力才形成了今天的他，他宁肯毁掉自己也不愿转化为目前这个自我的对立面。特莱拉人创造的魁萨茨·哈德拉克便走了这条路，这也将是这一个魁萨茨·哈德拉克要走的路。到那时……那个死灵。

“我想问问契妮本人，让契妮自己做出决定。”她说。

“我已经决定了。”保罗说，“你代替契妮，和我一起去。”

“这个仪式需要塞亚迪娜！”

“你难道不是契妮的朋友吗？”

被逼到死角里了！斯凯特尔想，他会不会起疑心？不会。只是弗雷曼式的小心谨慎罢了。再说避孕药的事也确是事实。好吧——想另外的法子。

“父亲叫我不要回去。”斯凯特尔说，“要我寻求您的庇护。他说不愿意让我冒险。”

保罗点点头。做得真是天衣无缝啊。他不能拒绝这个庇护。她的托词十分有力：弗雷曼人必须听从父亲的命令。

“我让斯第尔格的妻子哈拉赫和我一块儿去。”保罗说，“请你告诉我怎么去你父亲那儿。”

“您怎么知道斯第尔格的妻子可信？”

“我知道。”

“可我不知道。”

保罗抿起嘴唇，接着问："你母亲还好吧？"

"我生母已经去世了。我继母还活着，在照顾我父亲。怎么啦？"

"她是泰布穴地的？"

"是的。"

"我记得她。"保罗说，"她可以代替契妮。"他向邦耐杰做了个手势，"叫侍卫把奥塞姆的丽卡娜带去休息。"

邦耐杰点点头。侍卫，这个词另有含意，表示该信使必须小心看守。他挽住她的胳膊。她反抗着。

"您怎么去见我的父亲？"她争辩道。

"你把路径告诉邦耐杰就可以了。"保罗说，"他是我朋友。"

"不！我父亲吩咐过！我不能！"

"邦耐杰？"保罗说。

邦耐杰停住了。保罗看得出来，这个人正在他那百科全书似的记忆中飞快搜寻。在他晋升到目前这个备受信任的位置的过程中，这种记忆力帮了他的大忙。"我知道一个向导，他能带您到奥塞姆那儿去。"

"那我就一个人去。"保罗说。

"陛下，如果您……"

"奥塞姆希望我去。"保罗说，几乎无法掩饰语气里的嘲弄。

"陛下，太危险了。"邦耐杰反对。

"即使是皇帝，多多少少也得冒些风险。"保罗说，"就这样定了。照我的吩咐去做。”

邦耐杰很不情愿地领着变脸者走出房间。保罗转身对着书桌后面空荡荡的屏幕，觉得自己仿佛正等待着一块岩石从高处坠落。

该不该把这个信使的真相告诉邦耐杰？他心想。不能！告诉邦耐杰的事从来不曾出现在他的幻象中。对预知路径的任何偏离都会导致突如其来的暴力。他必须找到某个支点，能够把他撬离他见到的那个幻象。

如果这样的支点真的存在的话……

无论人类文明如何异化，无论生命和社会如何发展，也无论机器、人类的相互作用如何复杂，个体的力量总会找到它存在的空间，尤其是当人类的进程、人类的未来都依赖于某个人的个人行为的时候。

——摘自《特莱拉神明书》

他走出皇宫，跨过高高的人行天桥，走向齐扎拉教团大楼。保罗改变了自己的步伐，稍有点一瘸一拐。太阳快落山了，他走在一道道阴影里。阴影有助于掩饰，可锐利的眼睛仍旧能从身体的姿态中认出他来。他带着屏蔽场，但没有打开。他的助手们认为屏蔽场的微光会引起旁人的猜疑。

保罗朝左边瞥了一眼。缕缕沙云飘浮在傍晚的天空，像百叶窗帘。透过蒸馏服过滤器的空气同海瑞格里的一样，非常干燥。

他不是一个人出来的。可自从他停止晚间独自散步以来，安全措施从未像现在这般松懈过。装有夜间监测仪的扑翼飞机远远地飘浮在头上，看起来没有什么明确的目的。它们通过一件藏在他衣服里的传感装置监测他的一举一动。经过严格挑选的保卫人员一部分在下面的街道上游走，另一部分则散布全城，以保护身着伪装服饰的皇帝。他从上到下都是弗雷曼人装扮，蒸馏服和沙漠靴都是深色的，面颊嵌了塑模，让面貌有所改变，下巴左侧附着贮水管。

走到天桥对面的时候，保罗朝身后瞥了一眼，保护他寝宫的石头城垛后面有人影晃动。肯定是契妮。“在沙漠里搜寻沙子”，她这么形容这次冒险。

她不知道这是多么痛苦的抉择。权衡痛苦，选择较轻的那个。但这种抉择使较轻的痛苦也难以忍受。

在那极度痛苦的一刻，他挥手和她告别。最后的瞬间，契妮体会到了“道”，由此感应到了他的内心感受。但她误读了其中的含义，把这种痛苦当成人们告别亲人投身险境时自然产生的感情。

*我要是也能和她一样，对那些痛苦的抉择一无所知，那该多好，*他想。

他穿过天桥，走进教团大楼的上层通道。到处是固定式球形灯，人们来去匆匆，忙着工作。齐扎拉教团从不入睡。保罗被门上的标牌吸引住了，仿佛第一次看见它们似的：“*速度商贸部*”“*风言平息与辩驳部*”“*预言展望部*”“*信仰考验部*”“*宗教供给部*”“*武装部*”……“*信仰传播部*”……

更诚实的标签应该是“官僚宣传部”，他想。

在他统治的宇宙中，一个新行当在快速崛起：宗教事务官员。齐扎拉教团的这种新型人物通常并非弗雷曼人，而是改宗的皈依者。他们极少取代关键位置上的弗雷曼人，可关键位置之外的所有空隙几乎都由他们填充。这种人使用香料，一方面是因为香料具有延缓衰老的功能，另一方面是为了显示他们负担得起。他们远离诸如皇帝、宇航公会、贝尼·杰瑟里特姐妹会、皇室或齐扎拉教团等掌握着权力的人物和组织。他们的上帝就是例行公事和档案。为他们服务的有许多门泰特，还有庞大的档案系统。他们手册里的第一个词是私利，巴特勒圣战所制定的规范只是口头上说说而已。他们会说机器不能有人类的意识，可实际上，他们早已背叛了这个原则，他们的所有行为都显示出他们更喜欢机器而不是人类，更喜欢统计数字而不是独特的个体，更喜欢模糊而概括的东西，而不愿接触具体的个体，因为这种接触要求想象力和创新精神。

保罗走上大楼另一侧的坡道时，厄莉娅神庙晚祷仪式的钟声刚刚敲响。

钟声给人一种奇怪的永恒之感。

神庙在拥挤的广场对面，已被修缮一新。宗教仪式也是最近设计的。神庙位于厄拉奇恩边缘的一处沙漠盆地中，风沙已经开始侵蚀神庙的石头和塑模，周围建筑物的排列似乎很随意。这一切都形成了一种印象，即这是一个非常古老的地方，充满传统和神秘感。他走下去，来到拥挤的人群中间。冒险开始了。安全部门能找到的唯一一个向导坚持要这么办。保罗同意了，这使他的安全官很不高兴，连斯第尔格也不赞同这种方式。契妮当然反对得最厉害。

周围挤满了人。他们挤碰着他，视而不见地瞥他一眼，然后从他身边匆匆而过。他感到了一种不同寻常的自由。他知道他们就是这样对待弗雷曼人的。现在的他是一个生活在沙漠深处的男人。这样的人性子暴烈，容易发怒。

他随着快速移动的人流走上神庙台阶，人群更加拥挤了。周围的人不断朝他身上挤压，他发现人人都在向他道歉：

“请原谅，尊贵的先生。我无法阻止这种不礼貌的行为。”

“对不起，先生，实在挤得太厉害了。”

“真不好意思，圣公民。一个蠢货推倒了我。”

如此这般几次后，保罗渐渐对这些道歉充耳不闻。这些话里其实没什么感情，只有一种传统的敬畏。他不再想周围的人群，却回忆起自卡拉丹城堡少年时代以来的这段漫长日子。他究竟从什么时候起踏上了这条道路，远离卡拉丹、通向这样一颗星球的这样一个拥挤的广场？他真的已经踏上了这条道路吗？他说不出自己究竟为什么踏上这条路，似乎并没有什么特别的理由和动机。他的动机和各种各样纠缠在一起推动他前进的力量实在是太复杂了，很可能比出现在人类历史上的其他任何驱动力都复杂得多。他固执地觉得，自己仍然可以避免等在前方、已经清楚可见的宿命。但汹涌的人潮推着他向前走去，恍惚中，他感到迷失了方向，无法主宰自己的生命。

人群拥着他上了台阶，进了神庙的门廊。人们安静下来了，可怕的体味越来越浓烈——酸臭味，汗味。

侍僧已经开始晚祷的各项准备工作。他们平板的吟唱盖过了所有声音——低语声、衣服的沙沙声、急促的脚步声，以及咳嗽声——讲述着某个发生在遥远地方的故事，女祭司在神圣的入定状态中访问过那里。

她骑上太空中的沙虫！
她穿过满天风暴，
到了一片吹拂着微风的陆地。
在毒蛇的窝巢我们酣然入睡，
因为有她守护那梦游的灵魂。
她把我们藏在阴凉的洞穴，
只为避开沙漠的酷热。
她洁白的牙齿熠熠闪光，
让我们在黑夜里有了方向。
她那美丽的发辫，
把我们荡上极乐的天堂！
只要有她，
到处是花儿的甜美芬芳。

巴拉可！保罗想到了一个弗雷曼人的词语。留神啊！她也可能爆发出愤怒的激情。

神庙的门廊里竖着一排排又高又细的灯管，模拟出蜡烛的火焰。烛光摇曳，保罗仿佛回到了古代。他知道设计者要的就是这样的效果。整个场景都是对古代生活的模仿，制作精细，而且效果不错。这里头也有他的手笔，为此，他恨自己。人群裹挟着他经过一道高大的金属门，进入了巨大的神庙正厅。这儿光线暗淡，闪烁不定的亮光来自头顶上很远的地方，大厅尽头是一个被照得透亮的祭坛。祭坛后面的黑木上刻着看似简单的花纹，这是弗雷曼神话中的沙地图案。看不见的灯把灯光射在警戒门的能量场上，形成一道彩虹。吟唱的侍僧在那道彩光之下列成七排，和彩虹构成奇异的反差：黑袍、白脸，嘴巴和谐一致地开合着。

保罗观察着身边的香客，突然间十分羡慕他们的专注，他们那种聆听真理的虔诚。可他却听不到什么真理。他们似乎在这里得到了某种自己无法得到的东西，某种能够抚平他们精神创伤的东西。

他想慢慢朝祭坛挪近点，可一只手抓住了他的手臂，他不得不停下来。保罗四下看了看，发现了一个老弗雷曼人探询的目光——尽是蓝色的眼睛、浓密的眉毛，好像似曾相识。一个名字在保罗的脑海里闪过：拉西亚，一位穴地时代的伙伴。

保罗知道，在拥挤的人群中，如果拉西亚动武的话，自己完全束手无策。

老人靠近了些，一只手放在暗淡的沙色长袍下，无疑紧握着晶牙匕的刀柄。保罗选了一个最适合反击的位置。老人把头靠近保罗的耳朵，悄声说：“和其他人一起。”

这句暗语确认了他的向导身份。保罗点点头。

拉西亚退了回去，面对着祭坛。

“她来自东方，”侍僧唱道，“太阳在她身后。在光明的照射下，一切都显露无遗，什么也逃不过她的双眼，无论是光明，还是黑暗。”

如诉如泣的雷贝琴声响起，盖过了歌声。侍僧的吟唱戛然而止。人群像受了电击一般，猛地一抖，朝前面冲了几米。他们现在已经像一块肉饼般紧紧地粘在一起，呼吸和香料的味道使空气变得异常浑浊。

“在洁净的沙地上，夏胡鲁写下圣言！”侍僧们齐声大叫。

保罗感到自己的呼吸已经和身边的人群完全融合在一起。闪闪发光的警戒门后面的阴影中，女声合唱开始幽幽地响起：“厄莉娅……厄莉娅……厄莉娅……”声音越来越大，之后突然陷入沉寂。

声音再次响起——柔和的晚祷吟诵开始了：

她平息了所有风暴——
她用眼睛杀死敌人，
折磨异教徒。
从托诺星高塔的尖顶升起黎明的第一缕阳光，
清晨的第一股清泉从那儿流淌，
你能看见她的倩影。
夏日里阳光照耀，酷热难耐，
她给我们送来了面包和牛奶——
清凉，带着香料的芬芳。
她用眼睛击垮敌人，

折磨压迫者，

洞察一切秘密。

她就是厄莉娅……厄莉娅……厄莉娅……

歌声越来越低，渐渐消失。

保罗感到恶心。我们在做些什么？他问自己。厄莉娅还只是一个小贝尼·杰瑟里特，可她正在长大。他想：长大意味着变得愈加恶毒。

汇聚在神庙里的集体无意识侵蚀着他的头脑。他身体的各组成部分和周围的人别无二致，但意识与众不同。他能感受到这种不同之处，它压迫着他，挤压着他。他站在那里，完全沉浸在人群中，却又因为自己那永远无法饶恕的罪恶而被孤立出来。他清楚地意识到神庙之外的宇宙，无比宏大，无边无际。单靠一个人、一套宗教仪式，怎么可能把如此浩瀚无垠的宇宙织成一件适合每个人穿的小外套？

保罗颤抖起来。

这个浩瀚宇宙对抗着他的每一步，让他无法掌握，制造无数假象来蛊惑他。宇宙永远不会接受他赋予它的任何形式。

又一轮深邃的寂静笼罩了整个神庙。

厄莉娅从闪光的彩虹后面走了出来。她穿着一件黄色长袍，装饰着厄崔迪家族的绿色花纹——黄色代表阳光，绿色代表创造生命的死亡。就在这时，保罗产生了一种出乎他意料的想法：厄莉娅在这里出现只是为了他，为了他一个人。他的目光穿过神庙里的人群，投向自己的妹妹。她是他的妹妹。他了解她的习惯和她的出生，可他以前从未站在现在这个位置，和香客在一起，用他们的眼光观察她。在这里，在这个做神秘祷告的地方，他觉得她成了这个对抗他的宇宙的一部分。

侍僧递给她一只金制圣餐杯。

厄莉娅举起杯子。

凭着某种直觉，保罗知道圣杯里装着未经加工的香料，一种精致的毒药，为她带来神谕的圣餐。

厄莉娅盯着圣餐杯，开始说话。声音温柔地拂过耳膜，似鲜花盛开，流畅滋润，悦耳动听。

“起初，我们是一片虚无。”她说。

“对一切茫然无知。”合唱队吟诵道。

“我们不知道神祇驻留于万物。”厄莉娅说。

“每时每刻。”合唱队吟道。

“神祇在这里。”厄莉娅说，轻轻举起圣餐杯。

“它带给我们欢乐。”合唱队吟诵。

也带给我们忧伤，保罗想。

“它唤醒了灵魂。”厄莉娅说。

“它驱散了疑惧。”合唱队吟诵。

“在尘世中，我们毁灭。”厄莉娅说。

“在神的怀抱里，我们新生。”合唱队吟诵。

厄莉娅把圣餐杯举到唇边，喝了一口。

保罗吃惊地意识到，自己竟然和人群中最普通的香客一样屏住了呼吸。尽管知道厄莉娅这时哪怕最细微的一切感受，他还是被攫住了。剧毒注入身体的情形在他记忆中复苏：意识化为一粒微尘，置换了毒药。他再次体验到那种苏醒的感觉，时间已经不复存在，一切都有可能发生。是的，他了解厄莉娅此刻的感受，可同时又觉得并不了解。不可言说的神秘蒙住了他的眼睛。

厄莉娅颤抖着，跪了下去。

保罗和陷入痴迷的香客一起喘息着，沉醉在一个幸福的幻象中，完全忘记了正步步逼近、完全有可能变为现实的其他种种可能性。在厄莉娅带来的这个幻象中，人在混沌中穿行，无法区分真正的现实和没什么实际意义的偶然事件。这个幻象让人渴望着一种永远不可能变成现实的绝对完美。

而在渴望中，人丧失了现在。

厄莉娅在香料的迷醉中前仰后合。

保罗感到某个超自然的存在对自己说：“看啊！看那儿！看你都忽略了些什么？”刹那间，他感到自己借助另一双慧眼，看到了任何画家和诗人都无法描述的图像和韵律。它栩栩如生，美丽无比。它像一盏耀眼的明灯，在它面前，人类的一切贪欲都暴露无遗……包括他自己的贪欲。

厄莉娅说话了，被扬声器放大的声音在大厅中隆隆回荡。

“光明的夜晚！”她喊叫道。

一阵呻吟像汹涌的波涛滚过香客。

“在这样的夜晚，一切都无所遁形！”厄莉娅说，“这般黑暗是多么耀眼！无法直视它，感知能力也无法捕获它，语言不能描述它。”她的声音低了下来，“一片漆黑，其中孕育着万物。啊，它是多么温柔，又是多么暴戾！”

保罗发现自己期待着妹妹给自己一些特别的暗示。可能是某些动作或言词、某种巫术、某种神秘的方法。这些暗示将像弩箭扣合在弓槽内一般适合他。紧张的一刻。这一刻在他意识内动荡不止，像滚动的水银。

“未来会有悲哀。”厄莉娅吟道，“我告诉你们，一切都只是开始，永远是开始。世界等待着征服。听我说话的人中，有些人将有尊贵的命运。显贵之时，你们会嘲笑过去，忘记我现在告诉你们的话：一切差异只不过是过眼烟云，差异是暂时的，永恒不变的是一致。”

厄莉娅低下头。保罗差点失望地叫起来：她没有说出他期待的东西。他感到自己的身体像一具空壳，像沙漠昆虫蜕下的外壳。

别的人一定也有和他类似的感觉，他想。他感到身边的人群骚动起来。突然间，一个站在保罗左边靠大厅另一头的女人大声叫喊起来，一声没有字句的痛苦叫嚷。

厄莉娅抬起头，保罗激动得一阵晕眩。他们之间的距离崩塌了。他定定地直视着厄莉娅呆滞无神的眼睛，仿佛离她只有几英寸[1]远。

“谁在呼唤我？”厄莉娅问。

1　英制长度单位，1英寸＝2.54厘米。

“是我。”女人喊道，“是我，厄莉娅。哦，厄莉娅，帮帮我。他们说我的儿子在莫丽坦星上被杀死了。他真的走了吗？我再也见不到我的儿子了……永远见不到了？”

“你在沙地里走过吗？”厄莉娅吟道，“一切都会恢复原样。一切都会回来。只是回来的时候改变了形式，你已经认不出它们了。”

“厄莉娅，我不明白！”女人呜咽道。

“你生活在空气中，可你看不见空气。”厄莉娅厉声说，“难道你是没有头脑的蜥蜴吗？你的话带着弗雷曼口音。弗雷曼人会试图让死人复活吗？除了他的水，我们不想要死者的任何东西。”

大厅中央，一个穿着深红斗篷的男人举起双手，袖子滑落下来，露出白皙的手臂。“厄莉娅，”他大叫，“我得到了一个商业提案。我应不应该接受？”

“你像一个乞丐一般来到这里。”厄莉娅说，“你想寻找金碗，但只能找到匕首。”

“有人请我杀一个人！”一声吼叫从右边响起，低沉，带着穴地的音调，“我应不应该接受？如果接受的话，能否成功呢？”

“开始和结束是同一件事。”厄莉娅厉声说，“我以前没有告诉过你们吗？你到这里并不是为了提出这个问题。你到底怀疑什么，非要跑到这儿来大喊大叫说出你的怀疑吗？”

“她今晚脾气很坏。”保罗身旁的一个妇女咕哝道，“你以前见过她这样愤怒吗？”

她知道我来了，保罗想，难道她在幻象中看到了什么使她恼怒的东西？她是在生我的气吗？

“厄莉娅，”保罗前面的一个男人叫道，“告诉那些商人和胆小鬼，你哥哥的统治还能维持多久！”

“你应该先扪心自问，好好想一想。”厄莉娅咆哮着，“你嘴里所说的全是你的偏见！正因为我哥哥驾驭着混沌，你们才能有房屋和水！”

厄莉娅一把抓住长袍，猛地转过身，大踏步穿过闪烁的光带，消失在彩虹后面的黑暗之中。

侍僧们立即唱起结束曲，但节奏已经乱了。很明显，晚祷仪式的突然结束让他们措手不及。人群发出一阵咕哝声。保罗感到身边的人们骚动起来，烦躁不满。

“全怪那个提出愚蠢的商业问题的傻瓜。”保罗身边的女人喃喃地说，“那个虚伪的家伙！”

厄莉娅看到了什么？发现了什么未来的痕迹？

今晚这里肯定发生了什么事，使神谕仪式变了味。平常，人们都会吵吵嚷嚷恳求厄莉娅回答他们那些可怜的问题。是的，他们像乞丐一样来到这里祈求神谕。他以前也来这儿听了很多次，藏在祭坛后的黑暗里。是什么使今晚的情形如此不同？

那个老弗雷曼人扯了扯保罗的衣袖，朝出口处点点头。人群开始朝那儿涌去。保罗被迫跟着他们一块儿移动，向导的手一直抓住他的衣袖。此时此刻，他感到自己的身体成了某种他无法控制的力量。他成了一个非人，一种异己的东西，漫无目的地移动着。而他本人便寄生于这个非人的内部，被别人领着穿过他自己城市的街巷，走上一条他在幻象中见过无数次的熟悉的道路。这条路使他的心脏都凝固了，沉甸甸的，充满悲哀。

我本该知道厄莉娅看到了什么，他想，因为我自己已经无数次见过它。可她没有大声叫喊……因为她同时还看到了其他的可能性。

在我的帝国，生产的增长和收入的提高不能脱节。这就是我命令的主旨。帝国各处，维持收支平衡不成为问题，因为我已经下过不能出现这类问题的命令。我是这个领域中至高无上的权威，无论活着还是死去，我的权威都将持续下去。我的统治就是经济。

——保罗·穆阿迪布皇帝在议会上的指令

“您留在这儿。”老人说，手松开保罗的袖子，“右边，尽头那端的第二道门。跟着夏胡鲁走吧，穆阿迪布……记住您还是友索的时候。”

保罗的向导迅速消失在黑暗之中。

保罗知道，他的安全官员正等在什么地方，准备抓住这个向导，把他带到某个地方详细盘问。保罗希望这个弗雷曼老人能够逃脱。

星星已经出现在头顶。远处，屏蔽场城墙的那一边，一号月亮也射出了亮光。但这里不是开阔的沙漠。在沙漠里，人们可以在星星的指引下找到回家的路。老人把他带到了郊区的某个陌生地方，保罗知道的只有这些。

街道上积满了厚厚一层沙子，是从步步逼近城市的沙丘上吹过来的。街道尽头，一盏孤零零的路灯闪着幽暗的光，光线只够让人看清这是一条死胡同。

周围的空气充满蒸馏回收器的味道。那东西肯定没有盖严，以至于恶臭四溢。水汽泄入夜晚的空气中，既危险又浪费。我的人民已经变得多么满不在乎了啊，保罗想，他们都是水的百万富翁，完全忘记了厄拉科斯星过去那些悲惨日子：一个人被八个人杀死，杀人者的目的仅仅是得到尸体水分的八分之一。

我为什么如此犹豫？保罗疑惑着，这就是末端数过来的第二道门，一看就知道。问题是，这件事必须小心谨慎，做得分毫不差，所以……我才会犹豫不决。

保罗左边的角落里突然响起一阵争吵声。一个女人正在厉声斥骂什么人。“新修的侧屋漏灰，”她骂道，“等着水从天而降吗？如果灰尘可以漏进来，水分就可以跑出去。”

毕竟还有人记得节水，保罗想。

他沿着街道走下去，争吵声渐渐消失在他身后。

水从天而降！保罗想。

一些弗雷曼人在另外的星球见过那样的奇迹。他本人也见过，还下过命令，想让厄拉科斯也出现同样的奇迹。现在想来，这些记忆仿佛属于另一个人，与自己毫无关系。雨，他们这样称呼那种奇观。刹那间，他想起了自己出生的星球曾有过的暴风雨。在卡拉丹星球上，乌云密布，电闪雷鸣，空气潮湿，大滴大滴的雨点擂鼓般打在天窗上，像小溪一样从屋檐上流下。排水沟把这些雨水排进河里。浑浊暴涨的河水从皇家果园流过……光秃秃的树枝被雨水淋湿，闪闪发光。

保罗在街上走着，双脚陷在浅浅的流沙里。一时间，沾在鞋上的仿佛是他童年时代的泥浆，但紧接着，他又回到了这个沙的世界，回到了满是沙尘、风沙蒙面的黑暗中。未来悬在他面前，嘲弄着他。干燥枯涩的生活包围着他，像控诉着他的罪孽。*这一切都是你做出来的！你使这个文明变得冷漠无情，充满了告密者，你使这个民族只会用暴力解决一切问题……日甚一日的暴力……无休无止的暴力*——他憎恨这一切。

脚下是粗粝的沙石。他在幻象中见过它们。右边出现了一个深色的长方形门洞，黑黢黢的：奥塞姆的房子，命运选中的房子。和周围别的房子完全一样，但时间掷下了骰子，选中了它，它便顿时不同于其他任何房子了。这是一个奇异的地方，将在历史记录上留下它的名字。

他敲开了房门。门缝透出门厅暗淡的绿光。一个侏儒探出头来望了望，孩子般的身躯上长着一张老人的脸，是一个他在预知幻象中从未见过的幽灵般的人物。

“您来了。”“幽灵”开口了。他朝旁边让开一步，举动中没有丝毫敬畏，脸上挂着一丝淡淡的笑意：“请进！请进！”

保罗犹豫了。幻象中没有侏儒，除此之外所有东西都和他的预知幻象完全相同。幻象的偏差无关宏旨，并不影响向无尽未来延伸的幻象主体的真实性。正是这些偏差才给了他勇气，使他心存希望。他看了一眼身后的街道上空。他的月亮从重重阴影中露了出来，像一颗闪亮的乳白色珍珠。这个月亮纠缠着他，使他惶惑不已。它到底是怎样坠落的呢？

“请进。”侏儒再次邀请。

保罗进去了，只听身后的房门砰的一声，在防止水汽外泄的密封槽中锁上了。侏儒在他前面带路，大脚板啪嗒啪嗒踩在地板上。他打开一道精巧的格栅门，走进盖有屋顶的院子，手一指：“他们等着您呢，陛下。”

陛下，保罗想，就是说，他知道我是谁。

没等保罗仔细琢磨这个新发现，侏儒已经从旁边的一条走廊溜走了。希望在保罗心中翻卷着，像一阵狂乱的风。他走过院子。这是一个晦暗阴沉的地方，有一股让人沮丧的恶心气味。这个院子的氛围让他有些畏缩。两害相权取其轻同样是一种失败吗？他没有把握。他在这条路上已经走了多远？

光线从远端墙上的一道窄门射了出来。有人在暗中观察着他，他强压下那种被人窥视的感觉，不理会那股难闻而不祥的味道，走进门洞，来到一个小房间。以弗雷曼人的标准，这个地方简直没什么装饰，只在两面墙上挂着海瑞格幔帐。一个男人面对门坐在一个深红色的软垫上。左边一道门后毫无装饰的墙上晃动着一个女人的身影。

幻象攫住了保罗。未来正是沿着这条道路发展的。可幻象中为什么没有出现那个侏儒？为什么会出现这种偏差？

一瞥之下，感官已将整个房间的情况探查得一清二楚。这地方虽然陈设简单，收拾得却十分认真。一面墙上的挂钩和支架表明那里曾经悬挂着幔帐。保罗知道香客们肯为真正的弗雷曼手工制品付出高昂的价钱。富有的香客把沙漠挂毯视为珍宝，作为朝圣的纪念。

秃墙上新刷的石膏白灰仿佛在指控保罗的罪行。剩下两面墙壁挂着破烂的幔帐，进一步增强了他的负罪感。

他右侧的墙边放着一个狭窄的架子，上面摆了一排肖像，大多数是留着胡子的弗雷曼人，有的穿着蒸馏服，挂着贮水管；有的穿着帝国军服，背景是奇异的异星世界。最常见的景色是大海。

坐在软垫上的弗雷曼人清了清喉咙，保罗回过头来看着他。这人就是奥塞姆，和他在幻象中看到的一模一样：精瘦的脖子鸟颈般细长，显得过分虚弱，难以支撑那颗硕大的头颅；两边脸极不对称，被毁了容——横七竖八的疤痕蛛网般分布在左边脸颊上，另一边脸上的皮肤却完好无损；下垂而潮湿的眼睛流露出诚恳的眼神，是一双弗雷曼人尽是蓝色的眼睛。一只小锚般的大鼻子把脸分成了两半。

奥塞姆的软垫放在一张褐色地毯中央。地毯已经很旧了，露出许多栗色和金色的线头。软垫上满是磨损的斑点和补丁，可是垫子周围的每一小块金属都被打磨得锃亮——肖像架、书架边框和支架，以及右边一个低矮方桌的基座，等等。

保罗朝奥塞姆完好的那半边脸点点头：“很高兴见到你，还有你的住所。”这是老朋友及穴地伙伴见面时通常的问候语。

“又见到你了，友索。”

说出保罗部落名字的声音带着老年人的颤音。毁容的那半边脸上，呆滞下垂的眼睛从羊皮纸般干涩的皮肤和疤痕中抬起来。这半边脸上残留着灰色的胡茬，下巴上挂着粗糙的皮屑。说话的时候，奥塞姆的嘴巴扭动着，露出嘴里银色的金属假牙。

“穆阿迪布永远不会对弗雷曼敢死队员的呼唤置之不理。”保罗说。

藏在门洞阴影里的女人动了一下：“斯第尔格倒是这么夸口来着。”

她走到了光线下。她的长相与那个变脸者假扮过的丽卡娜十分相像。保罗想起来了：奥塞姆娶的是姐妹俩。她有着灰色的头发，巫婆般尖利的鼻子，食指和拇指上像织布工人一样结满老茧。在穴地的日子，一个弗雷曼女人会非常骄傲地展示自己手上的劳动痕迹。可现在，当她发现保罗盯着自己的手时，却很快把它缩进自己淡蓝色的长袍下。

保罗记起了她的名字——杜丽。可让他吃惊的是，他记起的是还是个孩子时的她，而不是出现在他幻象中的此时的她。这是因为她声音里那种怨天尤人的调子，保罗告诉自己，还是个小孩子时，她就喜欢抱怨。

“你们在这里见到了我。”保罗说，“如果斯第尔格不同意的话，我能来这儿吗？”他转身对着奥塞姆，“我身上有你的水债，奥塞姆。命令我吧。”

这是弗雷曼穴地中兄弟间直截了当的对话方式。

奥塞姆虚弱地点点头，这个动作显然让他纤细的脖子有些难以承受。他抬起标志着优裕生活的左手，指着自己被毁掉的那半边脸，“我在塔拉赫尔星染上了裂皮病，友索。”他喘息着说，“就在胜利之后，当我们所有……”一阵剧烈的咳嗽使他停了下来。

“部族的人很快就要来收他身体里的水了。”杜丽说。她走近奥塞姆，把一个枕头靠在他身后，扶住他的肩头，直到咳嗽过去。保罗发现，她还不是很老，可脸上完全是绝望的表情，眼睛里饱含痛苦。

“我会替他请些医生来。”保罗说。

杜丽回过头，单手叉腰。“我们有医生，和您的医生一样好。”她下意识地朝左边光秃秃的墙上瞥了一眼。

好医生是非常昂贵的，保罗想。

他焦躁不安。幻象紧紧压迫着他，但他仍然意识到了幻象与现实之间的细微偏差。他该如何利用这些偏差？未来像一团乱麻，化为现实时总是会发生某种微妙的变化，但还没有实现的未来仍旧是老样子，理不出个头绪，让人沮丧不已。未来在这间屋子里渐渐成形，但他却明确地意识到，如果他试图打破正在这里形成的模式，未来将转变成可怕的暴力。意识到这一点，保罗惊恐不已。未来向现实的流动看似不紧不慢、迂缓温和，但其中却蕴藏着无法遏止的力量，压得他喘不过气来。

“说吧，你想要我做什么？”他大声说。

“在这种时刻，奥塞姆难道不能要求一个朋友站在他的身边吗？”杜丽问，“难道一个弗雷曼敢死队员非把他的遗体交给陌生人处置不可吗？”

我们是泰布穴地的战友，保罗提醒自己，她有权斥责我所表现出来的冷漠无情。

“我愿意尽我所能。”保罗说。

奥塞姆又爆发出一阵咳嗽。平息下来后，他喘着气说：“有人背叛您，友索。弗雷曼人阴谋反叛您。”然后，他嘴巴大张，却发不出任何声音，嘴角涌出阵阵白沫。杜丽用长袍的一角擦拭着他的嘴。保罗看出了她脸上的恼怒表情：这些水分完全被浪费掉了。

保罗愤慨不已。奥塞姆竟然落了个这种下场！一个弗雷曼敢死队员理应得到更好的结局。可现在没有选择——无论是敢死队员，还是他的皇帝，都别无选择。这是奥卡姆的剃刀[1]：一切芜杂都已删削尽净，只剩下最基本的因素，彼此对立，非此即彼。稍有偏差便会带来无尽的恐怖。恐怖不仅仅是针对他们，还针对全人类，连那些一心想摧毁他们的人都不例外。

保罗竭力让自己平静下来，望着杜丽。她凝视着奥塞姆，那种绝望、企盼的神情使保罗心里一紧。绝不能让契妮用这种眼神看我，他告诉自己。

“丽卡娜说你有个口信。”保罗说。

“我那个侏儒，”奥塞姆喘息着，“我买了他，在……在……在一颗星球上……我记不得他的名字了。他是一个人类密波传信

1　又称“奥康剃刀”。该定律由14世纪逻辑学家、圣方济各会修士奥卡姆的威廉提出，主张“如无必要，勿增实体”。

器，一件被特莱拉人丢弃的玩物。他身上记录了所有名字…… 反叛者的……”奥塞姆停下来，颤抖着。

“您提到丽卡娜。”杜丽说，“您一到这里，我们就知道她已经平安地到了您那里。如果您认为这是奥塞姆加在您身上的新债，丽卡娜就是支付这笔债务所需的全部金额。公平交易，让她平安归来，友索。带上那个侏儒，走吧。”

保罗勉强压下一阵颤抖，闭上了眼睛。丽卡娜！那个真正的女儿已经变成了一具沙漠里的干尸，被塞缪塔迷药摧毁，遗弃在风沙之中。保罗睁开眼，说：“你们本来随时都可以来找我，无论什么事……”

“奥塞姆有意避开您，这样一来，别人或许会把他当成恨你的那些人中的一员，友索。”杜丽说，“在我们屋子的南面，街的尽头，就是您的敌人们聚会的地方。这也是我们选择这间陋室的原因。”

“那么叫上那个侏儒，我们一起走，马上离开。”保罗说。

“看来您没有听明白我的意思。”杜丽说。

“您必须把这个侏儒带到一个安全的地方。”奥塞姆说，声音里突然爆发出一股奇异的力量，“他身上带着唯一一份所有反叛者的记录。没有人猜到他有这样的才能。他们以为我留着他只是好玩。”

“我们不能走。”杜丽说，“只有您和这个侏儒可以走。大家都知道…… 我们是多么穷。我们已经放出风声说要卖掉侏儒。他们会把您看成买家。这是您唯一的机会。”

保罗检视着自己记忆中的幻象：在幻象中，他带着反叛者名单离开了这儿，可他始终看不到这名单是如何带走的。很明显，别的某种预知能力保护着这个侏儒，使他无法看到。保罗想，所有生物原本一定都各有自己的宿命，但种种力量都在扭曲这种宿命，在种种引导和安排之下，它终于发生了偏差。从圣战选择了他的那一刻开始，他就感到威力无比的大众力量包围了他，控制着他前进的方向。他现在还保存着一丝自由意志的幻想，但它只不过相当于一个无望的囚徒，徒劳无益地摇晃着自己的牢笼。他的祸根就是，他看到了这个牢笼。他看到了它！

他仔细倾听着屋子里的动静：只有四个人——杜丽、奥塞姆、侏儒，还有他自己。他呼吸着同伴们的恐惧和紧张，他感应到了躲藏在暗处的监视者——他的手下、远远地盘旋在空中的扑翼飞机……还有别的人……就在隔壁。

我犯了个错误，不应该怀有希望，保罗想。但对希望的幻想本身却给他带来了一丝扭曲的希望。他感到自己或许还能抓住稍纵即逝的机会。

“叫那个侏儒来。”他说。

“比加斯！”杜丽叫道。

“你叫我？”侏儒从后院走了进来，脸上带着担忧而警觉的表情。

“你有了新主人，比加斯。”杜丽说，她盯着保罗，“你可以叫他……友索。”

“友索，柱子的基石的意思。”比加斯自己把意思翻译出来，“友索怎么可能是基石呢？我才是生命的最下层。”

“他总是这样说话。”奥塞姆带着歉意说。

“我不说话。”比加斯说，“我只是操纵一台叫作语言的机器。这台机器嘎吱作响，破烂不堪，可它是我自己的。”

一个特莱拉人造出的玩物，却很有学问，十分机警，保罗想，特莱拉人从未丢弃过这样贵重的东西。他转过身，琢磨着这个侏儒。对方那双圆滚滚的香料蓝眼睛直愣愣地瞪着他。

“你还有什么别的才能，比加斯？”保罗问。

“我知道我们应该什么时候离开。”比加斯说，“很少有人具备这种才能。任何事情都有个结束的时候——知道结束，才能为其他事开个好头。让我们开始吧，该上路了，友索。”保罗再次检查着保存在自己记忆中的预知幻象：没有侏儒，但这个小个子的话很对。

“刚才在门口的时候，你叫我陛下。”保罗说，“这就是说，你知道我是谁？”

“我不是已经管您叫陛下了吗，陛下？”比加斯说着，咧嘴笑了，“您不只是基石友索。您是厄崔迪皇帝，保罗·穆阿迪布。而且，您还是我的手指。”他伸出右手的食指。

“比加斯！”杜丽厉声说，“别玩火，别耍弄命运。”

“我只是耍弄耍弄我的手指头啊。”比加斯抗议起来，声音吱吱呀呀的。他指着友索：“我指着友索。我的手指难道不是友索本人吗？或者，它代表某种比基石的位置更低的东西？”带着嘲弄的笑意，他把手指伸到眼睛前面细细查看，先看一面，再看另一面：“啊哈，原来它只不过是一只手指而已。”

“他老是这样，吵吵嚷嚷，喋喋不休。”杜丽说，声音里带着忧虑，“我想，就是因为这个，特莱拉人才会丢弃他。”

“我不喜欢别人像主子一样保护我，”比加斯说，“可我现在却有了一位新主子。这根手指可真是妙用无穷啊。”他瞅了瞅杜丽和奥塞姆，眼睛奇怪地闪闪发亮，“把我们黏合在一起的黏合剂是很不牢靠的。几滴眼泪，我们就分开了。”侏儒转了个360度的圈子面对保罗，大脚板踩得地板嘎吱作响。“啊，我的主人！我走过多么漫长的道路，总算找到您了。”

保罗点点头。

“您会很仁慈吗，友索？”比加斯问，“我是一个人，您也知道，人的模样块头各不相同，站在您面前的就是其中的一员。我的肌肉不发达，可我的嘴巴很有劲儿；我吃得不多，可要填饱却很费事。随您的意使唤我吧，把我掏空也不怕，我肚子里总有干货，比您送进去的饲料多得多。”

“我们没工夫听你那些愚蠢的俏皮话。”杜丽厉声说，“你们该去了。”

“我的俏皮话都是双关语，”比加斯说，“而且它们也不完全是愚蠢的。‘去了’，友索，就是成为逝者的意思。是吗？那么，就让逝者逝去吧。杜丽一语道出了事实，而我正好有听出事实的才能。”

“这么说，你能感知真相？”保罗问。他决心再等等，耗到自己幻象中动身的那一刻。随便做什么，总比打破既定的未来时间线、弄出新结局要好。在他的幻象中，奥塞姆还有话要说，除非未来已经改变，进入了更可怕的隧道。

“我能感知现在。”比加斯说。

保罗注意到侏儒变得越来越紧张。难道这小人意识到了接下来会发生什么事？比加斯会不会也有预知能力，正是这种预知能力使他没有出现在自己的幻象之中？

“你问过丽卡娜的情况吗？”奥塞姆突然问，用他的一只好眼睛注视着杜丽。

“丽卡娜很安全。”杜丽说。

保罗低下头掩饰自己的表情，以免他们看出自己在撒谎。安全！丽卡娜已经变成了灰，埋在一个秘密墓穴里。

“那就好。”奥塞姆说，误将保罗的低头看成了认可，“这么多糟糕事中，总算还有个好消息，友索。我不喜欢我们创造的这个世界，您知道吗？自由自在生活在沙漠的时候比现在好，那时我们的敌人只有哈克南家族。”

“许多所谓的朋友和敌人，其间只有一道细线。”比加斯说，“只要划下这道线，那就没有什么开始，也没有什么结束了。让我们结束这道线吧，我的朋友们。”他走到保罗旁边，两只脚紧张地挪动着。

“你刚才说你能感知现在，这是什么意思？”保罗问。他想尽量拖延时间，刺激这个侏儒。

“现在！”比加斯颤抖着说，“现在就走！现在就走！”他拽住保罗的长袍，“我们现在就走吧！”

“他是个碎嘴子，老是喋喋不休，不过没什么恶意。”奥塞姆说，声音中充满爱怜，那只好眼睛凝视着比加斯。

“就算碎嘴也能发出启程的信号，”比加斯说，“眼泪也行。趁现在还有时间重新开始，让我们去吧。”

“比加斯，你害怕什么？”保罗问。

“我害怕正在搜寻我的幽灵。”比加斯咕哝着，他的前额上渗出一层汗珠，脸颊扭曲着，“我害怕那个什么都不想、谁都不要，却一心只想着我的东西——那东西又缩回去了！我害怕我看得见的东西，也害怕我看不见的东西。”

这个侏儒确实拥有预知力量，保罗想。比加斯和他一样，也看到了那个可怕的未来。他的命运也同他一样吗？这个侏儒的预知力量到底有多强？和那些胡乱摆弄沙丘塔罗牌的人一样？或者远为强大？他看到了多少？

“你们最好赶紧走。”杜丽说，“比加斯是对的。”

“我们逗留的每一分钟，”比加斯说，“都是在拖延……在拖延现在！”

但对我来说，每拖延一分钟，我的罪孽便迟一分钟到来，保罗想。他想起了许久以前的往事：沙虫呼出阵阵毒气，沙土从它的牙齿上一股股撒落下来。他的鼻端又嗅到了记忆中的气息：又苦又涩。命中注定的那只沙虫正等待着他，他能感应到，感应到那所谓的“沙漠中的葬身之处”。

“艰难时世啊。”他说，以此回答奥塞姆关于时代变迁的那句话。

“弗雷曼人知道在艰难时世里应该怎么做。”杜丽说。

奥塞姆无力地点点头，表示赞同。

保罗瞥了一眼杜丽。他本来就没指望得到别人的感激，他的负担已经够重了，再也难以承受感激之情。但是，奥塞姆的痛苦和杜丽眼中流露的怨愤动摇了他的决心。付出这么大的代价，值得吗？

“拖延没有意义。”杜丽说。

“做您必须做的事吧，友索。”奥塞姆喘息着。

保罗叹了口气。在他的幻象中，这些话出现过。“一切总归会有一个了结。”他说，完成了幻象中的对话。他转过身，大踏步走出房间，只听比加斯噼啪噼啪的脚步声在后面跟着。

“逝去，逝去。”比加斯一边走一边咕哝着，“逝去的人和物，就让它们去到它们应该去的地方吧。这一天真够呛。”

在法律上，我们运用了一整套晦涩难懂的术语。这很有必要。因为费解的词语能够掩饰我们希望对彼此施加的暴力。剥夺某人一小时生命，和剥夺他的整个生命，两者之间只存在程度上的差别。无论选择哪一种，你都对他实施了暴力，削弱了他的力量。精致而委婉的词语或许能掩饰你杀人的意图，但在任何暴力之后，都存在着一个最基本的假设："我攫取你的力量，以满足我的需求。"

——保罗·穆阿迪布皇帝在议会上的指令附录

保罗从死胡同里走出来的时候，一号月亮已经高高地挂在头顶。屏蔽场已经启动，在他周身闪闪发光。山丘那边吹过来一阵狂风，裹着沙子和灰尘，从狭窄的街道上扫过。比加斯两眼眨巴着，双手挡在眼前。

"我们必须赶快。"侏儒咕哝着，"赶快！赶快！"

"你感应到危险了？"保罗问，想知道究竟。

"我知道危险！"

危险立即来临了。一个门洞里突然闪出一个人影，来到他们面前。

比加斯往下一蹲，发出一声哽咽。

但这个像战争机器一样快步走来的人只不过是斯第尔格。他的脑袋稍稍探向前方，有力的双脚踏过街道。

保罗把侏儒交给斯第尔格，只用几句话便让对方知道了他的价值。在幻象中，到这里时，发展的步子非常快。斯第尔格带着比加斯很快离开，卫队集结在保罗周围。命令下达了，让队员沿街下去，赶到奥塞姆家旁边那座房子去。队员们急忙遵命，一时间人影晃动，阴影憧憧。

又是一批送死的，保罗想。

“抓活的。”一个卫队军官悄声吩咐。

这个声音就像幻象的回音，在保罗耳边响起。幻象与现实重叠在一起，分毫不差：幻象——现实，嘀嗒——嘀嗒，环环相扣。月光中，扑翼飞机飘然降落。

这个夜晚，帝国军队在行动。

种种动静中响起一阵轻微的嘘嘘声，越来越响，变成阵阵怒吼，但仍能听出其中的摩擦音。天边燃起了暗橙色的火光，遮蔽了星星，吞没了月亮。

在自己最早的噩梦中，保罗瞥见过这个幻象，就是这样的声音和火焰。他有一种终于履行了什么的古怪感觉。一切都按照应有的样子在进行。“熔岩弹！”有人惊呼。

“熔岩弹！”喊声四起。

“熔岩弹……熔岩弹……”

保罗急忙伸出手臂遮住自己的脸，一头扑倒在路沿下。太迟了，当然。

奥塞姆的房子所在的地方现在是一根火柱，令人窒息的气流咆哮着冲向天空，散发出黄褐色的亮光，照着那群混乱逃窜、浮雕般清晰的人，挣扎和逃跑的动作宛如芭蕾舞。侧飞后退的扑翼飞机同样在这种亮光下暴露无遗。

对疯狂逃窜的人群来说，一切都来不及了。

保罗身下的地面变得滚烫。他听到跑动的声音停止了，人们在他周围扑倒在地。现在，所有人都意识到了，奔逃是徒劳无益的。损失已经形成，无可挽回了，现在只能等待熔岩弹将它的能量彻底耗尽。没有人能逃过这东西发出的辐射，它已经穿透了他们的皮肤，辐射效应已经呈现。至于这种武器造成的伤害会达到什么程度，只能看它那个违反兰兹拉德联合会有关原子武器禁令的使用者有什么打算了。

“上帝啊……熔岩弹。”有人哀号，“我……不……想……成……为……瞎子……”

“这是谁干的？”远处一个士兵吼道。

“特莱拉人又可以卖出很多眼睛了。”某个站在保罗身边的人吼道，“好了，都闭嘴，等着！”

他们全都等待着。

保罗一声不吭，想着这种武器。装药量足的话，它的威力甚至可以直达星球的核心。沙丘星地壳的热熔层埋得很深，可越是这样，危险就越大。它深埋地核，承受着巨大的压力，一旦被炸开，爆炸的力量有可能彻底撕裂整颗星球，把它毫无生气的碎片撒满太空。

“爆炸好像小了一点。”有人说。

“只是往地下炸得更深了。”保罗警告他们，“所有人，待在原地不动。斯第尔格会来增援的。”

“斯第尔格逃过了这一劫？”

“对。”

“地面好烫。”有人抱怨。

“他们胆敢用原子武器！”保罗附近的一个队员气愤地说。

“爆炸声减弱了。”街那边一个人说。

保罗好像没有听到这些话，全神贯注于撑着地面的手指尖。他能感觉到某种东西在翻滚、颤抖——向地心深处前进……前进……

“我的眼睛！”有人哭喊，“我看不见了！”

他比我更接近爆炸中心，保罗想。抬起头时，他仍然可以看到那条胡同，但还是觉得眼前似乎有一层浓雾，模模糊糊的看不清楚。奥塞姆的房子成了一片橙色火焰，和它相邻的房子也是一片火海。火光映衬下，相邻的几幢建筑成了黑色，不断坍塌进这个大火坑。

保罗爬了起来。熔岩弹的能量好像已经耗尽了，脚下的大地平静了。紧贴着蒸馏服滑溜溜内衬的身体汗水淋漓——出汗太多，连蒸馏服都来不及回收。吸进肺里的空气带着爆炸的灼热和刺鼻的硫黄味。

他望着身边的士兵一个接一个站立起来，就在这时，蒙在保罗眼前的那层浓雾渐渐化为一片黑暗。但他的记忆中还保留着这一刻的预知幻象，他调出幻象。预知能力早已向他昭示了时间线中的这一刻，他把自己紧密嵌合在幻象之中，使幻象无法逃逸。于是，他感到自己又看到了周围的一切，仿佛既通过眼睛，又通过预知能力。现实和幻象铆接在一起。

周围的士兵发出痛苦的呻吟和号叫，他们发现自己什么也看不见了。

“坚持住！”保罗叫道，“增援就要到了！”可哀鸣声依然不绝于耳。他说：“我是穆阿迪布！我命令你们坚持住！增援快到了！”

他们沉默了。

然后，恰如幻象所示，身边的一个卫兵说：“真的是皇帝吗？你们谁能看见？告诉我！”

“我们都没有了眼睛。”保罗说，“他们同样取走了我的眼睛，但没有取走我的幻象。我能看见你站在那儿，左边伸手可及的地方是一堵脏兮兮的墙。勇敢些，等待。斯第尔格会来的，而且带着我们的朋友们。”

附近响起扑翼飞机的噗噗声，越来越响。还有急促的脚步声。保罗看见他的朋友们来了，有意识地将他们的声音和他在预知幻象中看到的他们的形象一一对应。

“斯第尔格！”保罗叫起来，挥舞着一只手臂，“在这儿！”

“感谢夏胡鲁。”斯第尔格叫道，朝保罗冲过来，“您没有……”他突然沉默了。保罗的幻象向他显示出，斯第尔格正一脸痛苦地盯着他的皇帝、也是他的朋友那双被毁的眼睛，“哦，陛下。”斯第尔格呻吟着，“友索……友索……友索……”

“熔岩弹的情况怎么样？”一个新来的人吼道。

“它的能量已经耗尽。”保罗抬高声音说，手一指，“快去那儿，救援靠近爆炸中心的人。竖起路障。赶快行动！”他回过头，对着斯第尔格。

“您看见我了，陛下？”斯第尔格迷惑不解地问，“您怎么能看见呢？”

作为回答，保罗伸出一根手指，碰了碰斯第尔格蒸馏服呼吸器之上的脸颊。他感觉到了上面的泪水，“你不必把这些水留给我，老朋友。”保罗说，“我还没死呢。”

“可您的眼睛！”

“他们可以弄瞎我的眼睛，却弄不瞎我的幻象。”保罗说，“啊，斯第尔格。我生活在一个预示着世界毁灭的梦中。我走过的每一步都和这个梦相符，如此精确，我只担心我会感到厌倦，因为生活完全是梦境的重演。”

“友索，我不，我不……”

“用不着试图理解它。接受它吧。我生活在这个世界以外的另一个世界。对我来说，这两个世界完全一样。我不需要别人的扶持。我能看见周围的每一个动作，我能看见你脸上的每一个表情。我没有眼睛，可我看得见。”

斯第尔格使劲摇摇头："陛下，我们必须隐瞒您的不幸……"

"我们不必向任何人隐瞒。"保罗说。

"可法律……"

"我们现在遵循的是厄崔迪家族的法律，斯第尔格。弗雷曼人的法律规定将瞎子遗弃在沙漠里，但这条法律只适用于瞎子。我不是瞎子。我的生活是一种重复，重复着善恶决战的那一幕。我们生活在时代的转折点，一举一动都将影响我们之后的无数世代，我们各有自己扮演的角色，让我们演好自己的角色吧。"

斯第尔格沉默了。在这突如其来的寂静中，保罗只听到一个伤员被人扶着从自己身边走过。"太可怕了。"伤员呻吟着，"那么猛烈的火焰，铺天盖地。"

"不要把这些人遗弃在沙漠里。"保罗说，"你听到了吗，斯第尔格？"

"听到了，陛下。"

"给他们全部装上新眼睛，费用我来付。"

"是，陛下。"

保罗听出了斯第尔格声音里的敬畏，这才接着说："我到扑翼飞机的指挥舱去。这儿你来负责。"

"是，陛下。"

保罗绕过斯第尔格，大踏步朝街那边走去。他的幻象告诉了他周围人们的每一个动作、脚下的每一片凸凹不平的土地、他遇到的每一张脸。他一边走一边发出命令，指着他的随从，叫出他们的名字，召见重要的政府官员。他能感觉到人们的恐惧和害怕的低语。

“他的眼睛！”

“可他在瞪着你，还叫出了你的名字！”

在指挥舱里，他关闭了自己的屏蔽场，走进驾驶舱，从一个目瞪口呆的通信官手里拿过话筒，迅速发布了一连串命令，然后又猛地把话筒塞给通信官。保罗叫来了一名武器专家，此人是热情洋溢、才华横溢的新生代之一，这批人只隐隐约约记得一点点儿时在穴地的生活。

“他们引爆了一颗熔岩弹。”保罗说。

短暂的沉默后，这人说：“我已经知道了，陛下。”

“你自然知道那意味着什么。”

“熔岩弹的能量只可能是原子能。”

保罗点点头，这人的脑子这会儿一定在飞速运转。原子武器，兰兹拉德联合会明令禁止使用这类武器，违禁者将遭到大家族的联合剿杀。大家将抛弃古老的家族世仇，共同对付原子弹带来的恐怖和威胁。

“制造这种东西不可能不留下任何蛛丝马迹。”保罗说，“你要组织人手，带上合适的装备，找到熔岩弹的制造地点。”

“我马上去，陛下。”这人用惊恐的眼神看了保罗一眼，赶紧离开了。

“陛下，”通信官在他后面怯怯地说，“您的眼睛……”

保罗转身走进扑翼飞机，将通信装置调到自己的频段，“把契妮找来，”他命令道，“告诉她……告诉她我还活着，马上就会和她见面。”

现在，各种力量都已经启动了，保罗想。他在周围浓重的汗味中闻到了恐惧。

他离开了厄莉娅，

离开那孕育天堂的子宫！神圣啊，神圣啊，神圣啊！

如火沙般凶恶的敌人联合起来

对抗我们的主宰。

他能看见，

即使没有眼睛！

即使恶魔降下灾祸！

神圣啊，神圣啊，神圣啊！

这个难解的谜团，

他解开了。

成为献身者！

——《穆阿迪布之歌·月亮的坠落》

整整七天高热辐射似的疯狂骚动之后，皇宫总算平静下来了。早晨，人们开始出来走动，聚在一块儿窃窃私语，步履又轻又慢。也有人跑来跑去，样子非常奇怪：踮着脚，步子却急匆匆像逃命一般。一支警卫部队从前院进来，引起一阵疑惑。这些新来者响亮的脚步声、四下布防的动静、摆弄武器的声音，无不引得大家紧皱眉头。但没过多久，新来者也感染了这里鬼鬼祟祟的气氛，开始蹑手蹑脚起来。

熔岩弹仍然是人们议论不休的话题。

“他说，那种火焰是蓝绿色的，还带着一股地狱的气味。”

“爱尔帕是个傻瓜！他说宁愿自杀也不要特莱拉人的眼睛。”

“我不想谈论眼睛的事。”

“穆阿迪布从我身边走过的时候叫出了我的名字！”

“没有眼睛他是怎么看见的？”

“大家正打算离开这儿，你听说了吗？人人都觉得害怕。耐布们说要去梅克布穴地，召开一次大会。”

“他们对那个颂词作者做了什么？”

“我看见他被带进了耐布们开会的房间。想想看，柯巴居然成了囚犯！”

契妮很早就起来了，是被皇宫的寂静惊起的。她发现保罗正坐在自己旁边，没有眼睛的眼窝盯着卧室墙壁的某个地方。熔岩弹对眼睛的特殊组织造成了巨大的伤害，只好挖去被毁的肌肉。针剂和外用油膏挽救了眼窝周围生命力旺盛的肌肉，但她感到，辐射已经深入，其危害范围已经超出眼睛了。

她坐了起来，突然觉得饿得要命。她狼吞虎咽地吃掉了摆在床边的食物：香料面包，一大块奶酪。

保罗指指食物：“这方面，亲爱的，实在是没法子，相信我。”

直到现在，那双空空的眼窝对着契妮的时候，她还是禁不住有点害怕。她已经不指望听明白他的解释了。他那些话未免太奇怪了：“我接受了沙漠的洗礼，代价就是，我丧失了我的信仰。现在谁还做信仰这种生意？谁会买，谁又会卖？”

这些话到底是什么意思？

他慷慨地为所有和他同遭不幸的士兵买了特莱拉人的眼睛，但他自己不用，甚至拒绝考虑。

契妮吃饱了，从床上溜下来，瞥了一眼身后的保罗。他看起来很疲惫，嘴唇闭得紧紧的，深色的头发一根根竖着，凌乱不堪，显然没睡好觉，表情阴郁而冷淡。对他来说，睡眠似乎没起到恢复体力的作用。她转过脸，悄声说：“亲爱的……亲爱的……”他伸出手，把她重新拉上床，吻着她的脸颊。“快了，就要回到我们的沙漠了。”他悄声说，“只要把这儿的几件事办完就行。”

她为他话里的决绝之意战栗不已。

他把她紧紧抱在怀里，呢喃着：“不要怕我，我的塞哈亚。忘掉种种神秘，接受我的爱吧。爱不神秘，它来自生活。你没有感觉到吗？”

“我感觉到了。”

她一只手掌按在他的胸脯上，数着他的心跳。他的爱唤醒了她内心的弗雷曼灵魂，让它奔腾不止、汹涌澎湃、狂野不羁。一种无比的力量包围了她。

“我许诺你一件事，亲爱的。”他说，“我们的孩子将统治一个无比辉煌、无比伟大的帝国，跟这个帝国相比，我的帝国将不值一提。”

“可我们只能拥有现在！”她反驳着，竭力压下一声无泪的呜咽，“还有……我觉得我们的时间……不多了。”

“我们永远在一起，我们拥有永恒，亲爱的。”

“你或许会拥有永恒，可我只有现在。”

“现在就是永远。”他拍了拍她的前额。

她紧紧靠着他，嘴唇吻着他的脖子。压力搅动了子宫里的胎儿。她感到胎儿在踢她。

保罗也感到了。他把手放在她的肚腹上：“啊哈，宇宙的小统治者，再耐心等等，你的时代就要到了。可现在是属于我的。”

提起她肚子里的孩子时，他为什么总用单数？难道医生没有告诉他吗？她搜寻着自己的记忆，惊奇地发现他们之间从未谈到过这个问题。但他一定知道她怀的是双胞胎。她犹豫着，想把这个问题提出来。他一定知道，他什么都知道，他知道她的一切。他的手，他的嘴……他浑身上下都知道她。

隔了一会儿，她说：“是的，亲爱的，现在就是永远……现在就是现实。”她紧紧闭上眼睛，以免看到他那双黑洞洞的眼窝，使她的灵魂从天堂被拽到地狱。无论他如何用神奇的异术诠释他们的生活，他的肌肤都是真实的，他的爱抚也是真实的。

起床穿衣，迎接新的一天时，她说：“要是人民知道你心中的这种爱……”

但他的情绪已经变了。“政治不能以爱为基础。”他说，“人民不关心爱。爱这种东西太难以捉摸、太无序了，他们更喜欢专制。太多的自由会滋生混乱。我们不能混乱，对吗？而专制是不可能打扮得充满爱意的。”

“但你不是个专制君主啊！”她一边抗议，一边系着自己的头巾，“你的法律是公正的。”

“啊，法律。”他说。他走到窗前，拉开帷幔，好像能看见外面似的，“什么是法律？控制吗？法律过滤了混乱，滤下来的又是什么？祥和？法律既是我们的最高理想，又是我们最根本的天性。法律经不起细看，认真琢磨的话，你会发现它只不过是一套理性化的阐释、合法的诡辩、一些方便人们运用的先例。对，还有祥和，但那不过是死亡的代名词而已。”

契妮的嘴抿成了一条线。她不否认他的智慧和聪敏，可他的语气吓坏了她。他在攻击自己，她能感受到他内心的矛盾痛苦。他仿佛正将一句弗雷曼格言应用到自己身上：永不宽恕——永不忘却。

她走到他身边，视线越过他朝外望去。白天正在积蓄热量，将北风从高纬度地区吸引过来。风在天空中涂抹着一片片赭色羽毛般的云朵，隔出一条条透明的天空，让它的模样越来越怪诞，不断变换着金色和红色。高空中冷冷的狂风卷裹着尘沙，扑打着屏蔽场城墙。

保罗感到了旁边契妮温暖的身体。他暂时在自己的幻象上拉下一道遗忘的帘子。他想就这样站着，闭上眼睛。尽管如此，时间却不会因为他而停止。脑海中一片黑暗——没有星星，也没有眼泪。他的痛苦融化了所有感情，只剩下唯一的一种：惊讶。宇宙压缩成一片音响，这些声音使他震惊不已。他的感官消失了，一切只能依靠听觉，只有当他触摸到什么物体的时候，可感知的宇宙才重新回到他的身边：帷幔，还有契妮的手……他发现自己正仔细聆听契妮的呼吸。

世间存在能给人带来不安全之感的东西，可当这种东西还仅仅是一种可能时，这种不安全感又从何提起呢？他问自己。他的大脑里堆积着太多支离破碎的记忆，每一个现实的瞬间都同时存在着无数投影，存在着大量已经注定不可能实现的可能性。身体内部看不见的自我记住了这些虚假的过去，它们带来的沉重负荷时时威胁着要淹没现在。

契妮倚在他的手臂上。

她的抚触使他感受到了自己的身体：在时间的旋涡中沉浮的躯壳，还有无数瞥见永恒的记忆。窥见永恒就是暴露在永恒的反复无常之下，被无数个维度挤压着。预知似乎能让你超凡入圣，但它也在索求着代价：对你来说，过去和未来发生在同一时刻。

幻象再次从黑暗的深渊中冒出来，攫住了他。它是他的眼睛，引导着他身体的动作，指引他进入下一个瞬间、下一个小时、下一天……直到让他感到自己早已经历过未来的一切！

“我们该出去了。”契妮说，“议会……”

“厄莉娅会代替我的。”

“她知道该怎么做吗？”

“她知道。”

一队卫兵冲进厄莉娅住所下面的阅兵场，由此开始了她新的一天。她朝下面看了一眼，那是一幅疯狂混乱的景象：人们在大喊大叫，吵嚷着威吓的言辞。她最后终于明白了他们在干什么，因为她认出了那个囚犯：柯巴，那个颂词作者。

她开始洗漱，不时走到窗口去瞧瞧下面的情况。她的视线不断落到柯巴身上，竭力将此时的这个人与第三次厄拉奇恩战争中那位满脸大胡子的剽悍指挥官联系在一起。但这是不可能的。现在的柯巴已经变成了一个衣饰雅致的漂亮人物，穿着一件剪裁精致的帕拉图丝质长袍。长袍一直敞开到腰间，露出洗熨整洁、漂亮精致的轮状皱领和镶有滚边、缀着绿色宝石的衬衣。一条紫色腰带束在腰部。长袍肩部以下的深绿色衣袖精心剪裁出一段段皱褶。

几个耐布来了，看他们的弗雷曼同胞受到的待遇是否公正。他们的到来引起一阵喧嚣。柯巴激动起来，开始大喊自己是无辜的。厄莉娅的目光扫视着这一张张弗雷曼人的面孔，试图回想起这些人过去的模样。但现在遮蔽了过去。这些人已经全部变成了享乐主义者，享受着大多数人难以想象的种种愉悦。

她发现，这些人不时不安地望向一扇门，门里就是他们即将召开会议的地方。穆阿迪布的事一直在他们心中萦绕不去：失明，却又能够看见。这件事再一次显示了他的神力。根据他们的法律，盲人应该被遗弃在沙漠里，将他身体内的水分交给夏胡鲁。可是，没有眼睛的穆阿迪布却偏偏能看见。另外，他们也不喜欢这些建筑，在这种房子里面，他们觉得自己脆弱不堪，随时可能遭到攻击。如果有一个合适的岩洞，他们或许能放松些——但不是在这儿，和等在里面的这个没有眼睛却能看见一切的穆阿迪布在一起，他们无论如何也产生不了安全感。

她转身朝下面走，准备参加会议，就在这时，她看到了被她放在门边桌子上的一封信：母亲最近的一封来信。尽管卡拉丹星球因为是保罗的出生地而备受尊敬，杰西卡夫人仍然拒绝让该星球成为众人的朝圣之地。

“无疑，我的儿子是一个划时代的人物。”她写道，“可我不想使这一点成为暴民们入侵的借口。”

厄莉娅摸了摸这封信，她产生了一种奇特的感觉，仿佛在与母亲互动。这张纸曾经放在母亲的手中。信，真是古老的通信形式，却有一种任何录制品无法取代的私人意味。这封信是用厄崔迪家族的战时密语写的，其保密性几乎万无一失。

和以往一样，一想到母亲，厄莉娅的内心便一片混沌。香料混淆了母亲和女儿的灵魂，使她不时把保罗想成自己生养的儿子，把父亲想成自己的爱侣。无数可能的人和物宛如幽灵幻影，在她的头脑里狂舞。厄莉娅一边走下坡道，一边回想着这封信的内容。她那些勇猛的女卫兵正在接待室里等着她。

“你们制造了一个致命的悖论。”杰西卡写道，“政府不能既是宗教的，又独断专行。宗教体验有其自发性，法律却要压制这种自发性。而没有法律，政府就无法统治。你们的法律最终注定会取代道德、取代良心，甚至取代你们认为可以用于统治的宗教。宗教仪式一定来源于对神明的赞美和渴望，并且从中锤炼出道德感。而另一方面，政府是一个世俗组织，疑虑、问题和争执是它不可避免的组成部分。我相信总有一天，仪式会取代信仰，象征符号会取代道德。”

接待室传来香料咖啡的味道。见她进来，四名身穿绿色值班长袍的卫兵转身立正敬礼。她们跟在她身后一步远的地方，坚定有力的步伐中透出青春的力量，警惕的眼睛搜索着麻烦的迹象。她们脸上的表情不是敬畏，而是狂热，浑身上下透露出弗雷曼人的暴力本性：即使随意杀人也没有半分内疚之感。

*在这方面，我是一个异类，*厄莉娅*想，即使没有杀人的嗜好，厄崔迪家族的名声也已经够糟糕的了。*

她下楼的消息已经传递出去了。当她走进下面大厅的时候，一个等在那儿的听差飞奔出去，召集外面的卫队。大厅没有窗户，非常幽暗，仅靠几盏灯光微弱的球形灯照明。房间尽头，通往阅兵场的门猛地打开，一束耀眼的日光射了进来。阳光中，一队士兵押着柯巴走进视野。

“斯第尔格在哪儿？”厄莉娅问。

“已经在里面了。”一个女卫兵说。

厄莉娅领头走进气度不凡的会议室。这是皇宫里几间用以炫耀的接见大厅之一。大厅一面是高高的楼座，放着一排排软椅。楼座对面是被橘红色帷幔遮住的落地长窗，只有一扇没被遮住，明亮的阳光从这里泼洒进来。窗外是一片宽敞的空地，有一个花园，还有喷泉。在她右边快到房间尽头的地方立着一个讲台，上面孤零零放着一张巨大的座椅。

厄莉娅朝椅子走去，眼睛来回扫视了一下，看到楼座上挤满了耐布。

楼座下的空地上挤满皇室卫兵，斯第尔格在他们中间走来走去，不时轻声说句什么、发布一句命令，完全没有看见厄莉娅进来。

柯巴被带了进来，坐在一张低矮的桌子旁。桌子在讲台下面，桌旁的地板上放着坐垫。尽管衣饰华丽，颂词作者现在却只是一个阴郁而倦怠的老人，蜷缩在用来抵御屋外寒风的长袍里。两个押解卫兵站在他身后。

厄莉娅坐下，斯第尔格也来到讲台边。

“穆阿迪布在哪儿？”他问。

“我哥哥委派我以圣母的身份主持会议。”厄莉娅说。

听到这话，楼座里的耐布开始高声抗议。

“安静！”厄莉娅命令道。在突如其来的寂静中，她说：“当事件重大、生死攸关时，可以由圣母主持会议。弗雷曼法律难道不是这样说的吗？”

她的声音回荡在会场里，耐布们彻底安静了。可厄莉娅愤怒的目光仍旧注视着那一排排脸庞。她在心里默默记下他们的名字，准备在议会上谈谈这些人：霍巴斯、雷杰芬雷、塔斯敏、萨杰德、尤布、勒格……这些名字都跟沙丘星的某个部分相关：尤布穴地、塔斯敏盆地、霍巴斯隘口……

她把视线转向柯巴。

柯巴发现她望着自己，于是抬起头说："我抗议，我是无辜的。"

"斯第尔格，宣读起诉书。"厄莉娅说。

斯第尔格取出一个棕色的香料纸卷轴，向前跨了一步。他开始宣读，声音郑重庄严，起诉的字句斩钉截铁，充满正义：

"……和反叛者密谋毁灭我们的皇帝陛下；秘密会见帝国的各种反叛势力……"

柯巴不断摇头，脸上带着痛苦而愤怒的表情。

厄莉娅凝神静气地听着，下巴支在左拳头上，头也歪在左边，另一只手臂搭在椅子扶手上。她不再关心接下来的程序，心中的不安之感已经压倒了程序、仪式方面的事。

"……古老的传统……支撑着军团和各处的弗雷曼人……根据法律，用暴力对付暴力……帝国臣民至尊无上的统治者……剥夺你的一切权利……"

一派胡言乱语，她想。胡言乱语！一切都是——胡言乱语……胡言乱语……胡言乱语……

斯第尔格已经接近尾声："因此，特此提交该案件，以供裁决。"

接下来是一片沉默，然后，柯巴向前一倾身，双手紧紧抓住膝盖，青筋暴绽的脖子向上伸着，全身像准备跳跃似的。他开始说话，从他的牙齿之间能看到他舌头的动作。

"没有任何证言和事实证明我背叛了我的弗雷曼誓约！我要求与我的原告当面对质！"

简单而有力的反驳，厄莉娅想。

她看得出来，这句话对耐布们产生了很大影响。他们了解柯巴，他是他们中的一员。为了成为耐布，他早已证明自己兼具弗雷曼人的勇气和谨慎。柯巴，不是最杰出的，但是可靠；其能力也许不足以指导战争，但完全可以充任后勤官员；不是一个振臂一呼应者云集的人，却拥有古老的弗雷曼美德，将部族的利益置于一切之上。

从保罗口中，她得知了奥塞姆临终时所说的那些痛心疾首的话。这时，这些话在厄莉娅脑海中闪过。她看了看楼座。这些人每一个都可能将心比心，将自己置于柯巴所处的位置——其中有些确实大有成为阶下囚的可能。就算是完全清白的耐布，也和那些不那么清白的耐布同样危险。

柯巴也感觉到了耐布们的情绪。“谁指控我？”他质问道，“我是弗雷曼人，有权知道我的原告是谁。”

“也许是你指控你自己。”厄莉娅说。

柯巴一时来不及掩饰，脸上霎时露出了惊恐的神情。对于神秘未知事物的惊恐。每个人都读到了他脸上的表情，也明白其原因：厄莉娅竟然亲自指控，也就是说，她利用自己的神力，从汝赫世界，那个与现实世界平行的神秘世界中得到了证据。

“我们的敌人中有弗雷曼人加盟。”厄莉娅继续说，“捕水器被破坏了，引水渠被炸毁了，作物被毒死了，还发生了盗抢蓄水的事件……”

“现在——他们还从沙漠中偷了一条沙虫，把它带到了另一颗星球！”

在场的人十分熟悉这个突如其来的声音——穆阿迪布。保罗从大厅门口走了进来，卫兵们纷纷让开一条道。他走到厄莉娅旁边。契妮陪着他，但并不参与争论。

“陛下。”斯第尔格不忍心看保罗的脸。

保罗空空的眼窝对准楼座方向，然后转向柯巴：“怎么了，柯巴？不说点颂词了？”

楼座里一阵交头接耳，声音越来越响，能断断续续地听出只言片语：“……对瞎子的法律……弗雷曼传统……遗弃在沙漠里……谁破坏……”

“谁说我是瞎子？”保罗问道，他把脸转向楼座，“你，雷杰芬雷？我看见你今天穿了件金色的长袍，里面是蓝色的衬衣，还沾有街上的灰尘。你总是不爱干净。”

雷杰芬雷伸出三根手指，做了个抵挡邪魔的手势。

“把那几根手指头对准你自己吧！”保罗喝道，“我们知道邪恶在哪儿！”他又转向柯巴：“你脸上有犯罪的表情，柯巴。”

“不是我的罪过！我也许和罪案有联系，可没有……”声音突然中断，他恐惧地朝楼座方向望去。

在保罗的暗示下，厄莉娅站起身来，从讲台走了下来，走到柯巴桌边，离他不足一米，默默地逼视着他。

柯巴在眼神的重压下退缩了。他开始坐立不安起来，朝楼座那儿投去焦虑的一瞥。

“你在那儿找谁？”保罗问。

“你看不见！”柯巴冲口而出。

保罗强忍住一瞬间涌出的对柯巴的怜悯之情。自己的幻象紧紧抓住了这个人，就像抓住现实的一个个瞬间。他与罪案有关，但仅此而已。

“我不用眼睛也能看见你。”保罗说。他开始描述柯巴，描述他的每一个动作、每一阵痉挛，投向楼座的每一个惊恐、恳求的眼神。

柯巴绝望了。

厄莉娅观察着他，知道他随时可能崩溃。楼座里的某个人一定同样知道他是多么接近崩溃的边缘，她想。是谁呢？她一个个琢磨着那些耐布的脸，在这些戴着面具似的脸上寻找泄露真相的任何细微的表情变化：愤怒……恐惧……半信半疑……犯罪感。

保罗不说话了。

柯巴竭力装出傲慢的神情，但效果不佳：“谁指控我？”

“奥塞姆指控你。”厄莉娅说。

“可奥塞姆已经死了！”柯巴抗议道。

“你是怎么知道的？”保罗问，“通过你的间谍系统吗？哦，是的！我们知道你的间谍和情报员，我们也知道把熔岩弹从塔拉赫尔星带到这里的人是谁。”

“那是为了保护齐扎拉教团！”柯巴脱口而出。

“那么，它怎么会落入反叛者手中呢？”保罗问。

“它被偷了，而且我们……”柯巴沉默了，咽下了想说的话，目光忽左忽右，闪烁不定，“人人都知道，我一直是穆阿迪布的声音，为他传递仁爱。”他瞪着楼座，“死人怎能指控一个弗雷曼人？”

“奥塞姆的声音并没有死。”厄莉娅说。保罗轻轻碰了碰她的胳膊，她立即住嘴了。

“奥塞姆把他的声音交给了我们。”保罗说，“它指出了密谋者的名字、背信弃义的种种行为，还有密谋的地点和时间。柯巴，你发现耐布委员会里少了几张熟悉的脸，对吗？梅柯尔和菲西在哪儿？跛脚柯克今天不在。还有泰金，他在哪儿？”

柯巴连连摇头。

“他们已经带着偷来的沙虫从厄拉科斯逃走了。”保罗说，“就算我放了你，夏胡鲁也会因为你参与此事而惩罚你，取走你身上的水。我还是干脆放了你吧，柯巴，如何？想想那些失去眼睛的战士。他们不像我，没有眼睛也能看见世界。他们有家人，有朋友。柯巴，你能躲得掉他们吗？”

“这是一次意外。”柯巴争辩，“再说，他们反正可以从特莱拉人那儿……”他又一次泄了气。

“谁知道那些金属眼睛会带来什么束缚？”保罗问。

楼座上的耐布们开始互相交换眼色，捂着嘴窃窃私语。现在他们盯着柯巴的眼神已经变得冷若冰霜。

“为了保护齐扎拉教团。”保罗喃喃地说，话锋一转，回到柯巴的辩解上，“这样一种武器，它或者毁掉一颗行星，或者制造J射线弄瞎靠近它的人的眼睛。柯巴，这种威力，你居然会把它看成一种防御武器？齐扎拉教团非得把身边所有人的眼睛弄瞎才感到安全吗？”

“是出于好奇心，陛下。”柯巴辩解道，“我们知道古老的法律规定只有各大家族才能拥有原子弹，可齐扎拉教团服从了……服从了……”

“服从了你。”保罗说，“好奇心？哼！”

“即使是原告的声音，您也必须让我亲耳听到！”柯巴说，“这是弗雷曼人的权利。”

“他说的是事实，陛下。”斯第尔格说。

厄莉娅狠狠瞪了斯第尔格一眼。

“法律就是法律。”斯第尔格说。他察觉了厄莉娅的不满，于是开始引述弗雷曼法律，不时加以自己的看法。

厄莉娅有一种奇怪的感觉：不等斯第尔格的话说出口，她就听到了。他怎么会这么容易上当受骗？斯第尔格从来没有像现在这样官气十足、态度保守，也从来没有如此拘泥于古老的弗雷曼法典。只见他下巴凸出，一副好斗的神情，嘴唇激动地嚅动着。平时的斯第尔格已经不复存在，只剩下夸夸其谈。他怎么会这样？

“柯巴是弗雷曼人，因此，必须根据弗雷曼法律进行判决。”斯第尔格总结说。

厄莉娅转身望着窗外，花园上空的云朵将阴影投到房间的墙壁上。沮丧压倒了她。他们已经在这件事情上耗了一上午，可瞧瞧结果吧。柯巴已经放松下来。颂词作者摆出一副受到不公正指控的姿态，一副他做的每一件事都是为了表达对穆阿迪布的爱的无辜姿态。她瞥了一眼柯巴，不由得吃了一惊：他的表情中混杂着狡诈和自大。

对他来说，斯第尔格的发言简直相当于一个信息，她想。他已经听到了朋友的叫喊：“坚持住！援兵就要到了！”

不久之前，这事还仿佛牢牢处于他们的掌控之下。来自侏儒的信息、密谋的线索、举报者的名字，这些情况全掌握在他们手中。但他们没有把握住最关键的一刻。*斯第尔格？肯定不是斯第尔格。*她转过身，瞪着这个老弗雷曼人。

斯第尔格毫不畏怯地迎着她的目光。

“谢谢你提醒我们注意法律条文，斯第尔格。”保罗说。

斯第尔格低头致敬。他靠近了些，用只有保罗和厄莉娅才能读懂的哑语说：*交给我吧，我先把他榨干，然后再说。*

保罗点点头，朝柯巴后面的卫兵做了个手势。

“把柯巴带到一间安全措施最严密的牢房去。”保罗说，“除了辩护律师以外，不许其他人探视。我指派斯第尔格做你的辩护律师。”

“我要自己选择辩护律师！”柯巴大叫。

保罗猛地转过身来：“你否认斯第尔格的公正和判断力？”

“哦，不，陛下，可是……”

“把他带走！”保罗喝道。

卫兵把柯巴从坐垫上扯起来，押着他出去了。

耐布们又是一阵窃窃私语，然后开始离开楼座。侍卫们也从楼座下方走到窗户边，拉下橘红色的帷幔。房间里顿时充满幽暗的橘红色阴影。

“保罗。”厄莉娅说。

“除非到了能够对暴力手段运行得当的时候，”保罗说，“我们不应该轻易使用这种手段。谢谢你，斯第尔格，你的戏演得很好。厄莉娅，我已经明确辨认出了那些和柯巴一伙的耐布。他们不可能不暴露一点蛛丝马迹。”

“这一套，你们俩事先商量好的？”厄莉娅问道。

“即使我宣布立即处死柯巴，耐布们也会理解的。”保罗说，“不过，这种正式审讯程序，却没有严格遵循弗雷曼法律……他们会觉得自己的权利受到了威胁。有哪些耐布支持他，厄莉娅？”

“肯定有雷杰芬雷。”她说，声音压得很低，“还有萨杰德，可是……”

“给斯第尔格一份完整的名单。”保罗说。

厄莉娅只觉得喉咙发干，不由得咽了口唾沫。此时，她和其他人一样，对保罗产生了一种深深的畏惧。保罗没有眼睛，却活动自如，这其中的原理她当然明白，但高明到这种程度，她仍然不由得有些胆寒。在自己的幻象中看到了他们的模样、形体！她感到自己的形象在他的预言幻象中闪烁，幻象与现实吻合得分毫不差，但这种契合完全取决于他的一言一行，言行稍有偏差，既定的未来就会改变。通过幻象，他牢牢地掌握着所有的人和事！

“您的早朝接见时间早就到了，陛下。”斯第尔格说，“许多人……觉得好奇……害怕……”

“你害怕吗，斯第尔格？”

声音很低，几乎无法听清：“是的。”

“你是我的朋友，没必要怕我。”保罗说。

斯第尔格咽了口唾沫：“是的，陛下。”

“厄莉娅，让早朝的人进来。”保罗说，“斯第尔格，发信号通知他们。”

斯第尔格遵旨行事。

大门口顿时一片骚乱。卫兵们死命拦住挤在暗角里的觐见者，为官员们隔出一条通道；皇家卫兵推搡着千方百计想挤进来的陈情者，而身穿华丽长袍的陈情者们叫嚷着，咒骂着，手里晃动着他们收到的邀请单；卫兵们清理出来的通道上，执事大踏步走在官员们的前面。他手里拿着享有优先待遇人员的名单，这些人被允许接近皇帝。该执事是一个名叫泰克鲁布的弗雷曼人，瘦长结实，蓄着一圈络腮胡子，一副玩世不恭的表情，神气活现地晃动着那颗头发修剪得整整齐齐的脑袋。

厄莉娅走上去挡住他，让保罗有时间带着契妮从高台后面的私人通道迅速离开。泰克鲁布窥探着保罗的背影，这种神情顿时让厄莉娅涌起一股不信任之感。

“今天由我代表我哥哥。”她说，“每次只能来一个陈情者。”

“是，夫人。”他转身安排后面的人群。

“我记得你从前绝不会误解你哥哥的意思。”斯第尔格说。

“我当时心烦意乱。”她说，“但你不是也变了吗，斯第尔格？

而且是戏剧性的巨大变化。”

斯第尔格大吃一惊，身体一挺。一个人总会有些改变，那是自然的。可戏剧性的变化这一点，他自己从来没想过。戏剧化这个词只适用于那些来自外星、品德和忠诚度都靠不住的演艺人员。戏剧是帝国的敌人用来煽动浮躁的老百姓的把戏。还有柯巴，抛弃了弗雷曼品德，把戏剧那一套用在齐扎拉教团上。他会为这个丢掉性命的。

“这句话有点尖刻呀。”斯第尔格说，“你不信任我了吗？”

他声音里的忧伤使她的表情缓和下来，可语调没变：“你也知道，我不是不信任你。我哥哥向来认为，无论什么事，只要交到斯第尔格手里，就可以彻底放心了。这方面，我一直完全赞同我哥哥。”

“那你为什么说我……变了？”

“你准备违抗我哥哥的命令。”她说，“我看得出来。我只希望不要因此毁了你们两个人。”

第一批觐见者、陈情者来了。没等斯第尔格回答，她已经转过身去。她看到了他的表情，也知道他的感受。从母亲的信上，她读到了同样的感受——用法律取代道德和良知。

“你们制造了一个致命的悖论。”

蒂贝纳是苏格拉底基督教哲学的辩护者，很可能是安布斯四号星上的土著，生活在柯瑞诺之前的8到9世纪之间，戴拉玛克皇朝的第二代时期。他的著作只有一部分留存至今，下面的话就出自他的著述："每个人的内心都同样荒芜。"

——摘自伊勒琅的《沙丘书》

"你就是比加斯。"死灵说，跨进监禁侏儒的小房间，"我叫海特。"

和海特一起进来的还有一队换岗值夜班的皇家卫兵。穿过外面的院子时，落日之风卷起沙尘，吹打在他们脸颊上，让他们眼睛直眨巴，加快了脚步。能听见他们在外面过道里互相开玩笑的声音，还有进行交接仪式时的动静。

"你不是海特。"侏儒说，"你是邓肯·艾达荷。他们把你的尸体放进箱子的时候，我正好在那儿；他们把它抬出来、激活并训练它的时候，我也在那儿。"

死灵突然一阵口干舌燥，咽了口唾沫。球形灯的光本来是黄色，但屋子里悬着绿色的帐幔，衬得黄色减了几分。明亮的灯光照亮了侏儒前额一粒粒豆大的汗珠，让比加斯看上去十分古怪，像一只胡乱拼凑起来的生物，特莱拉人制造他的意图呼之欲出，似乎已经无法被皮肤罩住。怯懦、轻薄的面具之下，这个侏儒隐藏着某种力量。

“穆阿迪布派我来问你，特莱拉人把你送到这儿来的目的是什么？”海特说。

“特莱拉人，特莱拉人。”比加斯念叨着，“我就是特莱拉人，你这个笨蛋！说到这个，你不也是特莱拉人吗？”

海特瞪着侏儒。这个比加斯，真是机敏过人，不由得使人联想起古代的先哲们。

“你听见外面的卫兵没有？”海特问，“只要我发出命令，他们会立即绞死你。”

“咳！咳！”比加斯叫道，“你可真是的，变成了这么一个冷酷无情的蠢材。绞死我？你不是刚说你来是为了知道真相吗？”

海特发现自己不喜欢侏儒那种镇定自若的表情，仿佛他知道什么大秘密似的。“也许我仅仅想知道未来会怎么样。”他说。

“说得真妙。”比加斯说，“现在我们互相了解了。两个贼碰面时不需要介绍，各自心照不宣。”

“这么说，我们都是贼。”海特说，“我们偷什么东西？”

“不是贼，是骰子。”比加斯说，“你来这儿是想瞧瞧我的点数。反过来，我也想瞧瞧你的。可你却戴上了面具。瞧啊！这人有两张脸！”

“你真的亲眼看见我被放进特莱拉人的箱子里？”海特问，其实他非常不愿意问这样的问题。

“我不是说过了吗？”侏儒跳了起来，“我们当时和你斗得很激烈。你的肉体不想活过来。”

海特突然感到自己仿佛身处幻梦之中，被别人的意识控制着。他或许应该暂时忘掉这一点，任凭别人的意识裹挟自己。

比加斯狡黠地把头朝旁边一歪，围着死灵踱步，不时抬起头望望他。“激动好啊，激动起来，你身体内部的潜藏模式才会激活。”比加斯说，“你呀，你是一个不想知道自己在追踪什么的追踪者。”

“而你是一架瞄准穆阿迪布的武器，对吗？”海特说，随着侏儒转动身体，“你到底想干什么？”

“什么也不干！”比加斯说着，停了下来，“你泛泛而问，我就泛泛而答。”

“这么说你是冲着厄莉娅来的。”海特说，“她是你的目标吗？”

“在外星球，他们管她叫霍特，就是鱼怪。”比加斯说，“一说起她，你就热血沸腾了。这是怎么回事？”

“唔，他们叫她霍特。”死灵说，同时琢磨着比加斯的表情，想知道他究竟有什么意图。侏儒用这种方式回答他的问题，这可真奇怪。

“她是处女，同时又是个娼妇。”比加斯说，“她没有教养，但机智诙谐，见识高明得让人害怕；最仁慈的时候却偏偏能做出最冷酷的事；心计极深，有的时候做起事来却不假思索；想建设点儿什么的时候，破坏性却像大风暴一样强。”

“原来你到这儿来是为了痛斥厄莉娅。”海特说。

“痛斥厄莉娅？”比加斯一屁股坐到墙边的一只坐垫上，“我来到这里，是因为我被她的美貌迷住了。”他咧开嘴笑了，那张大鼻子大嘴的脸上，表情活像只蜥蜴。

“攻击厄莉娅，相当于攻击她哥哥。”海特说。

“这一点很明显，明显得人人都没看见。”比加斯说，“实际上，皇帝和他妹妹就是背靠背的同一个人，半边是男性，半边是女性。”

“这种话我们听过，沙漠最深处有些弗雷曼人就这么说。”海特说，“正是同一伙人重启了向夏胡鲁献上活人血祭的仪式。你怎么也会唠叨他们那套胡言乱语？”

“胡言乱语？好大的口气。”比加斯问，“就凭你，一个又像人又像空壳的东西？啊哈，我忘了，骰子自己看不到自己的点数。而你的困惑更比其他人多了一倍，因为你为厄崔迪家族那个双重人效劳。其实你的头脑已经接近了答案，而你的感官却拒绝接受。”

“你在向看守们宣讲这一套谬论，对吗？”海特低声问。侏儒的话在他脑子里翻腾着，搅得他头都昏了。

“是他们向我宣讲！”比加斯说，“他们还祷告神明保佑。为什么不呢？我们大家都该好好祷告祷告。毕竟，我们生活在宇宙中前所未有的最危险的造物所投下的阴影之中。”

“最危险的造物？”

“连他们的母亲都拒绝和他们生活在同一颗星球上！”

“为什么你不直截了当地回答我的问题？”海特问，“要知道，我们大可以用别的方式拷问你。我们会得到答案的……不管用什么手段。”

“可我已经回答了你！我告诉你了，沙漠深处的传说是真的，不是吗？我是挟带死亡的风暴吗？不！我只是话语！振聋发聩的话语，像划破沙漠上空阴沉天幕的闪电。我已经告诉你了：‘把灯灭了，白昼来了！’你却不断地说：‘给我一盏灯，让我能找到白昼。’”

“跟我玩这一套，对你来说可有点危险啊。”海特说，“你是不是以为我理解不了这些禅逊尼观念？其实，你的意思像鸟儿在泥地里留下的痕迹一样清晰。”

比加斯咯咯地笑起来。

“你笑什么？”海特问。

“我笑自己有牙齿却又希望没有。”笑声中，比加斯好不容易才吐出这句话，“没有牙齿的话，我就不会被你气得咬牙切齿了。”

“既然现在我知道了你的目标，”海特说，“你就会把我当成你的另一个目标。”

“而且我已经击中它了，正中靶心！”比加斯说，“你把自己弄成这么大一个活靶子，想打不中都不可能呀。”他自顾自地点点头，“现在，我要为你唱支曲子。”他哼哼起来，一种哀痛、嘶哑而单调的旋律，一遍遍地重复着。

海特僵住了，只觉体内涌起一股奇异的痛苦之感，沿着他的后脊来回滚动。他瞪着侏儒的脸，在那张衰老的面庞上看到了一双年轻的眼睛。两个太阳穴之间是一片密如网络般的浅色皱纹，这双眼睛便在这个网络的正中。好大一颗脑袋！那张大脸上的所有器官仿佛都以那双噘起的嘴唇为中心，而这双嘴唇正吐出那个单调的声音。声音使海特想到了古代的仪式，想到民间代代相传的记忆，想到古老的言辞和习俗。此刻正在发生某种生死攸关的大事：时间长河中，种种观念翻腾起伏，争斗不休。侏儒的歌声引出了某些年代久远的观念，像极远处极亮的一点光，向这边移动，越来越近，照亮了沿途无数世纪的生命。

“你在对我做什么？”海特气喘吁吁地说。

“你是一部乐器，而我则是被训练来弹奏你的。”比加斯说，“我正在弹奏你。我把耐布中另外一些反叛者的名字告诉你吧。他们是拜克诺斯和卡胡伊特；还有迪杰蒂达，柯巴的秘书；阿布莫坚迪斯，邦耐杰的助手。就在这一刻，他们之中某个人或许正把一柄尖刀刺入你那位穆阿迪布的胸膛。”

海特摇着头，发现自己说不出话来。

“我们就像兄弟。”比加斯又一次中断那种单调的哼哼，“我们在同一个箱子里长大。开始是我，然后是你。”

突然间，海特的金属眼睛让他感到一阵烧灼般的疼痛，让他视线中的一切都蒙上了一层闪烁的红色薄雾。除了这种让他痛苦不堪的视力，他只觉得自己的其他所有感官都丧失了直接感受。他可以感受到外物，但感官与外物之间仿佛隔着薄薄的一层什么东西，像轻飘飘的薄纱。对他来说，外界的一切都成了无意之中卷入的偶然事件，无可无不可，就连他自己的意志也只是某种说不清道不明、虚无缥缈的东西，死气沉沉，只能起到辨识外物的作用。

绝望迸发出力量。感官之中仅存的视力穿透这层薄纱，精力高度集中，像一束炽烈的亮光，穿透了对面的比加斯。海特感到自己的眼睛可以透视侏儒：起初，他是一个受雇于人、听命于人的智能生命；这一层面之下是一个被贪婪所困的生物，欲望集中在那双眼睛上——层层外壳渐次剥离，最后是一个受某种符号操纵的实体表象。

“我们是在战场上。”比加斯说，“说出你的想法。”这个命令让他重新找到了自己的声音。

海特说：“你不能强迫我杀害穆阿迪布。”

“我曾经听贝尼·杰瑟里特姐妹会说，”比加斯说，“宇宙中没有稳固，没有平衡，没有持久——没有任何东西可以一直保持自己的形态。每一天，有时是每一小时，都会造成变化。”

海特呆呆地摇晃着脑袋。

“你以为那个愚蠢的皇帝就是我们搜寻的猎物。”比加斯说，“你对我们的特莱拉主人理解得实在太肤浅了。宇航公会和贝尼·杰瑟里特姐妹会认为我们创造的是艺术品，但实际上，我们创造的是工具。任何东西都可以成为工具——贫穷、战争。战争很有用，因为它能够影响许多领域。它刺激社会的新陈代谢，它增强政府职能，它传播基因种群。宇宙之中再没有什么的生命力比得上战争。只有那些认识到战争的价值并且实践它的人，才能拥有最大程度上的自由意志。”

海特用一种奇异、平板的声音说：“奇特的思想出自你的口中，这些话几乎使我相信宇宙是邪恶的，存在某种复仇之神。为了创造你，他们付出了什么样的代价？你的经历一定是个非常精彩的故事，无疑还会有个更加精彩的结束。”

“妙极了！”比加斯得意地大笑起来，“你在反驳我——这就是说，你还有意志力，正在行使自己的自由意志。”

“你想唤醒我身上的暴力。”海特喘息着说。

比加斯一摇头：“唤醒，是的；暴力，不对。你自己也曾说过，你接受的训练使你相信自己的意识。我的意识则是唤醒你身体里的那个人，邓肯·艾达荷。”

“我是海特！”

“你是邓肯·艾达荷，卓绝的杀手，许多女人的情人，优秀的剑客，厄崔迪家族战场上的指挥者。邓肯·艾达荷。”

“过去不可能被唤醒。”

“不可能？”

“从来没有成功的先例！”

“不错。但我们的主人拒绝承认不可能。他们总能找到合适的工具、正确的应用方法，以及适当的途径……”

“你隐藏了你的真实意图！你抛出这些言辞做掩护，可这些话根本毫无意义！”

“你身体里有一个邓肯·艾达荷。”比加斯说，“它或者服从情感的召唤，或者服从冷静的思索。但它终究会服从的。经过对过去的邓肯·艾达荷的一系列压抑、扬弃之后，新的艾达荷将渐渐凸显出来。即使是现在，它一方面畏缩不前，一方面却跃跃欲试。某种东西一直存活在你的身体里，意识必定会聚焦于它，而你也会服从它。”

“特莱拉人以为我还是他们的奴隶，但我……”

“安静，奴隶！”比加斯唠唠叨叨地说。

海特闭嘴了，一动不动地呆在那里。

“这下我们总算说到点子上了。”比加斯说，“我想你自己也感觉到了。这就是用来操纵你的口令……我想它们会管用的。”

海特感到汗珠从脸颊上一滴滴掉下，他的胸部和手臂颤抖着，却没法挪动。

“有一天，”比加斯说，“皇帝会来找你。他会说：‘她走了。’他的脸上将写满悲伤。他将把水交给死者，这儿的人用这种说法描述流泪。而你会用我的声音说：‘主人！哦，主人！’”

海特的下颌和喉咙绷得紧紧的，疼痛不已。他只能勉强扭动脑袋，来回摇晃着。

“你会说：‘我从比加斯那儿带来了一个口信。’”侏儒做了个鬼脸，“可怜的比加斯，他没有思想……可怜的比加斯，一只塞满了信息的圆桶，某种供别人使用的东西……敲比加斯一下，他就会发出声音……”

他又做了个鬼脸："你认为我是一个伪君子，邓肯·艾达荷。我不是！我也会悲伤。好了，时间到了，是用利剑代替言辞的时候了。"

海特打了个嗝儿。

比加斯咯咯笑起来："啊，谢谢你，邓肯，谢谢你。身体的小反应把我们从这尴尬的一刻中拯救出来。只要告诉邓肯，皇帝的血管中流着哈克南人的血，他就会听命于我们。他会变成一台喷吐怒火的机器，变成一条上钩的鱼，听从我们主人的吩咐，发出可爱的怒吼。"

海特眨巴着眼睛，觉得侏儒很像一只机灵的小动物，一种聪明、恶毒的东西。*厄崔迪人身上流着哈克南人的血？*

"一想到'野兽拉班'，那个邪恶的哈克南人，你的眼中便喷出了怒火。"比加斯说，"从这点上说，你挺像弗雷曼人。好啊，好听的言语不管用，但幸好手边就是利剑，对吗？想想哈克南人对你家人的折磨。告诉你，因为母亲的缘故，你那位宝贝保罗也是哈克南人！杀一个哈克南人，你不会觉得有问题，对不对？"

死灵只觉得心里涌起一阵既像痛苦又像沮丧的感情。这是愤怒吗？可自己为什么会愤怒？

"啊哈，"比加斯说，"啊哈，哈！咔嗒，键一按下去就有反应。需要让你转达的信息还有呢：特莱拉愿意和你的宝贝保罗·厄崔迪做笔交易，我们的主人可以为他复活他的心上人。给你一个妹妹——另一个死灵。"

海特突然觉得周围的世界只剩下自己的心跳。

“一个死灵。”比加斯说，“它将拥有他爱人的肉体。她将替他生孩子，她将只爱他一人。如果他愿意，我们甚至可以改进原身。让一个人重新获得已经失去的东西，这种机会可不多呀。这是一桩他求之不得的交易。”

比加斯点着头，眼皮耷拉下来，好像疲倦了。然后他说：“他会大受诱惑……趁他心烦意乱的时候，你将接近他。你将出其不意地给他狠狠一击！两个死灵，而不是一个——这就是主人要我们做的事！”侏儒清了清喉咙，再次点点头：“说吧。”

“我不会做。”海特说。

“但邓肯·艾达荷会。”比加斯说，“别忘了，对那个哈克南家族的后裔来讲，这将是他最脆弱的一刻。你还将建议改进他爱人的身体，也许是一只永远不停的心脏，或者更温柔一些的情感。当你接近他的时候，你还要提出给他提供一个庇护所，一颗他选择的星球，在远离帝国的某个地方。想想吧！他亲爱的人又回来了，不再有眼泪，还有个宁静的地方度过余生。”

“一揽子交易，但代价肯定是高昂的。”海特试探地说，“他会问价格的。”

“告诉他，必须公开声明，表明自己并没有什么神力，同时公开谴责齐扎拉教团。他必须把他自己搞臭，还有他妹妹。”

“就这些？”海特问，发出一声冷笑。

“不用说，他还必须放弃宇联商会的股份。”

“不用说。”

“如果你还没有接近到能给他致命一击，你可以先聊聊特莱拉人是多么敬重他，他让他们领会到了宗教的种种用处。你告诉他，特莱拉人有一个专门的宗教设计部门，能针对不同需求设计不同的宗教。”

“多么聪明的设计。”海特说。

“你觉得自己可以随意讥讽我，违抗我的命令。”比加斯说，他再一次狡黠地一歪脑袋，“对吗？得了，用不着否认……”

“他们把你制造得很好，小动物。”海特说。

“你也不错。”侏儒说，“你还要告诉他抓紧时间。肉体会腐烂，她的肉体必须保存在冷冻箱里。”

海特感到自己在奋力挣扎，但仍然陷入一片昏乱之中，周围全是他辨认不出的东西。瞧侏儒的样子，他是那么有把握！特莱拉人肯定在逻辑问题上出了某种纰漏。在制造死灵的过程中，他们预置了程序，让他听命于比加斯的声音。可为什么……清晰的推理、正确的推理，这二者是多么容易混淆啊！特莱拉人真的在逻辑方面出问题了吗？

比加斯微笑着，仿佛在倾听某种别人听不见的声音。“现在，你将忘却。”他说，“当时机来临的时候才会记起一切。他将说：‘她走了。’到那时，邓肯·艾达荷将会觉醒。”

侏儒一拍手。

海特咕哝着，觉得自己似乎在想着什么，但思路却被打断了……也许是一个句子被打断了。是什么句子呢？好像是有关什么……目标的？

“你想迷惑我，从而操纵我。”他说。

“你说什么呀？”比加斯问。

“我就是你的目标，这一点你无法否认。”海特说。

“我并不想否认。”

“你想对我做什么？”

“想表示我对你的好意，”比加斯说，“仅此而已。”

除非在极为特殊的情形下，否则预知力量无法长时间准确显示出事件发生的连续性。它所抓住的只是事物发展链条中的一个个片段。而事物永远处于不断的变化之中，这一点始终影响着拥有预知力量的人，影响着他的追随者，让穆阿迪布的臣民怀疑他的至高权威和神谕幻象，让他们否认他的神力。

——《沙丘福音书》

海特看见厄莉娅走出神庙，穿过露天广场。卫兵们挨得很近，脸上凶暴的表情掩盖了平日里的优越感。

扑翼飞机翼上的日光反射信号器在下午明亮的阳光下闪闪发亮，机身上隐约可见皇家卫队的穆阿迪布之拳标志。

海特把目光转向厄莉娅。她看上去与这个城市是那么不协调，他想，她应该在沙漠，那个广阔而自由的地方。看着她走过来，他突然想起：厄莉娅只有微笑的时候才显得忧伤。全是因为那双眼睛。他想起一件往事，栩栩如生，是她那次接见宇航公会大使的时候：高居于音乐、谈话、长袍、军装的背景之上。当时厄莉娅穿的是白色长袍，白得耀眼，代表着童贞女的高雅纯洁。他从窗户向下看，望着她穿过内庭花园，里面有水池、喷泉、长着棕榈叶的草地，还有一座白色的观景楼。

全错了……一切都错了。她属于沙漠。

海特粗粗地呼了口气。和上次一样，厄莉娅离开了他的视线。他等着，拳头捏紧又松开。和比加斯的会面使他烦躁不堪。

他听到厄莉娅的随从在屋子外面走动。她自己则已经进入了私宅区。他试图集中注意力，想想她的哪些地方搅乱了他的心。从露天广场上走过的姿势？是的。她的步态像一只被追踪的猎物，想逃离凶猛的捕食者。他从屋子里出来，走上安装着遮光板的露台，在阴影中停下脚步。厄莉娅正站在可以俯瞰她的神庙的护栏边。

他将目光投向城市，朝她看的地方望去。他看到的是一片片的矩形建筑、一堆堆的颜色和蠕动的人群。建筑物在热气流中晃动着，闪闪发光，热气盘旋着从屋顶升起。一个男孩正在死胡同的墙边踢球，那条胡同正对着一座山丘，刚好在神庙的转角。球来回跳跃着。

厄莉娅也看着那个球，觉得自己也和那个球一样，来回跳动……在时间的胡同里来回跳动。

离开神庙之前她喝下了最大剂量的香料，以前从没有服过这么多。大大超量了。没等香料的药力发作，这种剂量就已经吓住了她。

*为什么我要这样做？*她问自己。

“只能在诸种危险中作出抉择。”是这样吗？只有这样，才能穿透那些蒙蔽未来的该死的沙丘塔罗牌的迷雾。一道屏障矗立在那里。必须打破它。这是必须的，只能这么做，她必须看到未来，她那没有眼睛的哥哥正向那个方向大步前进。

熟悉的香料迷醉状态开始了。她深深吸了口气，渐渐进入平和、静止、忘我的境地。

拥有第二视觉很容易使人成为宿命论者，她想。不幸的是，无法用另一种演算方法推算未来，没有可以取代预见力的公式，探知未来不可能像数学推导。进入未来必须付出生命和心智的代价。

相邻露台的阴影中有动静，是个人影。那个死灵！厄莉娅用自己大大强化的感知力注视着他，洞若观火。生机勃勃的深色皮肤的面庞上，最引人注目的就是那双闪烁的金属眼睛。他是各种极度对立的事物的结合体，这些对立物被人直截了当地糅合在一起。他是影子，也是炽烈的光，是加工后的产物。这种加工过程激活了他已经死亡的肉体……也激活了某种热烈、单纯的东西……一种纯真。

他是重压之下的纯真、受到围攻的纯真！

“你在那儿很久了吗，邓肯？”她问。

“这么说你这会儿打算把我当成邓肯。”他说，“为什么？”

“不要问我。”她说。

她看着他，觉得特莱拉人的手艺真是巧夺天工，他没有一处不像邓肯，已经达到了完美无缺的地步。

“只有神才敢于实现完美。”她说，“对人来说，完美是危险的。”

“邓肯死了。”他说，他希望她没用这个称呼，“我是海特。”

她细细打量着他那双人造眼睛。不知这双眼睛看到的到底是什么。细看之下，会发现闪亮的金属表面上有许多小小的暗色凹痕，像小小的、黑洞洞的深井。复眼！周围的世界忽然一亮，摇晃起来。她一只手抓住被太阳晒得温热的栏杆，竭力稳住自己。啊，香料的药力来得好快。

“你不舒服吗？”海特问。他靠近了些，金属眼睛睁得大大的，注视着她。

*谁在说话？*她疑惑了。邓肯·艾达荷？门泰特死灵？禅逊尼哲学家？或者是特莱拉人的爪牙，比任何宇航公会的宇航员都更危险？她哥哥知道他是谁。

她再次打量着死灵。他身上存在着某种怠惰因素，某种处于潜伏状态的因素。他整个人都在等待，体内蕴藏着远远超出他们寻常生活的力量。

“因为我母亲的缘故，我很像贝尼·杰瑟里特。”她说，“你知道吗？”

“我知道。”

“我有她们的力量，我像她们一样思考。我体内的某个部分了解育种计划的紧迫性……也知道出自这个计划的成品。”

她的眼睛眨了一下，感到自己的一部分意识开始在时间的长河中自由流动。

“据说贝尼·杰瑟里特从来没有放弃那个计划。”他说。他仔细观察着她，她抓住露台边缘的手指显得异常苍白。

“我绊倒了吗？”她问。

他注意到她的呼吸是多么粗重，每一个动作都紧张不安，她的眼神开始变得呆滞了。

“要绊倒的时候，”他说，“你可以跳过绊倒你的东西，重新恢复平衡。”

“贝尼·杰瑟里特姐妹会绊倒了。”她说，“她们现在就想跳过我哥哥，重新恢复平衡。他们想要契妮的孩子……或者我的。”

“你有孩子了？”

她竭力调整，将自己调整到与这个问题对应的时空中。有孩子？什么时候？在哪儿？

“我看见了……我的孩子。”她悄声说。

她离开露台栏杆，转身看着死灵。他有一张机智的脸、一双痛苦的眼睛。当他随着她转身时，只见那两片金属闪烁了一下。

“你用这样的眼睛能看见……什么？”她悄声说。

“别的眼睛能看见的所有东西。”他说。

他的声音在她耳中震响，她的意识却捕捉不住其含意。她竭力让意识延伸出去，像跨过整个宇宙。如此漫长的延伸……向外……向外。无数时空纠缠着她。

“你服用了香料，剂量非常大。”他说。

“为什么我不能看见他？”她咕哝着，“告诉我，为什么我不能看见他？”

“你不能看见谁？”

“我不能看见孩子的父亲，塔罗牌的迷雾遮住了我的眼睛。帮帮我。”

他将门泰特的逻辑运算功能发挥到极致，然后说：“贝尼·杰瑟里特想让你和你哥哥进行交配，这样就可以锁住基因……”

她不由得一声哀鸣。一阵寒战袭过全身，接着又是全身滚烫。那个她无法看到、只在她最可怕的梦境中出现的交配对象，那个连预知力量都无法昭示的人！难道真的会发生那种事？

“你是不是冒险服用了大剂量的香料？”他问，同时竭力压制着内心深处涌上来的极度恐惧：一个厄崔迪女人可能死去，保罗有可能被迫面对这样的事实——一位皇室女人……走了。

“你不知道追逐未来意味着什么。”她说，“有的时候，我也能瞥见未来的自己……可我自己的预知能力干扰了我。我无法看清自己的未来。”她低下头，来回摇晃着脑袋。

“你服用了多少香料？”他问。

“大自然憎恶预知力量。”她抬起头，“你知道吗，邓肯？”

他像对小孩子说话般温和地说：“告诉我你服用了多少。”他伸出左手，揽住她的肩膀。

“言语这种手段真是太简陋了，原始，而且无法清晰表述。”她挣开他的手。

“你必须告诉我。”他说。

“看看屏蔽场城墙吧。”她吩咐道，手指前方，目光也朝手的方向望出去。一阵突如其来的幻象，屏蔽场城墙崩塌了，像被看不见的力量摧毁的沙砾堆成的城堡。她不由得颤抖起来。她转移目光，望着死灵，被死灵脸上的表情吓呆了。他的五官皱在一起，变老了，然后又变年轻——变老——变年轻。他似乎变成了生命本身，肯定、循环……她转身想逃，可他一把抓住她的左腕。

“我去叫医生。”他说。

“不！我一定得好好看看这个幻象！我必须知道！”

“你已经看到了。”他说。

她低下头来，盯着他的手。肌肤相触处有一种触电的感觉，让她心醉神迷，同时惊恐不已。她猛地甩开他，喘着粗气：“那就像一股旋风，而你是抓不住旋风的！”

“你需要医生！”他厉声说。

“你怎么还不明白？”她厉声说，“我的幻象是不完整的，只有些跳动不已的碎片。我必须记住这个未来。难道你不知道吗？”

“要是你因此送命，未来又在哪里？”他问，轻轻把她推进卧室。

“言语……言语。”她喃喃地说，“我无法解释。一件事引发了另一件事，却并不是另一件事的起因……也没有结果。我们不能把幻象就这样放着。但无论我们怎么尝试，前面还是有个缺口，过不去，看不到。”

“延伸你的意识，跨过那个缺口。”他命令着。

*他真迟钝啊！*她想。

冰凉的阴影包裹了她。她感到自己的肌肉蠕动着，像沙虫的运动。身下是一张实实在在的床，但她知道，床其实不算实体。只有空间是永恒的，除此之外没有别的实体。床在浮动，周围飘浮着许多尸体，都是她自己的尸体。时间成了一种复合感受，难以承受其负荷。它有那么多含意，全都紧紧纠缠在一起，让她无法分辨。这就是时间。它在运动。整个宇宙都在向后动、向前动、向侧面动。

“那个缺口，它不像其他物体，看不见摸不着。”她解释说，“你无法从它下面过去，也不可能绕过它。没有地方能让你找到支撑点。”

无数人围绕着她，都是同一个人，这许多同一个人握住她的左手。她自己的身体也有重重幻影。她伸出无数幻影般的左臂，摸到了那无数张不断变化的面具似的脸：邓肯·艾达荷！他的眼睛有点……不对劲，但这的确是邓肯的脸。邓肯是孩子——成人——青年——孩子——成人——青年……脸上的每一根线条都流露出对她的担心。

“邓肯，别害怕。”她耳语道。

他握紧她的手，点点头。“躺着别动。”他说。

他想：*她不会死！她不能死！不能让一个厄崔迪女人死去！*他使劲摇摇头。这样的想法有违门泰特逻辑。死亡是一种必然，只有这样，生命才能继续。

这个死灵爱我，厄莉娅想。

这个想法成了一块她可以着力的磐石。这是一张熟悉的脸庞，脸庞后面是一间实实在在的屋子。这是保罗套房的一个房间。

终于有了一个固定不变的人影。这个人用一根管子在她的喉咙里做了点什么。她禁不住一阵恶心。

“幸好抢救及时。”一个声音说，她听出是皇家医生，“你应该早一点叫我的。”医生听上去起了疑心。她感到管子从喉咙里滑了出来——一条蛇，一条闪光的绳索。

“这一针会让她入睡的。”医生说，“我叫她的随从去……”

“我守着她。”死灵说。

“不行！”医生断然拒绝。

“留下来……邓肯。”厄莉娅悄声说。

他抚摩着她的手，让她明白他听到了她的话。

“夫人，”医生说，“最好……”

“用不着你告诉我什么最好。”她喘着粗气，每发出一个音节，喉咙都疼痛不已。

“夫人，”医生说，声音里带着责备，“您知道服用过多香料会有危险。我只能假设是某人把香料塞给您，没有经过……”

“你真是个傻瓜。”她用嘶哑的嗓音说，“你不想让我看到幻象，是吗？我知道自己服用了什么、为什么服用。”她把一只手放到喉咙上，“退下。马上！”

医生退出她的视线，说：“我会向您的哥哥禀报此事。”

她感到他离开了，于是把注意力转向死灵。现在，她意识里的幻象更清晰了，将现实包容在内，现实在幻象中向外延伸。在这股时间流中，她感到死灵在移动，但已经变得清晰了，不像刚才那样是幻影憧憧。

他是对我们的严峻考验，她想，他是危险，也是拯救。

她打了个寒噤，知道自己看到了哥哥曾经看到过的幻象。不争气的泪水涌满了她的眼眶。她猛地摇摇头。不要流泪！流泪不仅浪费水分，更糟糕的是扰乱了本来就粗糙的幻象流。一定要阻止保罗！哪怕只有一次，就这一次。

她穿越了时间，想将自己的声音放置在他将来的必经之路上。但是压力太大，变化太大，她很难办到。时间穿过她哥哥，就像光透过镜头。他站在焦点上，这一点他非常清楚。他已经将未来发展的每一条路径都集中在自己身上，不允许它们逃离他的掌握，发生丝毫改变。

“为什么？”她喃喃地说，“是因为仇恨？时间伤害了他，所以他想打击时间本身？这是……仇恨吗？”

死灵以为她在叫他：“夫人？”

“我要把这种该死的预知能力从我身体里驱除掉！”她哭叫道，“我不想与众不同。”

“求求你，厄莉娅。”他悄声说，“睡吧。”

“我希望自己能够放声大笑。”她小声说，眼泪从双颊簌簌落下，“可我是皇帝的妹妹，一个被尊为神的皇帝。人们怕我。可我从来不想成为别人害怕的对象。”

他拭去她脸上的泪水。

“我不想成为历史的一部分。”她低语着，“我只想被爱……

爱人。”

“大家都爱你。”他说。

“啊哈，忠心耿耿，忠心耿耿的邓肯。”她说。

“求求你，别这么说。”他恳求道。

“可你确实忠心耿耿。”她说，“忠诚是一件珍贵的商品。它可以出卖……却不可以买。买不到，只能卖。”

“我不喜欢你的玩世不恭。”他说。

“让你的逻辑见鬼去吧！这是事实！”

“睡吧。”他说。

“你爱我吗，邓肯？”她问。

“我爱你。”

“又是一句谎言？”她问，“一个比真实更容易让人相信的谎言？我害怕相信你，为什么？”

“你害怕我的与众不同，就像你害怕自己的与众不同一样。”

“做一个男人吧，别老当门泰特，总是在计算！”她喝道。

“我是门泰特，也是男人。”

“你会让我做你的女人吗？”

“我会做爱所要求的一切。”

“爱，还有忠诚？”

“还有忠诚。”

“而这正是你的危险之处。”她说。

她的话使他不安。这种不安没有反映在他的脸上，肌肉没有抽搐。但她知道他的不安，她记下的幻象清楚地显示出他的不安。尽管如此，她还是感到自己忘了一部分幻象，还有些别的情况，她应该记得。应该还有一种感受，不完全是感官所得，而是和预言能力带来的幻象一样无端出现在她的脑海。但这种感受却被时间投下的阴影遮挡了——痛苦啊。

情感！就是它——情感！幻象中出现了情感，她没有直接寻找这种情感，她找的是其他东西，隐藏在这种情感之下的某种东西。在幻象中，她被情感缠住了——一种由恐惧、悲伤和爱共同形成的情感。它就在那儿，在她的幻象中，集恐惧、悲伤和爱于一身，是一种无法抗拒的原生力量。

“邓肯，不要离开我。”她悄声说。

“睡吧，”他说，“别抗拒睡意。”

“我必须……我必须抗拒。他是他自己设下的陷阱中的诱饵，他是权力和暴行的工具。暴力……神化，变成了囚禁他的牢笼。他将丧失……一切。”

“你是说保罗吗？”

“他们驱策着他，迫使他摧毁自己。”她喘息着躬起后背，“担子太重了，悲哀太深了。他们诱惑他，让他远离了爱。”她躺到床上，“他们在制造那个宇宙，而他绝不会允许自己活在其中。”

“谁在做这些事？”

“就是他本人！啊哈，你太傻了。他是这个大计划中的一部分。已经太晚了……太晚了……太晚了……”

她说着说着，感到自己的意识在逐层下降，一层又一层。渐渐低下去，最后沉降在肚脐后面。身体和意识已经分离，融入无数幻象碎片之中——移动，移动……她听到了一声胎儿的心跳，一个未来的孩子。就是说，香料的药力仍未过去，药力让她继续在时间中漂流。她知道自己已经感觉到了一个孩子的生命，一个尚未怀上的孩子。关于这个孩子，有一件事是肯定的，它将经历她所经历的痛苦，和她一样在子宫中被唤醒。不等出生，它就将是一个有意识、能思考的独立实体。

权力有其极限，即使最有权力者也无法突破这个极限而不伤害自身。政府的统治艺术就是判断这个极限位于何处。滥用权力是致命的罪恶。法律不是复仇的工具。你不能以它威胁任何人，却不接受其带来的后果。

——摘自由斯第尔格评注的《穆阿迪布论法律》

契妮透过泰布穴地下面的裂隙凝视着清晨的沙漠。她没有穿蒸馏服，所以觉得在沙漠中很没有安全感。穴地的入口隐藏在她身后高耸的峭壁中。

沙漠……沙漠……无论走到哪里，她心里总放不下沙漠。回到沙漠与其说是回家，不如说是转了个身，看见某件始终在那里的东西。一阵疼痛从肚腹袭来。生产时间马上就要到了。她抑制住疼痛，想和自己的沙漠独自分享这个时刻。

正是黎明时分，大地一片静谧。光影在沙丘和屏蔽场城墙台地间流动着。阳光从高高的悬崖上倾泻而下，湛蓝天空下伸向无尽远方的单调的沙漠景象被猛地拽到她眼前。风景单调而凄凉，和她知道保罗瞎眼后郁郁寡欢的心情非常合拍。

我们为什么要来这儿？她心想。

这不是一次哈依拉——探寻之旅。除了给她找一个生孩子的地方，保罗在这儿什么也找不到。这次旅行还有一些奇怪的同伴：比加斯，那个特莱拉侏儒；死灵，海特，也可能是邓肯·艾达荷的亡魂；艾德雷克，宇航公会宇航员、大使；盖乌斯·海伦·莫希阿姆，他所仇视的贝尼·杰瑟里特姐妹会圣母；丽卡娜，奥塞姆那奇怪的女儿，似乎处于卫兵的监视之下；斯第尔格，她的耐布舅舅，还有他可爱的妻子哈拉赫……以及伊勒琅……厄莉娅……

风声伴着她的思绪穿过岩石。沙漠的白天变得黄上加黄、褐上加褐、灰上加灰。

为什么把这些乱七八糟的人奇怪地组合在一起？

“我们已经忘了‘同伴’这个词的原意。”对她的疑问，保罗回答说，“它原本是指‘旅行之伴’。这些人就是我们的同伴。”

“可他们有什么价值？”

“你瞧！”他那双可怕的眼窝对着她，“我们已经丧失了清晰单纯的生活观念。无论什么，只要它不能用瓶子装起来，不能被击打、刺戳或者储存，我们就觉得它没有任何价值。”

她委屈地说：“那不是我的意思。”

“啊哈，我最亲爱的。”他说，温柔地安抚着她，“我们在金钱上是如此富裕，生活上却非常贫乏。我真是个邪恶、固执而愚蠢的……”

“你不是！”

“我是，但你这话同样是真的。我的双手在时间中浸得太久了，我想……我试图创造生命，却不知道生命已经被创造出来了。”

然后，他抚摩着她的肚腹，那个新生命的栖息地。

想到这里，她不由得把双手放到肚皮上，颤抖着。她后悔恳求保罗带自己到这儿来。

沙漠狂风搅起一股难闻的气味，是悬崖底部的固沙植物发出来的。弗雷曼人的迷信攫住了她：如果有难闻的气味，说明此刻不是吉时。她面朝狂风，发现固沙植物之外有一条沙虫。它慢慢挪动着，像一艘鬼船般在沙丘之间游动着，一路拍打着沙砾。接着，它闻到了对它来说是致命毒药的水汽，于是一头拱进沙下。

沙虫怕水，而她恨水。水曾经是厄拉科斯星的精神和灵魂，现在却变成了毒药。水带来了瘟疫。只有沙漠是干净的。

下面来了一队弗雷曼工人。他们攀进穴地的中门，脚上沾着泥浆。

脚上沾着泥浆的弗雷曼人！

在她头顶，穴地的孩子们开始唱起晨歌，悠扬的歌声飘出上面的入口。歌声让她觉得时间飞逝，迅捷如鹰。她颤抖起来。

凭他不需要眼睛的眼力，保罗到底看到了什么风暴？

她感到了他的另一面：一个恶毒的疯子，一个厌倦了歌声的人。

她发现天空已经变成了透明的灰色，一道道云彩像光滑白润的光束。卷裹着沙子的狂风划过天际，在上面镂刻下一些古怪的图案。南面一线闪光的白色引起了她的注意。有了这一线白色，这个傍晚顿时变得与众不同了。

她读出了这个信号。弗雷曼人有句老话：南方天空的白色，夏胡鲁的嘴。风暴就要来临，巨大的风暴。她感到了预示风暴的阵阵微风，扬起沙砾，打着她的脸颊。风中有股死亡的刺鼻味道，像引水渠里的臭水味、浸湿的沙地味、燧石燃烧的焦味。这种风暴会带来水，正因为这个原因，憎恶水的夏胡鲁才会送出这种难闻的风。

鹰也飞进她所在的岩缝，寻找躲避风沙的安全之处。都是和岩石一样的褐色，翅膀则是深红色。真想和它们在一起啊。它们有地方可以躲藏，而她却没有。

“夫人，风沙来了！”

她转过身，发现死灵在穴地的上端入口处叫她，心里突然涌起一阵弗雷曼式的恐惧。利利落落的死没有什么，还能把尸体的水留给部族。这是她可以理解的。可是……死而复活的某种东西……

风沙抽打着她，把她的脸庞刮得红扑扑的。转头一看，只见可怕的沙尘直冲天空。风沙肆虐的沙漠变成了茶褐色，躁动不安。一座座沙丘像保罗告诉她的拍打海岸的浪头。

她转念一想，觉得沙漠也不过是转瞬即逝的事物。以有限与永恒相比，哪怕沙浪在悬崖上拍得再响，也不过像一口煮开的小锅罢了。

但对她来说，沙暴已经充斥于整个宇宙。动物全都躲起来了……沙漠上没有留下任何东西，只有沙漠自己的声音：被风卷起的沙砾摩擦着岩石，发出刺耳的刮擦声；汹涌的狂风发出尖啸；一块巨石从山头猛地滚落下来——砰！视线以外的某个地方，一条蠢笨的沙虫翻翻滚滚，一路拍打着沙漠，尽快逃回自己干燥的深洞里。

她只站了短短的一刻，一瞬而已，就像她自己的生命与时间本身相比那样不值一提。但就在这一瞬，她觉得连这颗星球都快被狂风吹走了，和狂风挟带的其他一切一样，变成宇宙的尘埃。

“我们必须快点。”死灵来到她身边。

她觉察到了他的恐惧，这是出于对她安全的担心。“它会把你的肉从骨头上撕下来的。”他说，仿佛需要给她解释什么是沙暴。

他的关切之情驱散了她对他的害怕。契妮让死灵扶着自己，一步步跨上岩石台阶，到了穴地。他们走进挡在洞口前的屏挡墙，随从们打开封闭水汽的密封口，他们进去后，密封门立刻关上了。

穴地的臭气刺激着她的鼻孔。各种味道都在这儿混合——整个一个人挤人、人挨人的养兔场，充斥着回收人体排泄物释放的恶心的酸气，还有熟悉的食物味，以及机器运转时燧石燃烧的怪味……最浓烈的则是无处不在的香料味：到处都是香料。

她深深吸了口气：家。

死灵松开拽住她手臂的手，站在旁边，变得顺从、安静，好像一台暂时无用而被关掉的机器。也不像……他仍然在机警地观察四周的动静。

契妮在门口犹豫着，这里有某种东西让她感到说不出的迷惑。这儿确实曾是自己的家。她还是孩子的时候就点着球形灯在这儿捉蝎子。尽管如此，有些东西却变了……

“您不想进屋吗，夫人？”死灵问。

她感到肚子里的孩子一阵搅动，好像被他的话惊醒了。她竭力掩饰，不让自己现出难受的表情。

“夫人？”死灵说。

“为什么保罗担心我怀上我们自己的孩子？”她问。

“他为您的安全担心，这很自然。”死灵说。

她一只手摸了摸自己的脸颊，风沙已经把脸吹得通红：“可他就不担心孩子的安全吗？”

“夫人，他不能想那个孩子，只要一想到，他就会联想起被萨多卡杀死的头胎子。”

她打量着死灵：扁平的脸，无法看懂的机器眼睛。他真的是邓肯·艾达荷吗，这个生物？他对所有人都这么友善吗？他说的是真话吗？

“您应该有医生陪伴。”死灵说。

她再一次从他的话中听出了他对她安全的担忧。她突然觉得自己的思想仿佛无遮无盖，暴露在外，随时可能被人洞悉。

“海特，我很害怕。”她低声说，“我的友索在哪儿？”

“他在处理国家大事，暂时脱不开身。”死灵说。

她点点头。政府各部门人员也搭乘整整一队扑翼飞机，跟着他们来到了这里。她突然明白了穴地让她感到迷惑的东西是什么：来自异乡的气味。那是从职员和助理们身上发出的香水味，还有食物和衣服的味道、奇异的化妆品的味道，等等，弥漫了整个穴地，构成了一股恶臭的暗流。

契妮摇摇头，克制住刻薄地大笑一声的冲动。只要穆阿迪布到场，连气味都会发生改变！

“有些非常紧迫的事需要他处理。”死灵说，他误解了她的犹豫。

“是的……是的，我懂。你忘了？我和那群人一块儿来的。”

她回忆起从厄拉奇恩来到这里的那段航程，现在她承认，当时她根本没抱希望能活下来。保罗坚持要亲自驾驶自己的扑翼飞机。瞎眼的他居然把扑翼飞机开到了这里。她知道，那次经历之后，无论他做出什么事，她都不会再感到惊讶了。

又一阵疼痛从腹部扩散开来。

死灵发现她呼吸急促，脸绷得紧紧的：“您要生了？”

“我……是的，是的。”

“快，不能耽误了。”他说，拽住她的手臂，扶着她匆匆忙忙朝下面的大厅走去。

她发现他已经恐慌到极点，于是说：“还有点时间。”

他好像没有听见。“禅逊尼派生孩子的方法，”他说，扶着她走得更快了，“就是保持警觉，但不抱目的地等待。不要和正在发生的事对抗，对抗是失败之母。不要总想着要达到什么目的，这是陷阱。只有不想得到，你才能真正得到。”

说话时，他们已经到了卧室门口。他扶着她穿过帷幔，大叫：“哈拉赫！哈拉赫！契妮要生了。快去叫医生！”

听见他的喊叫，侍从们也跑了进来。在匆忙跑动的人群中，契妮觉得自己像一座平静的孤岛……直到另一轮疼痛向她袭来。

海特退到外面的走廊里。镇定下来以后，他才有机会想想刚才都做了什么，对自己的行为惊奇不已。他感到自己好像被人固定在某些时间点上，在这些点上，一切真理都是暂时的、相对的。他知道自己恐慌了。不仅因为契妮可能死去，还因为契妮死后，保罗会来到他身边……悲痛不已……他亲爱的人走了……走了……走了……

无中不可能生有，死灵告诉自己，那么，这股恐慌从何处而来？

在这个问题面前，他感到自己的门泰特头脑都变迟钝了。他打了个寒噤，长长地吐了口气。头脑中仿佛飘过一片阴影，意识变得漆黑一片。他发现自己正凝神倾听，等待着某个决断的声音，像丛林中折断一根树枝的声音。

他吐出一口气，全身猛地一震。危险暂时过去了，没有爆发。

他缓缓地聚起力量，一点一点清除着压制自己头脑的那股力量，渐渐进入门泰特状态。他发挥出了自己的全部运算力量。这样做不好，但必须这样做。他不再是一个人，变成了数据转换器，他的一切经历都化为数据。他的一举一动、一言一行都会带来变数，产生出无数可能性。这些可能性依次而过，依次比较、判断。

他的前额布满汗珠。

轻若鸿羽的想法化为黑暗——未知。无限！门泰特无法处理无限，因为既定的数据无法概括无限。无限不可能化为具体可感知的数据，除非他自身同样化为无限，暂时化为无限。

一阵涌动，他突破了障碍。他达到了这个境界。他看到比加斯坐在自己的面前，好像被他体内发出的光照亮一般。

比加斯！

那个侏儒曾经对他做过什么！

海特感到自己在某个致命的深渊边摇摇欲坠。他将自己的门泰特时间功能向前延伸，计算自己未来的行为。

“强制冲动！”他上气不接下气地喘息着，“我被别人操纵了，这是一种强制冲动！”

海特说话的时候，一个身着绿色长袍的仆从走了过来，犹豫不决地问：“您在说什么吗，先生？”死灵并不看他，点点头：“我说出了一切。”

曾有一个聪明人，
跳进一个大沙坑。
他的眼睛烧掉了，
可他咬牙不吭声。
他调出重重幻影，
终于成了圣人。

——童谣

见于《穆阿迪布的历史》

保罗站在穴地外的黑暗之中。预知力量告诉他现在是夜晚。月光照射下，耸立在他左边的额岩岩壁投下黑色的影子。这是一个充满回忆的地方，他的一个穴地，正是在这儿，他和契妮……

不要想契妮，他告诉自己。

幻象告诉他周围发生的一切：右手很远的地方是一丛仙人掌，还有一条银黑色的引水渠，流过今天早上的风暴堆积起来的沙丘。

沙漠里的流水！他想起了另一种水，他的出生地卡拉丹星球的河里流动的水。那时他根本没有认识到这样的水流是多么珍贵，即使是这条流过沙漠盆地的黑乎乎的臭水沟也是无上的珍宝。

一声小心翼翼的咳嗽，一个侍从从后面闪了出来。

保罗伸出双手，取过吸着一张金属纸的磁板。他的动作十分缓慢，像引水渠里的流水。幻象在移动，可他发现自己越来越不情愿随着它移动了。

“对不起，陛下。”助理说，“塞布利条约……需要您签署。”

“我看得见！”保罗厉声说。他在签字的地方潦草地写上“厄崔迪皇帝”几个字，将磁板朝侍从伸出的手中猛地一塞。他看到了侍从脸上的惊恐。

那个侍从一溜烟逃走了。

保罗转过身。*丑陋、贫瘠而荒芜的土地！*他想象着阳光暴晒下的大地，酷热的天气，满天沙尘，黑压压的尘土吞没了一切，风魔肆虐，挟带着无数赭色水晶般的沙砾。但这里又是个富有的地方：正在从一个沙暴横行、寸草不生、只有壁立的悬崖和摇摇欲坠的山脊的地方变成一个蓬勃发展的巨大星球。

这一切都需要水……还有爱。

生命会将狂暴的废物变成优雅灵动之物，他想，这就是沙漠对我们的教诲。现实的这种改变常常让他瞠目结舌。他很想转身对着挤在穴地入口处的助手们大声叫喊：如果你们一定要崇拜某种东西的话，就崇拜生命吧——所有生命，哪怕最低贱的生命！生命的美好属于我们全体！

他们不会明白的，他们是沙漠之中最荒芜的沙漠。生命不会为他们上演自己的绿色舞蹈。

他握紧拳头，试图停止幻象。他想逃离自己的意识，它就像一头吞噬他的怪兽！他的意识躺在他的身体里，像一团巨大的海绵，吸入了无数人的经历，湿淋淋、沉甸甸的。

保罗绝望地将思绪挤向自己以外的其他事物。

星星！

意识飘向群星，无穷无尽的星河。无尽的群星啊，只有近乎疯狂的人才会想象自己能够统治其中哪怕最微小的一簇。自己帝国属下的臣民有多少，他甚至想都不敢想。

臣民？更准确地说，应该是崇拜者和敌人。他们中是否有人看到过教义之外的东西？有没有摆脱了狭隘偏见的人？没有，甚至皇帝也摆脱不了。他的生活是所谓“夺取一切”，想按照自己的模子创造一个宇宙。但是，这个似乎热热闹闹的宇宙终于崩溃了，静静地分崩离析。

把唾沫啐在沙丘上吧！他想，把我的水分给它吧！

是自己制造了这个神话，用错综复杂的运动和想象，用月光和爱，用比亚当还古老的祷词，以及那些灰色的岩石、猩红的影子、悲伤，以及无数殉道者的生命——最终，它会落得个什么下场？波浪退去之时，时间的河岸将一片空旷，除了无数记忆的沙砾闪闪发光之外，几乎一无所有。人类美好时代的起源难道就是这个样子？

石壁上响起一阵摩擦声，死灵来了。

“你今天一直在回避我，邓肯。”保罗说。

“您这样称呼我很危险。”死灵说。

“我知道。”

“我……来是想提醒您，陛下。”

“我知道。”

死灵于是全部说了出来：比加斯，强加在他身上的强制冲动。

“那种强制冲动具体是什么，你知道吗？”保罗问。

“暴力。”

保罗感到自己终于来到一个从一开始便在召唤自己的地方。他一动不动。圣战已经抓住了他，把他固定在时间的滑道上，让未来那可怕的引力一劳永逸地攫住他，再不松手。“不会有任何来自邓肯的暴力。”保罗悄声说。

“可是，陛下……”

“告诉我你在我们附近看到了什么。”保罗说。

“陛下？”

“沙漠——今晚的沙漠怎么样？”

“您看不见？”

“我没有眼睛，邓肯。”

“可是……”

“我只有幻象。”保罗说，“可我希望自己没有它。预知力量正逐步扼杀我，你知道吗，邓肯？”

“也许……您担忧的事不会发生。”死灵说。

“什么？你不相信我的预知能力？我自己只能坚信不疑，因为我上千次亲眼看到我预见的未来变成现实。人们把这种力量称为魔力，天赐的礼物。而实际上，它是痛苦！它不让我有自己的生活！”

“陛下，”死灵喃喃地说，“我……它不是……少主，你不要……我……”他沉默了。

保罗感应到了死灵的混乱和矛盾：“你叫我什么，邓肯？”

“什么？我怎么……等等……”

“你刚才叫我‘少主’。”

“我叫了，是的。”

“邓肯过去一直是这么叫我的。”保罗伸出双手，抚摩着死灵的脸，“这也是你的特莱拉训练的一部分？”

“不是。”

保罗把手放下来：“那么，它是什么？”

“它来自……我的内心。”

“你在侍奉两个主人？”

“也许是的。”

“把你自己从死灵中解放出来，邓肯。”

“怎么解放？”

“你是人。做人该做的事。”

“我是死灵！”

“可你的肉体是人类。这具肉体中藏着邓肯。”

“这具肉体中藏着别的某种东西。”

“我不在意你如何做。”保罗说，“可你必须做。”

“您预见到了？”

“去他的预见！”保罗转过身。他的幻象加快了步伐，开始向前狂奔，中间还有许多缺口，但这些缺口并不足以让幻象停住脚步。

“陛下，如果您已经……”

“安静！”保罗举起一只手，“你听到了吗？”

“听到什么，陛下？”

保罗摇摇头。他仔细查看着。那边，在漆黑的阴影中，有什么东西知道他在这儿。什么东西？不——是什么人。

“真美呀，”他悄声说，“你是一切事物中最美好的。”

“您说什么，陛下？”

“我说的是未来。”

那边，那个朦胧模糊、形体未定的鬼影猛地一震，迸发出一股强烈的感情，应和着他的幻象。在幻象的旋律上，它奏出一个最强音，久久不绝。

“我不明白，陛下。”死灵说。

“一个弗雷曼人离开沙漠太久会死的。”保罗说，“他们把这个称作‘水病’。这难道不是最奇怪的事吗？”

“非常奇怪。”

保罗竭力搜索着自己的记忆，试图回想起夜里契妮倚在他身边的呼吸。但是，他能找到这样的慰藉吗？他怀疑。他只能清楚地记起一件事：他们离开皇宫、出发到沙漠的那一天，契妮坐在早餐桌旁，焦躁不安。

“你干吗要穿那件旧外套？”她问道，眼睛盯着他穿在弗雷曼长袍下面的那件黑色军服，“你是皇帝！”

“就算是皇帝，也可以有一两身自己喜欢的衣服。”他说。这句话居然让契妮流出了泪水，他想不出其中的缘由。这是她一生中第二次落泪。

如今，在黑暗中，保罗擦了擦自己的脸颊，那上面已经湿了一片。*是谁把水给了死者？*他想。但这是他自己的脸呀，不过又好像不是。风吹过湿漉漉的皮肤，寒冷刺骨。他好像做了一个虚无缥缈的梦，梦境迅速破灭。胸口为什么胀痛？吃了什么不对的东西吗？难道是他的另一个自我把水给了死者，那么它为什么如此痛苦、悲伤？狂风卷裹着沙砾，皮肤被吹干了，是他自己的。但那种战栗的感觉又是谁的？

突然响起一阵哀号，远远的，在穴地深处。声音越来越大……越来越响……

一丝亮光闪了一下，死灵猛地转过身，圆睁双眼。有人一把拉开入口处的密封门。只见一个人站在光线中，灯光照出他的笑脸——不！不是笑脸，是伤心欲绝的哭泣的脸！这是一个名叫坦迪斯的弗雷曼敢死队军官，他后面跟着黑压压的一大群人，见了穆阿迪布以后，所有人都沉默了。

“契妮……”坦迪斯说。

“死了。”保罗低声说，“我听见了。”

他转身对着穴地。他熟悉这个地方。这个地方无处可藏。汹涌而来的幻象让他看到了弗雷曼人群。他看到了坦迪斯，感到了这个弗雷曼敢死队员的悲伤、恐惧和愤怒。

“她走了。”保罗说。

死灵听到了这句话。这句话仿佛点燃了一个耀眼的光环，灼烧着他的胸膛、脊柱和金属眼窝。他感到自己的右手慢慢移向腰带上的晶牙匕。他的思维变得非常陌生，已经不属于自己。他成了一具木偶，牵动木偶的线条来自那个可怕的光环，拉扯着他。他移动着，遵照另一个人的命令、另一个人的意志。线条猛地牵扯着自己的双臂、双腿，以及下颌。某种声音从自己嘴里挤出来，一种可怕、重复的叫喊——

“哈拉克！哈拉克！哈拉克！”

晶牙匕就要挥出。就在这一瞬，他重新夺回了自己的声音，发出嘶哑的喊声：“快逃！少主，快逃！”

“我们不会逃。”保罗说，“我们的举动必须保持尊严，我们要做必须做的事。”

死灵肌肉紧缩。他颤抖着，摇晃着。

“……必须做的事！”这句话像一条大鱼在他的脑子里翻腾着。“必须做的事！”啊，这话听上去像老公爵，保罗的祖父。少主挺像老公爵，“……必须做的事！”

这些话在死灵的意识里动荡着。他渐渐意识到，自己体内同时存活着两个生命：海特 / 艾达荷 / 海特 / 艾达荷……过去的记忆洪水般涌来，他一一记下它们，赋予新的理解，开始将这些记忆整合进自己全新的意识。新的人格暂时处于系统的顶端，但个性冲突之际，刚刚形成的意识随时可能彻底崩溃。他不断调节，因为外界在不断施压：少主需要他。

接着，完成了。他知道自己是邓肯·艾达荷。他仍然记得有关海特的所有事情，但光环消失了。他终于摆脱了特莱拉人强加给他的强制冲动。

“到我身边来，邓肯。”保罗说，“我有许多事需要你做。”见艾达荷仍然恍恍惚惚地站在那里，又说，“邓肯！”

“是，我是邓肯。”

“你自然是！你终于清醒了。我们现在进去吧。”

艾达荷走在保罗身后。一切仿佛回到了过去，但又和过去不一样了。摆脱特莱拉的控制之后，他们给他带来的好处随之呈现出来：禅逊尼式的培训使他能够应对纷繁的事件，保持心理上的镇定自若；门泰特的造诣又赋予他处理这些事件的能力。他摆脱了恐惧，他的整个身心完全是个奇迹：他曾经死了，可仍然还活着。

“陛下，”他们走过去时，弗雷曼敢死队员坦迪斯说，“那个女人，丽卡娜，说她必须见您。我叫她等一等。”

“谢谢你。”保罗说，“孩子……”

“我问了医生。”坦迪斯跟在保罗身后，“他们说您有两个孩子，他们都活着，很健康。”

“两个？”保罗迷惑地说，抓住了艾达荷的手臂。

“一个男孩和一个女孩。”坦迪斯说，“我看过他们了。都是漂亮的弗雷曼孩子。”

“怎么……怎么死的？”保罗低声说。

“陛下？”坦迪斯弯下身体，靠得更近了。

“契妮。”保罗说。

“是因为孩子，陛下。”坦迪斯哑着嗓子说，“他们说孩子长得太快，她的身体被耗尽了。我不明白这是什么意思，可他们就是这么说的。”

“带我去看看她。”保罗轻轻说。

“陛下？”

“带我去！”

“我们正在朝那儿走，陛下。”坦迪斯凑近保罗，悄声说，“您的死灵为什么把刀握在手里？”

“邓肯，把刀收起来。”保罗说，“暴力已经过去了。”

说话的时候，保罗觉得自己的声音近在咫尺，发出这个声音的身体却仿佛离自己很远很远。两个孩子！幻象中只有一个。可这个念头很快消失了，剩下的只有一个满怀悲伤和愤怒的人，而且似乎不是他。他的意识单调地重演着自己的一生，不断重复。

两个孩子？

意识再次一顿。契妮，契妮，他想，没有任何别的办法。契妮，我的宝贝，相信我，对你来说，这样的死更快……更仁慈。如果走上另一条路，他们或许已经把咱们的孩子变成了人质，把你关进牢房和奴隶营，责骂你，要你为我的死负责。现在这个结局……这个结局摧毁了他们的阴谋，而且救了咱们的孩子。

孩子？

又一次，意识顿了一下。

这一切是我认可的，他想，我应该感到内疚。

前面的岩洞里一片嘈杂。声音越来越大，和他记忆中的幻象一模一样。是的，就是这样的方式，这样无情的方式，甚至对两个孩子也是无情的。

契妮死了，他告诉自己。

遥远的过去的某个时刻，这个未来就已经攫住了他。它追逐着他，把他赶进了一条窄道，而且越来越窄，在他身后闭合。他能感觉得到。幻象中，一切就是这样发生的。

契妮死了。我放纵自己，让自己沉浸在悲痛中。

可幻象之中，他并没有放纵自己，让自己沉浸在悲痛中。

“通知厄莉娅了吗？”他问。

“她和契妮的朋友们在一起。”坦迪斯说。

他感到人群在后退，给他让出一条道。他们的沉默就在他面前，像一排排波浪。嘈杂渐渐消退。穴地一片压抑。他想把这些人从幻象中赶走，但这是不可能的。每张脸都转向他，紧紧尾随着他。这些面孔啊，没有同情，只有冷酷。不，他们同样感到悲伤，可他们身上浸透了残忍，他知道。他们冷眼旁观，看着口齿伶俐的人如何变成哑巴，聪明智慧的人如何变成傻子。对残忍的人来说，小丑不总是有无穷的吸引力吗？

甚于临终看护，但少于真诚的守灵。

保罗的灵魂渴望安宁，可幻象驱使他活动。不远了，他告诉自己。黑暗，没有幻象的无边黑暗，就在不远处等着他。就在前头，悲伤和负疚感将撕裂幻象。前头就是他的月亮坠落的地方。

他跌跌撞撞地走进了这片黑暗。如果不是艾达荷紧紧抓住他的手臂，他肯定会跌倒。艾达荷知道如何慰藉他的悲痛，默默而坚定地支持他。

“就是这儿。”坦迪斯说。

“小心脚下，陛下。”艾达荷说，扶着他走进一个入口。帐幔拂到了保罗的脸。艾达荷扶着他站定。保罗感觉到房间就在那儿，某种东西反射到他的脸颊和耳朵上。房间的四壁都是岩石墙，墙上挂着帐幔。

“契妮在哪儿？”保罗轻声说。

哈拉赫的声音回答说：“她就在这儿，友索。”

保罗颤抖着发出一声叹息。他担心她的遗体已经被转移到蒸馏器里去了。弗雷曼人用这种东西回收尸体的水分，为部族所用。幻象是这样的吗？他感到自己被遗弃在黑暗之中。

“孩子们呢？”保罗问。

“他们也在这儿，陛下。”艾达荷说。

“您有了一对漂亮的双胞胎，友索。”哈拉赫说，“一个男孩和一个女孩。看见了吗？我们把他们放进了同一个摇篮里。”

两个孩子？保罗疑惑地想。幻象中只有一个女儿。他甩开艾达荷搀扶的手臂，朝哈拉说话的方向走去，绊在一个坚硬的东西上。他用手摸索着它：是摇篮的变色玻璃轮廓。

有人拉住他的左手。“友索？”是哈拉赫。她把他的手放到摇篮上。他摸索到了又细又软的肌肤。如此温暖！还有小小的肋骨，在一上一下地呼吸。

“这是您的儿子。”哈拉赫低声说。她移动着他的手，“这是您的女儿。”她的手紧紧抓住他，“友索，您现在真的瞎了吗？”

他知道她在想什么。瞎子必须被抛弃在沙漠里。弗雷曼部族不承担任何无用的负担。

“带我去看契妮。”保罗说，并不回答她的问题。

哈拉赫让他转过身，领着他朝左边走去。

现在，保罗感到自己终于接受了契妮死去的事实。他在宇宙中有自己的角色，虽然他并不希望存在于这个宇宙；他有一具并不适合自己的肉体，每一次呼吸都是对他的一次打击。两个孩子！他怀疑自己走上了一条幻象永远无法返回的道路。不过这已经不重要了。

“我哥哥在哪儿？”

厄莉娅的声音在后面响起。他听出她冲了进来，急切地从哈拉赫手里接过他的手臂。

“我必须和你谈谈。”厄莉娅低声说。

“稍等一会儿。”保罗说。

“就现在！关于丽卡娜。”

“我知道。”保罗说，“就一会儿。”

“你没有一会儿了！”

“我还有许多一会儿。”

“可契妮没有！”

“安静！”他命令道，“契妮已经死了。”她想反抗，他把一只手按到她的嘴唇上，“我命令你安静！”他感到她平静下来，于是放开手，“说说你看见了什么。”他说。

“保罗！”声音带着哭腔，充满失望。

“不用担心。”他说，同时竭力保持内心平静。就在这时，幻象的眼睛睁开了。是的，它还在。灯光下，契妮的身体被放在一张平板上。她的白色长袍被整理得齐齐整整、光滑平坦，试图遮住分娩带来的血迹。他无法强迫自己的意识转开眼睛，不看幻象中的那张脸：那张平和安宁的脸，像一面镜子般映射出永恒！

他转过身，可幻象仍然追随着他。她走了……永远不回来了。这空气，这宇宙，一切都变得空空如也——每个地方都空空如也。难道这就是对他的惩罚？他想流泪，却没有眼泪。难道身为弗雷曼人，他活得太久了？眼前的死者需要他的水。

身边，一个孩子大声哭了出来，但马上被哄得安静下来。这声音为他的幻象拉下了一片帘子。保罗喜欢黑暗。*这片黑暗是另一个世界，*他想，*两个孩子。*

这想法唤醒了陷入沉醉般的预知状态的意识。他试图重新体验这种似乎由香料带来的、感受不到时间流动的沉醉状态，但它却一闪即逝。未来没有涌入这个刚刚诞生的新意识。他感到自己在排斥未来，任何形式的未来。

“再见了，我的沙漠之泉。”他低声说。

厄莉娅的声音在他身后的某个地方响起，尖利而紧迫：“我把丽卡娜带来了！”

保罗转过身。“那不是丽卡娜。”他说，“那是变脸者。丽卡娜已经死了。”

“你可以听听她怎么说。”厄莉娅说。

保罗慢慢地朝妹妹声音的方向走去。

“你还活着我并不惊讶，厄崔迪。”声音像丽卡娜的，可仍然有细微的差别。说话的人使用了丽卡娜的声带，但已经不再刻意控制它了。奇怪的是，这个声音里透着真诚，让保罗吃了一惊。

“你不感到惊讶？”保罗问。

“我叫斯凯特尔，一位特莱拉变脸者。在我们开始交易之前，我想知道一件事。你身后的那个人是死灵，还是邓肯·艾达荷？”

“是邓肯·艾达荷。”保罗说，“我并不想和你做交易。”

“我想你会的。”斯凯特尔说。

“邓肯，”保罗说，声音越过肩膀传过去，“如果我要求你，你会杀死这个特莱拉人吗？”

“是的，陛下。”邓肯的声音里有一种竭力克制住的狂暴和愤怒。

“等等！”厄莉娅说，“你还不知道你要拒绝的是什么。”

“可是我确实知道。”保罗说。

“那么，它真的变成了厄崔迪家族的邓肯·艾达荷。”斯凯特尔说，“我们终于成功了！一个可以重新恢复过去的死灵。”保罗听到了脚步声。有人从他左边擦身而过。斯凯特尔的声音现在来自他身后：“你记起了过去的什么，邓肯？”

“一切。从童年时代开始。我甚至还记得你，他们把我从箱子里抬出来的时候，你就站在箱子旁边。”艾达荷说。

“太精彩了，”斯凯特尔吸了口气，“非常精彩。”

保罗听到声音在移动。我需要幻象，他想。黑暗让他束手无策。他受过的贝尼·杰瑟里特训练提醒他，这个斯凯特尔身上蕴藏着可怕的危险。可这家伙始终只是一个声音，他只能隐约感应到他的动作。现在的他完全不是对方的对手。

“这些就是厄崔迪家的孩子吗？”斯凯特尔问。

“哈拉赫！”保罗叫道，“把这人赶走！”

“给我老老实实待在那儿！”斯凯特尔喝道，“所有人！我警告你们，变脸者的速度比你们猜想的快得多。我的刀可以在你们碰到我之前结果这两个小崽子。”

保罗感到有人在拉他的右手，于是朝右边靠了靠。

“这个距离可以了，厄莉娅。”斯凯特尔说。

“厄莉娅，”保罗说，“别。”

“都是我的错。”厄莉娅悲痛地说，“我的错！”

“厄崔迪，”斯凯特尔说，“现在我们可以交易了吧？”

在他身后，保罗听到了一声嘶哑的咒骂。艾达荷的声音中充满了难以抑制的暴力冲动，让他的喉头不由得收缩起来。艾达荷，一定要控制住！斯凯特尔会杀死孩子们的！

“交易就要有可卖的东西。”斯凯特尔说，“不是吗，厄崔迪？你希望你的契妮回来吗？我们可以把她还给你。一个死灵，厄崔迪。一个有着一切记忆的死灵！不过我们必须抓紧时间。叫你的朋友带一个冷藏箱来保护这具肉体。”

再次听到契妮的声音，保罗想，再次感到她的存在，在我身边。啊哈，这就是他们给我一个艾达荷死灵的原因，是为了让我知道这个再生的人和原人是多么相像。完美的复原……但必须答应他们的条件。这样一来，我就会永远成为特莱拉的工具。还有契妮……她也会被拴在同一根链条上，而且有我们的孩子做人质……

“你们打算怎么恢复契妮的记忆？”保罗问，尽力使自己的声音保持平静，“你们要训练她来……来杀掉她的一个孩子吗？”

“用我们需要的无论什么方法。”斯凯特尔说，“你怎么说，厄崔迪？”

“厄莉娅，”保罗说，“你来和这家伙做交易。我不能和我看不见的东西交易。”

“聪明的选择。”斯凯特尔满意地说，“好了，厄莉娅，作为你哥哥的代理人，你准备给我开什么价？”

保罗低下头，竭力使自己沉静下来，沉静下来。此时此刻，他瞥见了什么东西——好像是一个幻象，可又不是。是一把靠近自己的刀。就在那儿！

“给我点时间想想。”厄莉娅说。

“我的刀有耐心等。”斯凯特尔说，“可契妮的肉体不能等。抓紧点。”

保罗感到眼前似乎有东西在闪动。这不可能……可它就是！他感觉到了自己的眼睛！它们的视角很奇怪，移动起来飘浮不定。那儿！那把刀游入了他的视野。保罗吃惊地屏住了呼吸。他分辨出了这个视角，出自他的一个孩子！他正从摇篮中望着斯凯特尔的刀！闪闪发光，离孩子只有几英寸。是的——他还能看见自己，站在房间那边，而且——低着头，静静地站在那里，不具备任何威胁力，完全被房间里的其他人所忽略。

“首先，你可能要让出你们在宇联商会的所有股份。”斯凯特尔提议。

“所有股份？”厄莉娅抗议。

“所有股份。”

通过摇篮里的眼睛，保罗看着自己从腰带上的刀鞘中拔出晶牙匕。这个动作使他产生了一种奇特的双重感觉。他估摸着距离和角度。只有一次机会。他用贝尼·杰瑟里特方式调整好自己的身体，一跃而起，像一只迸发的弹簧，把精力全部集中在一个动作上，平衡全身肌肉，形成一个和谐而细腻的整体。

晶牙匕从他的手中飞了出去，发出一道乳白色的朦胧刀光，闪电般刺进斯凯特尔的右眼，从变脸者的后脑穿出。斯凯特尔猛地举起双手，向后摇晃着，撞到了墙上。手中的刀哗啦一声飞向天花板，然后又咣当跌落到地板上。斯凯特尔从墙上反弹起来，脸朝下倒下了，没等触到地面就死去了。

仍然通过摇篮里的眼睛，保罗只见房间里的脸都转了过来，瞪着他这个没有眼睛的人，全都惊呆了。随后，厄莉娅猛地冲到摇篮边，弯下身子。他的视线被挡住了。

“啊，他们没事。”厄莉娅说，“他们都没事。”

“陛下，”艾达荷低声说，“这也是您幻象的一部分吗？”

“不。”他朝艾达荷挥挥手，“就这样吧，别问了。”

“原谅我，保罗。”厄莉娅说，“可那家伙说他们能够……复活……”

“厄崔迪家付不起这样的代价。”保罗说，“这你也知道。”

“我知道。”她叹了口气，“可我还是受了诱惑……”

“谁能不受诱惑？”保罗问。

他转身离开他们，摸索着走到墙边，靠着墙，试图弄明白自己到底做了些什么。为什么？为什么？那双摇篮里的眼睛！他感到一切就要真相大白了。

那是我的眼睛，父亲。

词句在他一无所见的幻象上清晰地闪出微光。

“我的儿子！”保罗轻声说，声音低得没有任何人听得见，“你……有意识。”

是的，父亲。看！

保罗一阵头晕目眩，紧紧倚在墙上。他感到自己的身体仿佛被倒立起来，抽干了。生命飞快地离自己而去。他看到了他的父亲，也就是他自己，还有祖父、祖父的祖父。他的意识跌跌撞撞地闯进一条破碎的通道，看到了他所有的男性祖先。

“怎么会这样？”他无声地问。

暗淡的字句又出现了，随即逐渐模糊，最后终于消失，好像是承受了太大压力的缘故。保罗揩去嘴角的唾液。他记起了厄莉娅在杰西卡夫人的子宫里被唤醒的事。可这次没有生命之水，也没有过量服用香料……或者服用了？契妮怀孕时食量大得惊人，会不会就是在摄入香料？或许这是因为他的基因，就像盖乌斯·海伦·莫希阿姆圣母所预见的那样？

保罗感到自己身处摇篮之中，厄莉娅在他上面叽叽咕咕地说话。她的手轻轻抚摩着他。她的脸庞若隐若现，像一个巨大的东西朝他逼过来。她把他翻了个身。他看见了自己的摇篮伙伴，一个瘦骨嶙峋的女孩，带着沙漠民族天生的强健，满脑袋红褐色的头发。他盯着她看，就在这时，她睁开了眼睛。这是什么眼睛啊！凝视着自己的是契妮的眼睛……还有杰西卡夫人的。许许多多人，都从那双眼睛里向外凝视。

“看那儿，”厄莉娅说，“他们在相互看呢。”

“这个年纪的小婴儿还不能集中注意力。”哈拉赫说。

“我那时候就能。”厄莉娅说。

慢慢地，保罗感到自己终于从无数人的意识中解脱出来。他又回到了那堵墙边，紧紧靠着它。艾达荷轻轻摇晃着他的肩膀：“陛下？”

“把我的儿子取名为雷托，为了纪念我父亲。”保罗说，站直了身子。

“命名的时候，”哈拉赫说，“我会站到你身边，作为他母亲的朋友为他赐名。”

“另外，我的女儿，”保罗说，“为她取名为珈尼玛。”

“友索！”哈拉赫反驳，“珈尼玛这个名字不吉利。”

保罗说：“我的女儿是珈尼玛，一件战利品。”

保罗听到身后发出一阵吱嘎吱嘎的轮子滚动声，放着契妮遗体的平板车在移动。取水仪式的圣歌诵唱开始了。

“哈哟！”哈拉赫说，“我得走了，我必须在最后的时刻和我朋友在一起。她的水属于整个部族。”

“她的水属于整个部族。”保罗喃喃地说。他听见哈拉赫离开了。他摸索着向前，摸到了艾达荷的衣袖：“带我回房间去，邓肯。”他进了自己的房间，完全放松下来。这是属于他一个人的时间。可没等艾达荷离开，门口就响起了一阵骚动。

“主人！”是比加斯在门口大声叫喊。

“邓肯，”保罗说，“让他向前走两步。如果走近就杀死他。”

“好的。”艾达荷说。

“是邓肯吗？”比加斯说，“真的是邓肯·艾达荷？”

“是的。”艾达荷说，“我记得所有往事。”

“那么，斯凯特尔的计划成功了！”

“斯凯特尔死了。”保罗说。

“可是我没有死，计划也没有死。”比加斯说，“我凭那个培育我的箱子起誓！计划竟然真的成功了！我也将拥有我自己的过去——过去的一切。只要有合适的启动器就行。”

“启动器？”保罗问。

“就是我体内那种想杀死您的强制冲动。”艾达荷说，声音中充满愤慨，“以下是门泰特计算结果：他们发觉我把您看作了我从未有过的儿子。他们知道，死灵不会杀死您，只会被真正的邓肯·艾达荷所取代——而这才是他们的计划。可是……这个计划是可能失败的。告诉我，侏儒，如果你的计划失败了，如果我杀死了他，会怎么样？”

“哦……那我们会和妹妹做交易来救回她的哥哥。可现在这种交易更好。”

保罗颤抖着吸了口气。他能听见哀悼者走过最后一条通道，正朝放着蒸馏器的房间走去。“现在还来得及，陛下。”比加斯说，“想要您的爱人回来吗？我们可以把她还给您。一个死灵，是的。而现在——我们可以提供完美的复原。您看，是不是叫仆从拿来一个冷冻箱，把您爱人的肉体保护起来……”

越来越困难了，保罗想。在抵御第一次特莱拉的诱惑中，他已经耗尽了精力。现在这一切都毫无意义了！再次感知契妮的存在……

“让他闭嘴。”保罗告诉艾达荷，用的是厄崔迪家族的战时密语。他听到艾达荷朝门口走了过去。

“主人！”比加斯尖叫道。

“如果你还爱我，”保罗说，仍然用战时密语道，“帮我做一件事：在我屈服于诱惑之前杀死他！”

“不……”比加斯惨叫道。

一声可怕的咕噜，声音突然中断。

“我让他死得很痛快。”艾达荷说。

保罗低下头，听着。再也听不到哀悼者的脚步声了。他想，古老的弗雷曼仪式此刻正在穴地被执行。在远处的死者蒸馏房里，部族取到了死者的水分。

“不存在其他选择。”保罗说，“你理解吗，邓肯？”

“我理解。”

“我做的有些事是人类难以承受的。我干预了所有我能干预的未来，我创造了未来，到头来，未来也创造了我。”

“陛下，您不应该……”

“这个宇宙中，有些难题是无解的。”保罗说，“没有办法。没有。”说话时，保罗感到联系自己和幻象的链条剧烈震荡起来。无限的可能性汹涌而来，在这股滔天巨浪前，意识不由得畏缩了，被彻底压倒。他无法把握的幻象像暴风一般，漫无目的地掠过。

我们说，穆阿迪布已经走了，踏上旅途，走进一片我们从未留下足迹的新大陆。

——《齐扎拉教团信经》导言

沙地旁边有一道水渠，这是营地植被的边界。然后是一道岩脊，之后，呈现在艾达荷脚下的，就是开阔无垠的沙漠了。泰布穴地所处的高地耸立在他的身后，伸向夜空。两个月亮的亮光给穴地镶上了一道白边。水渠那儿有一个果园。

艾达荷在沙漠边停下，回头看了看静静的流水和开满鲜花的树枝，还有真实的月亮，加上水中的倒影，一共四个月亮。蒸馏服摩擦着皮肤，滑溜溜的。潮湿的、燧石燃烧般的臭味透过过滤器向他鼻孔袭来。吹过果园的微风像一阵阵冷笑。他静静地倾听着夜的声音，水沟边草地有更格卢鼠的沙沙声；还有猫头鹰单调的叫声，回荡在岩石的阴影中；沙坡斜面上，滑落的流沙发出上气不接下气的嗞嗞声。

艾达荷朝流沙发声的方向转过身去。

月光下，沙丘上没有任何动静。

坦迪斯把保罗带到了那里，然后折回来报告情况。从那里，保罗像一个地地道道的弗雷曼人一样走向沙漠。

“他瞎了，真正地瞎了。”坦迪斯说，好像在解释什么，“在这以前，他还有幻象可以告诉我们……可是……”

然后耸耸肩。瞎眼的弗雷曼人应该被抛弃在沙漠里。穆阿迪布尽管是皇帝，可也是弗雷曼人。他已经和弗雷曼人说定了，让他们保护和养育他的孩子。他是个真正的弗雷曼人。

艾达荷发现，从这里能看到沙漠的基本轮廓。岩石被月光镶上了银边，在沙地上显得十分耀眼，剩下的就是绵延不绝的沙丘。

*我不应该丢下他的，哪怕仅仅是一分钟，*艾达荷想，*我知道他的脑子里在想些什么。*

“他告诉我，未来已经不再需要他的存在了。”坦迪斯报告说，“他离开我的时候，回头喊了一句：‘现在我自由了。’就是这句话。”

*这些人真该死！*艾达荷想。

弗雷曼人拒绝派出扑翼飞机或其他任何搜索工具。搜救违背他们的传统习俗。

“会有一条沙虫等着穆阿迪布。”他们说，然后开始吟唱祷词，为被遗弃在沙漠中、准备将水交给夏胡鲁的人祈祷，“沙地之母，时间之父，生命之源，让他过去吧。”

艾达荷坐在一块平滑的岩石上，定定地盯着沙漠。夜晚遮蔽了一切，没有任何办法知道保罗到底去了哪里。

“现在我自由了。”

艾达荷大声说着这句话，被自己的声音吓了一跳。有那么一会儿，他任凭自己的思绪自由飘荡。他想起他带着孩提时候的保罗到卡拉丹海滨市场的那一天。太阳照在水面上，发出耀眼的光芒。大海丰饶的产品静静地摆在那儿出售。艾达荷还记起了经常为他们弹奏巴厘琴的哥尼·哈莱克，那些欢笑，那些快乐时光。音乐的旋律在他的脑海中跳跃，像咒语一般，引领着他的意识，走进快乐的回忆。

哥尼·哈莱克。哥尼肯定会因为这个悲剧而责备他。

记忆中的音乐渐渐远去。

他想起了保罗的话：“宇宙中，有些难题是无解的。”

艾达荷开始猜测，在沙漠深处，保罗会怎样死去。很快被沙虫杀死？或是慢慢死于烈日之下？穴地里有些弗雷曼人说穆阿迪布永远不会死，他已进入了神秘的汝赫世界，在那里，未来的所有可能性都会变成现实。他将在那里永远存在下去，直至肉体消失。

他将死去，而我却无能为力，艾达荷想。

但他渐渐意识到，不留下任何痕迹地死去，或许是一种难得的礼遇——没有尸骸，什么都没有，整个星球就是他的墓地。

门泰特，把精力集中在你自己的难题上吧，他想。

突然想起一句话。这是受命保卫穆阿迪布的孩子的军官们在交班换岗时的话：“身为军官，这是我神圣的职责，我将负责……”

单调乏味，自高自大。这句话激怒了他。这句话欺骗了弗雷曼人，欺骗了所有人。一个人，一个伟大的人在那儿默默死去，可这些废话却在不痛不痒地，缓慢地说……说……说……

词语之外的意义在哪儿？那些清晰的、毫不含混的意义在哪儿？在那个无人知晓的地方，帝国权力崛起的地方，被人秘密封存起来，以防别人重新发现。他的意识以门泰特的方式搜寻着。似乎找到了，微微闪烁，像诱惑凡人的女妖的头发。她在召唤……召唤那些痴迷的水手进入她的翠绿洞穴……

艾达荷猛地一惊，从意识的忘我状态中惊醒过来。

原来如此！他想，换了我的话也会这样。与其面对失败，还不如让自己消失！

刚才忘我的一刻仍然清晰地留在他的记忆里。他检视着它，发现自己的生命在那一刻延伸出去，直至整个宇宙。真实的肉体囚禁在意识那有限的翠绿色洞穴里，可无限的生命却永存不绝。

艾达荷站了起来，觉得整个身心都被沙漠净化了。风中的沙子开始飞舞，噼噼啪啪击打在身后的果树叶上。夜晚的空气弥漫着一股粗糙而干涩的尘土味，身上的长袍也随风飘动起来。

艾达荷意识到，遥远的沙漠深处，一轮巨大的沙暴正在生成，带着沙尘，卷起阵阵旋涡，发出猛烈的呼啸声。飞沙滚滚，像一条无比巨大的沙虫，足以将人的皮肉从骨骼上撕去。

*他就要和沙漠合而为一了，*艾达荷想，*沙漠将使他最终成就自己。*

禅逊尼的思想像纯净的溪水般洗刷着他的灵魂。保罗会继续行走下去的，他知道。厄崔迪家族的人不会主动把自己交由命运摆布，即使在清楚地意识到这种命运无法避免的时候也不会。

一瞬间，艾达荷触到了预知幻象，看到未来的人们用谈论大海的口气谈论保罗。他一生蒙尘，在沙土中奔走，但水一直伴随着他。“他的肉体沉没了，”人们会说，“可他却游了上来。”一个人在艾达荷身后清了清喉咙。

艾达荷一转身，认出了那个人影，是斯第尔格，他正站在引水渠上方的桥上。

“没有人能找到他，”斯第尔格说，“但每个人都终究会找到他。”

“沙漠夺去了他的生命——又将他奉为神明。”艾达荷说，“但说到底，他仍是一个闯入者。他给这个星球带来了不属于这里的物质——水。”

“沙漠自有它的道理。”斯第尔格说，“我们欢迎他，将他称为我们的穆阿迪布，我们的神。我们给了他一个神秘的名字：友索——柱子的基石。”

“他毕竟不是真正的弗雷曼人。”

“可这并不能改变这个事实，那就是我们接受了他……彻底接受了他。”斯第尔格把一只手搭在艾达荷肩膀上，“所有人都是闯入者，老朋友。”

“你很聪明，对吗，斯第尔格？”

“还算吧。我很明白我们的人把好端端的宇宙搞得多么乱七八糟，但穆阿迪布给我们带来了某种秩序。至少为了这个，人们会记住他的圣战。”

“他不会把自己遗弃在沙漠里的。”艾达荷说，“他瞎了，可不会放弃。他是一个值得尊敬的、有原则的人。他身上流淌着厄崔迪家族的血液。”

“他的水会洒在沙地上。”斯第尔格说，“来吧。”他轻轻抓住艾达荷的手臂，“厄莉娅回来了，她在找你。”

“她和你去玛卡布穴地了？”

“她帮助清理整治了那些懦弱的耐布，让他们重新振作起来。他们执行了她的命令……我也是。”

“什么命令？”

“将叛徒处以死刑。”

“哦。”艾达荷抬头看了看高处穴地的轮廓，一阵头晕目眩，“哪些叛徒？”

“宇航公会的人、圣母莫希阿姆、柯巴……还有其他一些人。”

“你杀了一位圣母？”

“是的。穆阿迪布留下话说不要杀她。”他耸耸肩，“可我没有听他的，厄莉娅知道我会杀死她。”

艾达荷再次凝视着沙漠，感觉自己终于变成了一个完整的人，能够清楚地看见保罗所缔造的统治模式。判断策略，厄崔迪家族的训练手册上是这样称呼这种模式的。人民服从于政府，可被统治者也影响统治者。他怀疑被统治者是否想过，他们的行为对统治者的策略会产生怎样的影响？

“厄莉娅……”斯第尔格清了清喉咙，声音听上去有些尴尬，

“她需要你，需要你在她身边。”

“但她是女皇。”艾达荷喃喃地说。

“摄政女皇，如此而已。”

“生意必须继续，财富无处不在。她父亲过去经常这么说。”艾达荷咕哝着。

“你来吗？我们需要你回来。”斯第尔格窘迫地说，“她几乎……心神狂乱了。一会儿哭着骂自己的哥哥，一会儿又因为他的离去悲痛欲绝。”

“我马上就去。”艾达荷答应了他。他听见斯第尔格离开了。他站在那里，迎着越来越猛的狂风，任一粒粒沙尘击打在自己的蒸馏服上，发出噼噼啪啪的声响。门泰特意识使他看到了未来的走向。各种各样的可能性使他眼花缭乱。保罗搅动了一个巨大的旋涡，这个旋涡一旦生成，任何东西都无法阻止它。

贝尼·杰瑟里特姐妹会和宇航公会手伸得太长，因此损失惨重，声誉扫地。齐扎拉教团因为柯巴和别的高层人员的叛变而摇摇欲坠。保罗最后自愿离去，充分显示了对弗雷曼习俗的尊重和认同，最终赢得了弗雷曼人对他及其家族的忠诚。他现在已经永远成为他们中的一员。

“保罗走了！”厄莉娅哽咽了。她出现了，悄无声息地站在艾达荷身边。“他是个傻瓜，邓肯！”

“不要那样说！”他呵斥道。

“整个宇宙都会这么说，我受不了。”她说。

“看在上帝之爱的分儿上，为什么？”

“看在对我哥哥之爱的分儿上，不是上帝。”

禅逊尼洞察力使他的意识扩张开来。他察觉到她已经没有了幻象——契妮去世后就没有了。“你爱的方式很奇怪。”他说。

“爱？邓肯，他甩甩手就潇潇洒洒上路了，哪管身后的世界会混乱成什么样！他完全可以平平安安继续过下去……而且可以让契妮复活，陪着他！”

“那么……为什么他不继续这样下去呢？”

“老天啊。”她低语，然后又提高声音说，“保罗一生都在逃避圣战，避免被神化。至少，他现在自由了。他选择了自由！”

“啊，对了——还有那个幻象。”艾达荷迷惑地摇摇头，“它解释了契妮的死。他的月亮坠落了。”

“他很傻，对吗，邓肯？”

艾达荷的喉咙因为悲哀而抽紧了。

“真是个傻瓜！”厄莉娅喘着气，尽力保持镇定，“好吧，他得到了永生，而我们却注定死去！”

“厄莉娅，别这么说……”

“只是太难过了而已，”她声音很低，“难过。你知道我还得为他做什么吗？我要救那个伊勒琅公主的命。那个人的命！你该去听听她的悲号。她号啕大哭，泪流不止，把水送给死者；她发誓说她其实是爱他的，只是自己不知道而已。她咒骂贝尼·杰瑟里特姐妹会，说自己要付出毕生心血来养育保罗的孩子。”

“你相信她？”

“有一点可信的味道！”

“啊。”艾达荷轻声说。最后的结局清清楚楚展示在他的意识中。伊勒琅公主与贝尼·杰瑟里特姐妹会的决裂是最后一步，它使姐妹会丧失了任何攻击厄崔迪继承人的本钱。

厄莉娅抽泣起来，身子靠着他，脸埋在他的胸脯上：“哦，邓肯，邓肯！他走了！”

艾达荷把自己的嘴唇挨到她的头发上。“求求你，别难过了。”他低声说，感到她的悲哀和自己的混合在一起，像两条小溪融入了同一个水池。

“我需要你，邓肯。”她呜咽着，“爱我！”

“我爱你。”他耳语道。

她抬起头，月光照着他的脸庞：“我知道，邓肯。爱是相通的。”

她推开他，握住他的手：“你愿意陪我一块儿走走吗，邓肯？”

“无论你去哪里。”他说。

她领着他，穿过引水渠，消失在山丘底部的黑暗之中，那里是安全之乡。

尾　声

穆阿迪布走了，
没有蒸馏葬礼的痛苦恶臭，
没有解救灵魂的丧钟肃穆，
没有那些贪婪的影子。
他是傻子圣徒，
幸运的陌生人，永远活在理智的边缘。
敞开你的心扉，他就在那里！
看哪！
走来了神秘而致命、没有眼睛的哲人，
预言的神使，他的声音永不消失！
夏胡鲁，他在永恒的河滨等着你。
那儿，情侣们在悠闲踱步，默默地相互凝视，
美丽而永不满足的爱。

而他大踏步穿过时间的漫长通道，

将愚钝的自我抛在身后。

——《死灵赞美诗》